人只是宇宙中会思考的虫子

虫 | 科幻中国

WORMS

MISSING FUTURE
消失的未来

刘慈欣 等著

北京理工大学出版社
BEIJING INSTITUTE OF TECHNOLOGY PRESS

未来卷

科学只对客观负责

Science is answerable for objectiveness.

目录

刘慈欣

人生

生命不能承受之重

母亲：“我的孩儿，你听得见吗？”

胎儿：“我在哪里？”

母亲：“孩儿，你听见了？我是你妈妈啊！”

胎儿：“妈妈！我真是在你的肚子里吗？我周围都是水……”

母亲：“孩儿，那是羊水。”

胎儿：“我还听到一个声音，咚咚的，像好远的地方在打雷。”

母亲：“那是妈妈的心跳声。孩儿，你是在妈妈的肚子里呢！”

胎儿：“这地方真好，我要一直待在这里。”

母亲：“那怎么行？孩儿，妈要把你生出来！”

胎儿：“我不要生出去，不要生出去！我怕外面！”

母亲：“哦，好。好孩子，咱们以后再谈这个吧。”

胎儿：“妈，我肚子上的这条带子是干什么的？”

母亲：“那是脐带。在妈的肚子里时，你靠它活着。”

胎儿：“嗯……妈，你好像从来也没到过这种地方。”

母亲：“不，妈也是从那种地方生出来的，只是不记得了，所以你也不记得了……孩儿，妈的肚子里黑吗？你能看到东西吗？”

胎儿：“外面有很弱的光透进来，红黄红黄的，像西套村太阳落山后的样子。”

母亲：“我的孩儿啊，你还记得西套村？！妈就生在那儿啊！那你一定知道妈是什么样儿了？”

胎儿：“我知道妈是什么样儿，我还知道妈小的时候是什么样儿呢。妈，你记得第一次看到自己是什么时候吗？”

母亲：“不记得了，我想肯定是从镜子里看到的吧，就是你外公家那面好旧好旧、破成三瓣又拼到一块儿的破镜子。”

胎儿：“不是，妈。你第一次是在水面儿上看到自个儿的。”

母亲：“怎么会呢？咱们老家在甘肃那地方，缺水呀，满天黄沙的。”

胎儿：“是啊，所以外公外婆每天都要到很远的地方去挑水。那天外婆去挑水，还是小不点儿的你也跟着去了。回来的时候太阳升到正头上，毒辣辣的，你那个热那个渴啊，但你不敢向外婆要桶里的水喝，因为那样准会挨骂，骂你为什么不在井边喝好。但井边那么多人在排队打水，小不点儿的你也没机会喝啊。那是个旱年头，老水井大多干了，周围三个村子的人都挤到那口深机井去打水。外婆歇气儿的时候，你扒到桶边看了看里面的水。你闻到了水的味儿，感到了水的凉气儿。”

母亲：“啊，孩儿，妈记起来了！”

胎儿：“你从水里看到了自个儿，小脸上满是土，汗在上面流得一道子一道子的。这可是你记事起第一次看到自个儿的模样儿。”

母亲：“可……你怎能记得比我还清呢？”

胎儿："妈你是记得的，只是想不起来了。在我脑子里，那些你记得的事儿都是清楚的，都能想起来。"

母亲："……"

胎儿："妈，我觉得外面还有一个人。"

母亲："哦，是莹博士。本来你在妈妈肚子里是不能说话的，羊水里没有让你发声的空气，莹博士设计了一台小机器，才使你能和妈妈说话。"

胎儿："哦，我知道她，她年纪比妈稍大点儿，戴着眼镜，穿着白大褂。"

母亲："孩儿，她可是个了不起的有学问的人，是个大科学家。"

莹博士："孩子，你好！"

胎儿："嗯，你好像是研究脑袋的。"

莹博士："我是研究脑科学的，就是研究人的大脑中的记忆和思维。人类的大脑有很大的容量，一个人的脑细胞比银河系的星星都多。以前的研究表明，大脑的容量只被使用了很少一部分，大约十分之一的样子。我主持的项目，主要是研究大脑中那些未被使用的区域。我们发现，那大片原被以为是空白的区域其实也存储着巨量的信息。进一步的研究显示了一个令人震惊的事实：那些信息竟然是上一代的记忆！孩子，你听得懂我的话吗？"

胎儿："懂一点儿。你和妈妈说过好多次，她懂了，我就懂了。"

莹博士："其实，记忆遗传在生物界很普遍，比如蜘蛛织网和蜜蜂筑巢之类我们所说的本能，其实都是遗传的记忆。现在我们发现人类同样具有记忆遗传，而且是一种比其他生物更为完整的记忆遗传。如此巨量的信息是不可能通过 DNA 传递的，它们存储在遗传介质的原子级别上，是以原子的量子状态记录的，于是诞生了量子生物学。”

母亲：“博士，孩儿听不懂了。”

莹博士：“哦，对不起，我只是想让你的宝宝知道，与其他的孩子相比，他是多么幸运！虽然人类存在记忆遗传，但遗传中的记忆在大脑中是以一种隐性的、未激活的状态存在的，所以没有人能觉察到这些记忆的存在。”

母亲：“博士啊，你给孩儿讲得浅些吧，因为我只上过小学呢。”

胎儿：“妈，你上完小学后就在地里干了几年活儿，然后就一个人出去打工了。”

母亲：“是啊，我的孩儿。妈在那连水都苦的地方再也待不下去了，妈想换一种日子过。”

胎儿：“妈后来到过好几个城市，当过饭店服务员，当过保姆，在工厂糊过纸盒，在工地做过饭，最难的时候甚至捡过破烂……”

母亲：“嗯，好孩子，往下说。”

胎儿：“反正我说的妈都知道。”

母亲：“那也说，妈喜欢听你说。”

胎儿：“直到去年，你在莹博士的研究所当上了勤杂工。”

母亲：“从一开始，莹博士就注意到了我。她有时上班早，遇上我在打扫走廊，总要和我聊几句，问我的身世什么的。后来有一天，她把妈叫到办公室去了。”

胎儿：“她问你：‘姑娘，如果让你再生一次，你愿意生在哪里？’”

母亲：“我回答：‘当然是生在这里啦，我想生在大城市，当个城里人。’”

胎儿：“莹博士盯着妈看了好半天好半天，笑了一下，让妈猜不透的那种笑，说：‘姑娘，只要你有勇气，这真的有可能变成现实。’”

母亲：“我以为她在逗我，但她接着向我讲了记忆遗传的那些事。”

莹博士：“我告诉你妈妈，我们的研究已经形成了这样一项技术——修改人类受精卵的基因，激活其中的遗传记忆。这样，下一代就能够拥有这些遗传记忆了！”

母亲：“当时我呆呆地问博士，他们是不是想让我生这样一个孩子？”

莹博士：“我摇摇头，告诉你妈妈：‘你生下来的将不是孩子，那将是……’”

胎儿：“‘那将是你自己。’你是这么对妈妈说的。”

母亲：“我傻想了好长时间，才明白了她的话：如果另一个人的脑子里记的东西和你的一模一样，那他不就是你吗？但我真想不出那是一个什么样的娃娃。”

莹博士：“我告诉她，那不是娃娃，而是一个有着婴儿身体的成年人。他一生下来就会说话（现在看来还更早些），会以惊人的速度学会走路和掌握其他能力。由于已经拥有一个年轻人的全部知识和经验，他在以后的发展中总比别的孩子超前二十多年。当然，我们不能就此肯定他会成为一个超凡的人，但他的后代肯定会的，因为遗传的记忆将一代代地积累起来，几代人后，记忆遗传将创造出我们想象不到的奇迹！由于拥有这种能力，人类文明将发生飞跃，而你，姑娘，将作为一位伟大的先驱者而名垂青史！”

母亲：“我的孩儿，就这样，妈妈有了你。”

胎儿：“可我们都还不知道爸爸是谁呢。”

莹博士："哦，孩子，由于技术方面的原因，你妈妈只能通过人工授精怀孕，精子的捐献者要求保密，你妈妈也同意了。孩子，其实这并不重要。与其他孩子相比，父亲在你的生命中所占的比例要小得多，因为你所遗传的全部是母亲的记忆。本来，我们已经掌握了将父母的遗传记忆同时激活的技术，但出于慎重，只激活了母亲的，因为我们不知道，两个人的记忆共存于一个人的意识中会产生什么后果。"

母亲（长长地叹息）："就是只激活我一个人的，你们也不知道后果啊。"

莹博士（沉默良久）："是的，也不知道。"

母亲："博士，我一直有一个没能问出口的问题：你也是个没有孩子的女人，也还年轻，干吗不自己生一个这样的孩子呢？"

胎儿："阿姨，妈妈觉得你是一个很自私的人。"

母亲："孩儿，别这么说。"

莹博士："不，孩子说的是实情，你这么想是公平的，我确实很自私。开始我是想过自己生一个记忆遗传的孩子，但另一个想法让我胆怯了：人类遗传记忆的这种未激活的隐性状态很让我们困惑，这种无用的遗传意义何在呢？后来的研究表明它类似于盲肠，是一种进化的遗留物。人类的远祖肯定是有显性的、处于激活状态的记忆遗传，只是在后来的漫长岁月中，遗传的记忆才渐渐变成隐性。这是一个不可理解的进化结果：一个物种，为什么要在进化中丢弃自己的一项巨大优势呢？但大自然做事总是有它的道理，它肯定是意识到了某种危险，才在后来的进化中'关闭'了人类的记忆遗传。"

母亲："莹博士，我不怪你，这都是我自愿的，我真的想再生一次。"

莹博士："可你没有。现在看来，你腹中怀着的并不是自己，而仍然是一个孩子，一个拥有了你全部记忆的孩子。"

胎儿："是啊，妈，我不是你，我能感觉到我脑子里的事都是从你脑子里来的。真正是我自己记住的东西，只有周围的羊水、你的心跳声，还有从外面透进来的那红黄红黄的弱光。"

莹博士："我们犯了一个致命的错误，竟然认为复制记忆就能从精神层面上复制一个人，看来完全不是这么回事。一个人之所以成为自己，除了大脑中的记忆，还有许多其他的东西，许多无法遗传也无法复制的东西。一个人的记忆像一本书，不同的人看到时有不同的感觉。现在糟糕的是，我们把这本沉重的书给一个还未出生的胎儿看了。"

母亲："真是这样！我喜欢城市，可我记住的城市到了孩儿的脑子中就变得那么吓人了。"

胎儿："城市真的很吓人啊，妈。外面什么都吓人，没有不吓人的东西。我不生出去！"

母亲："我的孩儿，你怎么能不生出来呢？你当然要生出来！"

胎儿："不要啊，妈！你……你还记得在西套村时，挨外公外婆骂的那些冬天的早晨吗？"

母亲："咋不记得？你外公外婆常早早地把我从被窝里拎出来，让我跟他们去清羊圈，我总是赖着不起。那真难，外面还是黑乎乎的夜，风像刀子似的，有时还下着雪，被窝里多暖和，暖和得能孵蛋。小时候贪睡，真想多睡一会儿。"

胎儿："只想多睡一会儿吗？那时候你真想永远在暖被窝里睡下去啊。"

母亲："好像是那样。"

胎儿："我不生出去！我不生出去！"

莹博士："孩子，让我告诉你，外面的世界并不是风雪交加的寒夜，它也有春光明媚的时候。人生是不容易，但乐趣和幸福也是很多的。"

母亲："是啊，孩儿，莹博士说得对！妈活这么大，就有好多高兴的时候。像离开家的那天，走出西套村时太阳刚升起来，风凉丝丝的，能听到好多鸟在叫，那时妈也真像一只飞出笼子的鸟……还有第一次在城市里挣到钱，走进大商场的时候，那个高兴啊，孩儿，你怎么就感觉不到这些呢？"

胎儿："妈，我记得你说的这两次，记得很清呢，可都很吓人啊！从村子里出来那天，你要走三十多里的山路才能到镇子里赶上汽车，那路好难走。当时你兜里只有十六块钱，花完了怎么办呢？谁知道在外面会遇到什么呢？还有大商场，也很吓人的，那么多的人，像蚂蚁窝。我怕人，我怕那么多的人……"

沉默。

莹博士："现在我明白进化为什么'关闭'了人类的记忆遗传：对于在精神上日益敏感的人类，当他们初到这个世界上时，无知是一间保护他们的温暖小屋。现在，我们剥夺了你孩子的这间小屋，把他扔到精神的旷野上了。"

胎儿："阿姨，我肚子上的这根带子是干什么的？"

莹博士："你好像已经问过妈妈了。那是脐带，在你出生之前，它为你提供养料和氧气。孩子，那是你的生命线。"

两年以后，一个春天的早晨。

莹博士和那位年轻的母亲站在公墓里，母亲抱着她的孩子。

“博士，您找到那东西了吗？”

“你是说，除大脑中的记忆之外使一个人成为自己的东西？”莹博士缓缓地摇摇头，“当然没有，那真是科学能找到的东西吗？”

初升的太阳照在她们周围的墓碑群上，使那无数已经尘封的人生闪动着橘黄色的柔光。

“爱情啊你来自何方，是脑海还是心房？”

“您说什么？”年轻的母亲迷惑地看着莹博士。

“呵，没什么，这只是莎士比亚的两句诗。”莹博士说着，从年轻母亲的怀中抱过婴儿。

这不是那个被激活了遗传记忆的孩子。那孩子的母亲后来和研究所的一名实验工人组成了家庭，这是他们正常出生的孩子。

那个拥有母亲全部记忆的胎儿，在那次谈话当天寂静的午夜，拉断了自己的脐带。值班医生发现时，他那尚未开始的人生已经结束了。事后，人们都惊奇他那双小手哪儿来那么大的力量。此时，两个女人就站在这个有史以来最小的自杀者的小小的墓前。

莹博士用研究的眼光看着怀中的婴儿，但孩子的眼里却满是好奇。他忙着伸出细嫩的小手去抓晨雾中飞扬的柳絮，黑亮的小眼睛中迸发出的是惊喜和快乐。世界在他的眼中是一朵正在开放的鲜花，是一个奇妙的大玩具。对前面漫长而莫测的人生之路，他毫无准备，因而也准备好了一切。

两个女人沿着墓碑间的小路走去，年轻母亲从莹博士的怀中抱回孩子，兴奋地说：

“宝贝儿，咱们上路了！”

达尔文陷阱

生物进化的迷宫

何夕

楔子

入夜的乌兰巴托街头依然有几分热闹。黄头发阿金斜倚在收银台旁边，百无聊赖地扫视着超市门外来来往往的红男绿女。来此打拼已快四年，面对这片以歌舞奔放著称的土地，阿金的内心早已经变得麻木。当地人对中国人并不友好，阿金关心的只是超市的生意。还有一个小时就要打烊了，今天的营业情况不太理想，这多少影响了他的心情。阿金的确有些心不在焉，直到他站起来伸懒腰时才注意到了右边货架下蜷缩着的那个小小身体。

是一个五六岁的小男孩，长着白净得有些透明的圆脸，一头黑发微微卷曲。乌兰巴托在这个季节里的气温很低，但男孩身上的衣物却很单薄。他从短寐中惊醒，目光显得有些迷茫。

“谁带你来的？你的父母呢？”阿金用蒙语问道。

男孩显然没听懂阿金的话，只是本能地摇了摇头。阿金觉得这男孩整个儿都给人一种反应很迟钝、甚至有些呆滞的感觉。

阿金试着用英语重复了一遍问话，但男孩依然无动于衷。阿金放弃了，打算找电话报警。这时，男孩的目光被货架上的食物所吸引，他的鼻孔翕动，有些贪婪地吸着气。阿金这才注意到男孩满脸疲惫，脸色苍白得有些过分，他想男孩大概是饿了。阿金取下一块面包递给男孩，但让他意外的是，男孩接过面包嗅了一下便扔在了一旁。阿金刚想发火，男孩却径直从货架上取下一袋牛奶插入吸管大口吮吸起来，伴随着这个举动，男孩脸上的疲惫减少了些，但依然没有一丝血色。

阿金宽容地笑了笑，又取了一袋牛奶递给男孩。男孩伸出手来，阿金突然注意到男孩手臂的内侧布满了针眼，他几乎本能地抓住男孩的手想看个究竟，就在这时，阿金发现了一件更加古怪的事情——

阿金怔住了，他不明白发生了什么事情。他无法描述自己的感觉，男孩的手臂很纤细很柔软，同别的小男孩差不多，除了一点：手臂一片冰凉。阿金觉得自己握住的就像是一截刚从冷水里捞上来的橡胶棒，他本能地将手搭在男孩的额头上，结果那里也是冰冰凉的。这时，男孩突然轻声说："谢谢。"

"你会汉语？你是华人？"阿金惊叫道。

这时，忽然从门口传来一阵杂乱的脚步声。"找到了，他在这里！一眨眼的工夫他就从车里跑出来了！"一声高亢的喊叫让阿金回过神来，一个高大的蒙古人带着满身酒气从门口径直闯进来，粗鲁地一把拉着男孩的手就往外走。

"哎，你是谁？"阿金做了个阻拦的动作，"你是他的家人吗？"

"当然是！"那人有点不耐烦地回答。这时，可以看到门外另有两个人在往这边赶过来。

"可是，他根本听不懂蒙语。还有，他好像生病了。"

“他没病！”

“可是他身体一片冰凉。”阿金有些发怯地说，他曾经吃过当地人的亏。喝了酒的当地人常有拿中国人撒气的时候，他们知道漂泊在外的中国人大多软弱可欺。

蒙古人回过头来盯着阿金，“你还知道些什么？”

“我是说，他的体温不对。你知道吗？我握着他手的时候，感觉像是握着一条蛇。这很不对劲儿，我还从来没有遇到过这样的怪事情。应该送他去医院或者报警……”

阿金的建议没能说完，因为一把锋利的蒙古刀在截断他身体内无数血管的同时，也截断了他的话。阿金没有在这起事件中死去，是因为几位顾客正巧走进超市，惊扰了行凶者进一步的行动。这个既非抢劫也非谋杀的案件没有引起多大重视，在警方档案里，它被归入偶然犯罪，在这个崇尚饮酒的国家里有许多类似案件。虽然卷宗记录了事件中出现过一个体温异于常人的小男孩，但所有人私下里都认为，这是当事人在极度紧张情况下出现的幻觉。

一

车窗外划过浅丘地区特有的片片小山坡，正是草长莺飞的早春时节，不时有大片金黄的油菜地映入眼帘。但开车的人显然没有欣赏风光的心情，他身形瘦削，双眉紧蹙，显出心事重重的样子。在一旁的副驾驶座上斜放着一个信封，一张照片从没有封口的信封里滑落出来，那是一个四十来岁的美丽女人，虽然微笑着，但却无法掩饰脸上那仿佛固有的忧郁。

兰天羽赶到“守园”的时候，何夕正在修补一根受损的渔竿。何夕经常垂钓，但与其他人以此为乐不同，何夕钓鱼的目的和几万年前的老祖宗一样纯粹，完全是生活所需。在“守园”，许多事情都必须自己动手，有时候他还要侍弄几块菜地。何夕从兰天羽的口气里断定这是一件非常棘手的事情，不然以兰天羽的实力不会显得如此惊慌失措。其实兰天羽基本上都在说同一句话：“请你一定要救救韦洁如。”

韦洁如，何夕在心里念叨着这个名字，端详着兰天羽手里的照片。兰天羽从几千里之外赶来求助，这个人对他来说肯定非常重要。

“韦洁如是我的表妹，我们从小一块儿长大。”兰天羽顾不得一路的疲惫，“那时我们两家人住在雅加达。小时候在表兄妹里，我和韦洁如的感情是最好的。后来我们全家离开了印尼，她则留在了那里。要不是因为近亲的话，她也许就是我的妻子了。”

“她现在的具体情况你知道吗？”何夕问。

“不知道。”兰天羽痛苦地低下头，“其实我很久没见到她了。”

“那她有什么特点？”何夕字斟句酌地说，“就是说她有什么与众不同的地方？”

“多年前，她家在当地经营着一些企业，但洁如从小就不喜欢生意上的事，而是对研究一些奇奇怪怪的事情感兴趣。”

“都是些什么事情？”何夕来了兴致。

“我也搞不太懂，她还在很小的时候就经常说些奇怪的话。比如她说这个世界的设计充满失误，应该更有效率地运行才对。她还说生命进化的历程太随机了，以至于漏洞太多。”

“这样啊，不过也不算太奇怪。”何夕若有所思，“后来呢？”

“她没有接手家里的生意，现在是印尼巴扎扎朗大学的教授，研究方向好像是热带生物。这是她选择的道路，能从事自己喜欢的事情，我也为她感到高兴。”

何夕理解地点点头：“她出了什么事？”

“她失踪了。家里人报了案，但是警方查不到线索。一个多月前，有人把她从学校接走了，开始还同家里联系过，说正在蒙古从事一项重要工作，后来就彻底失去了音信。”

“蒙古？”何夕若有所思地重复了一句，“韦洁如不是研究热带生物的吗？这个季节蒙古还是冰天雪地，她去那里干什么呢？”

“我也不知道。”兰天羽显然方寸已乱。

何夕叹了口气，轻轻抚弄着手里的渔竿：“就凭这些资料我很难帮上忙，感觉这是一件常规的人口失踪案件，要说找人的话，警察更在行。”

何夕说的是实话，这不算是什么奇特事件，由警方来解决效率会更高。何夕一向认为朋友间应该有话直说，他认为这次兰天羽来找自己帮忙的确是有点病急乱投医。当然这也不能怪兰天羽，所谓关心则乱罢了。

“请你一定要帮帮她！洁如的一生已经够坎坷了，我不想她再受到伤害！”兰天羽听出了何夕的拒绝，他有些失控地嘶喊道。

何夕眉毛微挑：“她以前遭遇过什么事情？”

兰天羽低下头，脸上现出极度的哀伤，显然很不情愿提及往事：“当年她才十多岁，在一场骚乱中，她的父母——也就是我的舅舅和舅妈——被当地暴徒砍死，她本人也……遭到强暴。”兰天羽眼里涌出泪水，身体止不住地颤抖，看来即便时隔多年，这件事情仍然让他无法平静地叙述，“当时我和父母正好在国外，否则也难逃厄运。”

何夕没有开口说话，良久，一声脆响传来，他右手两指间那根伽马精工生产的可以承受数十斤大鱼重量的纳米渔竿突然从中断开了。

二

雅加达街头人头攒动，兰天羽焦急地看着手表，何夕已经独自消失了三个小时，这里是约定的会合地点。兰天羽完全不明白何夕在做什么。昨天他专门赶到苏门答腊去参观那条世界上最大的叫做“桂花”的蟒蛇，现在又玩儿起了失踪。

这时，一辆插满彩旗的敞篷车在人群簇拥下缓缓而过，车上一位身着红衫、身躯微胖的男子脸上带着和蔼的笑容向四周频频点头招手，口里轮流用爪哇语和印尼语问候着路人。兰天羽猛觉肩头被人拍了一下，回头一看，正是何夕，他身上背着一个大包，一副要出远门的样子。

“怎么，你好像认识车上这个人？”何夕问，他看着横幅上的字不明就里。

“他叫山迪昂万，以前住在我家附近，当年他父亲就在韦洁如家的橡胶园里做工。”兰天羽低声道，“没想到他现在已经是橡胶业巨头了，而且还领导着一个叫‘纯粹印尼’的政党。”

“他在说些什么？”何夕随口问道。

“他说这是一个伟大的国家，爪哇人是世界上最正统、最优秀的种族。而且，”兰天羽迟疑了一下接着说，“他语气中很排斥华人。”

何夕看了看四周皮肤黝黑、颧骨高耸的狂热人群，不置可否地笑笑：“我看也就是为了拉选票嚷嚷几句罢了，好多政客都喜欢玩儿这一套。我只觉得他的姓名很拗口。”

“这不是姓名，他是爪哇族人。爪哇族几乎占印尼总人口的一半，自古以来他们没有姓只有名。”看来，兰天羽知道的东西不少。

“真有意思。那他们比当年的日本人还落后一大截，至少日本人后来自己还发明了‘田中’‘渡边’之类奇奇怪怪的姓。”何夕大大咧咧地说。

兰天羽急忙拉住何夕的臂弯：“小声点，他的政党排斥华人，如果他们听到这些话你就走不了了。”

“好了，咱们别理会这些新纳粹了。”何夕转身招呼计程车，“该赶路了。”

小巽他群岛是由两个构造板块碰撞时形成的火山群，位于爪哇岛以东的印度洋和帝汶海之间，绝大部分属于印度尼西亚。科莫多国家公园由科莫多岛和瑞音克岛及附近的小岛组成。科莫多岛四周普遍都是悬崖峭壁，岛上有着成片的棕榈树林和广阔的草地。

“我们为什么不去蒙古？韦洁如最后的落脚点在那边啊。”兰天羽对四下的热带风光视若无睹。

“我不是说了吗？铁琅已经赶过去了，他一有消息就会跟我们联系的。”何夕走得很快，似乎身上背着的超重负荷对他没什么影响。

“可我们来这里做什么？”兰天羽茫然四顾，科莫多岛上植被茂密，湿度很高，虽然背包交给了何夕，但经过一路跋涉，兰天羽依然累得够戗。

“嘘——”何夕突然停下脚步，仰头望向树上。兰天羽顺着他的目光看去，一道鸭子大小的黑影急速地一晃而过，躲进了浓荫遮蔽中。

“那是什么东西？”兰天羽悚然道。

“喏，就是它。你忘了这里是科莫多国家公园了，我们当然就是来看科莫多巨蜥的。”

“巨蜥怎么在树上？在电视里我看到那家伙都是待在地面上的。”

“科莫多巨蜥在小的时候有很多天敌，一般都生活在树上，等到成年之后才会在地上生活。”

“你好像什么都知道。”兰天羽没好气地说，“可是能不能说明一下，我们为什么要来看这些大壁虎？”

“因为我看到了韦洁如的笔记……”

“韦洁如的笔记？”兰天羽惊叫道，“在哪儿？你怎么得到的？”

何夕摇摇头：“你以为我满世界乱跑是为什么？我们刚到雅加达我就去了韦洁如的住处，结果运气不错，我找到了她的一本工作笔记。”何夕沉静下来，语气变得幽微，“老实说，看了她的笔记后，我很想见到她本人。”

兰天羽接过何夕递过来的一个蓝皮本子急切地翻看起来，几分钟后，他迷惑地抬起头把本子递还回去：“里面好像尽是些生物学方面的研究资料，我看不太懂。”

何夕理解地笑笑：“老实说我一直对热带生物感兴趣，本子里前面的大部分我基本能看懂，但后面的部分我确实不明白她想说些什么。你看这段话：‘生命体的生存从本质上讲是一种逆熵而行的行为，所以生命体自身是一团逆天而行的物质集合。它从系统外攫取负熵，用来有序排列自身体内的原子，并向外界排出无效序列。’你能明白吗？”

兰天羽茫然地摇摇头：“我连前面的很多都搞不懂。”

“其实这段话还不算艰深，我想她大概是说，生命体是从外界摄取能量用于自身运行。关键是下面这句：‘而在进化的巨力下，生命体将这个过程演进到了难以想象的地步。我认为进化过度的现象无所不在，这严重地加剧了负熵的耗减，对自然造成莫大损伤，称之为进化灾难也不为过。在这种灾难中，起最重要作用的正是对生命而言最根本的元素。’老实说，我看到这里完全跟不上韦洁如的思想了。”何夕翻过几页，“还有这里：‘人类的参与更是将这个过程推进到了史无前例的地步，在进化选择的强大力量干预下，整个人类的历史也因之而充斥着暴力、欺诈、伤害和丑恶，企盼上苍能听我苦祷赐我力量，将这一切终结。’”

何夕停下来，这段让人不明就里但却感到莫名触动的话让他无法平静。兰天羽插话道：“我想这也许只是韦洁如在平时生发的一些感慨吧，她一个手无寸铁的弱女子又能改变什么？”

何夕摇摇头，他翻到笔记最后一页，赫然映入眼帘的是几个朱红如血的字：我在地狱里永夜歌唱。

“看到这几个字你有什么感觉？”何夕直视着兰天羽。

“我……说不太明白，我突然觉得她变得有点陌生。”兰天羽喃喃地道，“也许我不够了解她。”

“我不认为能写下这些文字的人所说的话会是随便说说的。”

何夕收好笔记，“我还注意到一件事，你这个表妹的专业虽然是热带生物，但她绝大部分的精力只是放在两种生物上。”

“哪两种？”兰天羽回忆着笔记里的内容，里面至少出现过几十种生物的学名。

“蛇和蜥蜴。”何夕大步向前，“我调查到韦洁如在这座岛上有一间实验室，我们先去那里。”

三

观光车有完善的安全措施，因为现在已经进入成年巨蜥生活的区域了，虽然科莫多巨蜥极少主动攻击人类，但谁也不敢拿性命冒险，要知道，死于巨蜥之口是一个可能长达几周的漫长病亡过程。

“其实这个时候的它们没有什么危险。”司机兼导游是个亚齐族人，在印尼也算少数民族，说一口比较流利的汉语。眼前这两个人在他看来是好主顾，在小费上毫不吝啬，让他差点以为他们是日本人。看在钱的分儿上，他提起热情指着不远处几只躺在阳光下的巨蜥说，“它们前天刚饱餐了一头牛，接下来六七天里都不会想进食。”

“气温这么高，它们怎么不躲到树荫下？”兰天羽挥手抹汗。

“如果不依靠太阳的热度，它们无法消化食物。”何夕解释道。导游微微点头，看来这个说法比较靠谱。

兰天羽纳闷儿地挠了挠头：“什么意思？因为它们是冷血动物吗？”

“只能说你猜得基本正确。”何夕接着说，“像蛇和蜥蜴这样的冷血动物，它们体内的消化系统必须依靠阳光的热力才能发挥正常功效，否则食物会在体内腐败。不过，并不是所有的冷血动物都这样，比如鱼类就不需要，它们体内的酶对温度没这种要求。”

兰天羽点点头算是明白了，而那个导游则一脸惊奇地望着何夕。

“不是说爬行动物在进化史上比鱼类高级吗？我看，在这一点上它们比不上鱼。”兰天羽忙着下结论，“它们还真成了靠天吃饭了，要是吃饱了，连着几天不出太阳会不会肠穿肚烂而死？”

何夕淡淡一笑：“我小时候养过的一条蛇就是那样死的。”

看来，韦洁如的这个野外实验室其实还扮演着一个观察哨的角色，出于安全考虑，架子搭得比较高。毕竟是野外，门禁系统不算强大，突破它只花费了何夕几分钟时间。

室内虽然不算太大，但布置得井井有条，一张床靠在角落里，一张书桌紧挨床头。何夕想象着在无数个冷清的夜晚，一个柔弱女子独自守着一盏孤灯，支撑她的不过是内心里的一丝信念。不知为什么，何夕心里陡然划过那句话：我在地狱里永夜歌唱。

令人失望的是，这里居然没什么资料，甚至找不到一页纸。在柜架上摆放着一排直径约五厘米粗细的玻璃瓶，瓶子上标着一些动物名称：科莫多巨蜥、亚马逊森蚺、新西兰鬣蜥、西伯利亚狼、倭水牛、鲔鱼等。不过，瓶子里面装着的东西却似乎没什么区别，全是黑乎乎一团。何夕打开背包，将这些玻璃瓶悉数收进，对周围的设备倒是并未过多留意。

“你不能把这里搞乱。”兰天羽大急，“韦洁如回来可能还要用到这些东西。”

“放心。”何夕大大咧咧地说道，“我只是用一下，以后会还回来的。我主要是不熟悉如何使用这里的设备，不然也不必带走它们了。”

“看来洁如把资料全带走了，”兰天羽颓然坐下，“没什么文字线索。”

“是吗？”何夕若有所思地四下巡视着，“我倒是有点发现。至少我敢肯定，有别的人比我们先到一步。资料应该不是韦洁如带走的，否则不会搜得像现在这么干净。”

“那个导游怎么不见了？”兰天羽突然嚷道，“我们叫他在外面等着的。”

“糟糕。”何夕暗忖不好，连忙拉着兰天羽朝室外冲去。

兰天羽挣扎着说：“外面有巨蜥。”

“这个世界上最凶残的物种并不是科莫多龙。”何夕拉着兰天羽一路狂奔，没跑多远，就听见身后传来混合着印尼语和爪哇语的喧嚣的吵嚷声。仗着树林浓密，何夕停下来示意兰天羽噤声。只听得乱糟糟的人群从不远处经过，渐渐远去。

“我们也走吧。”良久之后，兰天羽轻声提醒道。

“往哪儿走？三米长的巨蜥你能对付几只？它们的尾巴能一下打死水牛。如果被这些家伙咬上一口，你全身的血液就会在几小时内生出几百个品种的高毒性脓菌，这种超级败血症根本无药可救。”何夕露出狡黠的坏笑，“我们只能回实验室待着，那里现在应该又安全了。待会儿搭其他游客的车出去。”

四

万隆是印尼仅次于雅加达和泗水的第三大城市，巴扎扎朗大学就坐落在这里。

“中国人对这座城市是最耳熟能详的。”何夕四下眺望着街景，“小时候的课本里都提到过万隆会议。中国一位著名的领导人在这里发表了一次著名的讲话。”

兰天羽注视着街道上忙碌的人群：“但你知不知道在万隆还有一个全印尼家喻户晓的故事，是关于一个华人的，叫做《没见过太阳的人》。”

“有点意思，说来听听。”

“这是一个真实的故事，所谓太阳是指万隆本地的太阳。说是有一个华人，现在也没人清楚他到底姓什么叫什么，只知道他每天清晨天不亮就出发到雅加达做工，晚上天黑后才回来。就这样直到死，他一辈子也没有见过一天万隆的太阳。”

“有这样的事？”何夕问得有些多余。

“我都说了这是一个真实的故事。他只是千万华人的一个写照。”兰天羽声音低回，“我和韦洁如的祖辈们都是那样的人。他们辛勤劳作，给这个国家带来了巨大的财富，但他们中的很多人最终却受到了戕害。每当这个国家遭逢危机的时候，占人口百分之五的华裔就首当其冲，成为社会的出气筒。那种时候，这里就是华人的地狱。”

何夕沉默了，他当然知道兰天羽指的什么事。在韦洁如经历的那次事件中，华裔死亡一千五百多人，后来还是靠澳大利亚出动维和力量才平定了骚乱。

吴俊仁是韦洁如的同事，看得出来这段时间他也关心着韦洁如的状况：“凡是我知道的都会告诉你们，只要能早日找到韦洁如。”这个瘦高个中年男人显得有些憔悴。

“这些标本瓶麻烦你做一个检测，看看里面都是些什么。”何夕本能地觉得这个男人是足以信赖的，“你看，这些瓶子上除了标明物种名称之外，还有一个各不相同的数字，在‘新西兰鬣蜥’上标的是‘3’，在‘森蚺’上标的是‘23’，在‘鲔鱼’上标的是‘15’，在‘倭水牛’上标的是‘2’，我想知道这些数字代表什么意思。另，你能否告诉我们一些关于韦洁如的事情？”

吴俊仁的神情变得有些恍惚：“怎么说呢？韦洁如是一位优秀的生物学家，取得的成就远远超过周围的人。不过我想，也许这并不是因为她更聪明，而是她付出了远超于别人的努力。实际上，在这个领域的多数人和我一样，只是把研究当做一种职业，但韦洁如显然倾注了更多的东西在里面。”

“什么东西？”何夕急切地问。

“我也不知道说得准不准确，应该是有点类似于信仰之类的东西吧。这使得她可以投入超出旁人几倍的精力，她可以在荒无人烟的小岛独自待上几个月，或者是一个人一连几周都在研究所的实验室里吃住。有时候我实在不忍心她这样劳累，想帮帮她，但老实说，我确实吃不了那样的苦，所以只坚持了很短的时间。”

何夕和兰天羽对视一眼，心里都涌起一种难以言说的感情。韦洁如就像置身于迷雾森林里的精灵，她的内心不知埋藏着多少不为人知的秘密。

这时，何夕的电话突然响了，何夕接听几句后脸色骤然一变：“你先守在那里，我们马上赶到乌兰巴托。”

五

兰天羽这些天紧绷的神经终于抵受不住了，从新加坡樟宜机场一上飞机，他吃了点感冒药后便沉沉睡去。何夕虽然也感到疲倦，但那些林林总总的信息却顽固地在脑子里飘来飘去，他觉得自己就像进入了一片浓雾中的森林，前方仿佛有依稀的光亮，但更多的却是混沌和迷茫。

兰天羽侧过身，口里嘟哝道：“快到了吗？”

“你醒了？”何夕关切地问，兰天羽的脸色看上去好些了，“刚才广播说还有一个小时就到。你这一觉可睡舒服了。”

兰天羽猛地撑起身，想到离韦洁如更近了，他的感冒也似乎好了许多。

一见面，铁琅照例给了何夕一记直拳，他的神色有些疲惫，可能没休息好。何夕破例没还手，蹙眉问道：“怎么一下飞机就闻到这么股怪味？”

“今天风向不大对头。在乌兰巴托的冬天，你总会闻到这股味道，那是住在市区周围的人在烧煤取暖。”铁琅解释道，“蒙古人只需两个小时就能搭好一座蒙古包，现在蒙古国一半以上的人都住在乌兰巴托。你待会儿在市区就能看到，那些外来人口搭建的临时房屋已经将这座城市包围了。这也算当地特色。”

“有韦洁如的消息吗？”兰天羽直奔主题。

铁琅指着身边一个开车的身材壮硕的男子说：“这位仁吉泰先生是朋友介绍的，这几天他一直和我一起调查这件事。”

“这没什么，大家都是中国人，帮忙是应该的。”仁吉泰嗓音高亢，估计是唱蒙古长调的好手，“根据我们的调查，韦洁如可能在特勒尔济。”

“那是什么地方？”何夕问。

“特勒尔济是蒙古近年发现的煤矿区，起初是国有的，现在已经私有化了。大部分产权属于一位叫赤那的人。矿区里有不少中国工人。”

“现在好像哪里都少不了中国人。”铁琅带点兴奋地说。

“也许吧。”仁吉泰的语气很平淡，“其实大多数中国人在这里也只是比国内多挣一点钱而已。当地人很不友好，最好不要单独外出。”

何夕喟然靠在座位上。

“我们现在是去特勒尔济煤矿区吗？”兰天羽问。

“是的，还有几百千米路程。”仁吉泰说，“一个多月前发生了一桩离奇的伤害案件，受害人阿金来自二连浩特，是我的老乡。他亲口告诉我说，他见到了一个周身冰凉、体温异于常人的男孩。”

“周身冰凉？”何夕惊叫一声，“那男孩在哪儿？”

“被那些袭击阿金的人带走了，警方根本没有认真调查这起案子，他们没把这当回事。铁琅来找我的时候，我们正在私下里调查这件事，我们要自己讨回公道，结果发现韦洁如当时就和那些人在一起，他们最后的落脚点就是特勒尔济矿区。”

“韦洁如和那些人在一起，岂不是很危险？”兰天羽方寸大乱。

“应该不至于。”何夕很镇定，“韦洁如说过是到蒙古从事研究，也许那些人想从韦洁如那里得到什么。”

“我也这样认为。”铁琅开口道，“那个矿区肯定有古怪。我去过一趟，那里的管理严得过分。那个叫赤那的人是蒙古有名的富商，而且好像还在一个叫什么‘白色口十字’的组织里身居要职，总之很有背景。”

“白色口十字”？何夕悚然一惊，这是蒙古国有名的新纳粹组织，鼓吹民族主义和血统论，尤其排斥华人。“现在只能从特勒尔济矿区查起了。”何夕若有所思地看向车窗外，“我希望那个结果能快些传过来。”

“什么结果？”铁琅急切地问。

“一个能将这些线索连起来的结果。”何夕没头没脑地说了一句。巨大的疲倦袭来，何夕放弃抵抗，靠着椅背沉沉睡去。

六

特勒尔济矿区位于蒙古中部城市宗莫德附近，这里是当年康熙皇帝平定噶尔丹叛乱时的古战场。公元1696年，清朝将军费扬古派前锋都统硕岱、副都统阿南达在此击溃噶尔丹，并追击至特勒尔济山口。此战为清朝平定噶尔丹叛乱中的决定性战役，此后，噶尔丹再也没有力量与清军正面交锋，远逃极北不知所终。

趴在荒地里潜伏两个小时对何夕来说是小菜一碟，但对仁吉泰来说就有些吃不消了。不远处是特勒尔济矿区的一个转运区，明亮的光柱循环扫射着整个区域。

“一个煤矿搞得跟集中营似的，这个地方肯定有问题！”仁吉泰低声咒骂道。

“人会来吗？”何夕也有些焦急。

“说好了的。估计是有事耽搁，看这阵势要出来也不容易。”仁吉泰声音突然高了些，“那边过来个人。”

来人除了衣服上划了几道豁口，还不算太狼狈，脸上满是庆幸的神色。仁吉泰介绍道：“这位是张林，也是我老乡，一个星期前专门进到矿区里调查那帮人下落的。”

张林一把抓过仁吉泰手里的水壶大口大口地灌着，过了半天才长长地舒口气。

“这位是何夕先生，不是外人。”仁吉泰拍了拍张林的肩膀，“查到什么没有？”

“特勒尔济最近可能要发生什么事。”张林说，“几天前他们开始对中国籍工人加强了管理，专门排查了工人的情况，像我这样的都被找去谈了话，要求我们平时只能待在指定岗位，不得随意走动。”

“不过这也算不上什么大事啊。”何夕思索着，有些迟疑地问张林，“你想想看最近有没有这种情况，就是平时本来一直在某个地方干活的人突然看不到了？”

张林回忆了一下：“这么说我倒是想起来，是有这种事。从前天开始，一个与我间隔几个工作位的矿工就没来了，好像说是回国探亲去了。但我记得原先聊天时，他曾经说过现在已经没有什么亲人了。”

仁吉泰看了眼黑瘦的张林：“这些天辛苦了，等事情办完后我请你吃烤全羊。”

张林笑了笑："说起来这矿区里就存有几千只羊呢，但我们的伙食差得要命，老板太抠了。"

"你说什么，几千只羊？"何夕突然插话。

"是啊，这几天我亲眼看见运过来的，兴许还不止这个数。喏，就关在转运站的设备仓库里。"张林指着三十米外的一排房子说，"我也有些纳闷儿，看那房子应该装不了那么多羊的。"

何夕和仁吉泰面面相觑，他们俩的脸色变得有些发白。

张林的鼻翼翕动："是有股羊圈的味道啊，你们没闻到吗？"他的声音突然颤抖起来，一种诡异的感觉浮上心头。是的，几千只羊就在区区三十米开外的房子里，还能闻到它们散发的气味，但是这里也……太安静了。

这时，何夕突然拿起电话接听，他的脸上闪过阴晴不定的神色。

"什么事？"仁吉泰问。

"印尼那边的调查有新发现。我们先回酒店。"

电脑屏幕上滑过一排排的数据。

"这是些什么东西啊？"仁吉泰在一旁大摇其头，他完全不明白这些数字代表什么。

何夕与铁琅却是凝神注视，生怕漏掉了重要的情况。

"吴俊仁检测出那些瓶子里都是动物的胃容物样本。"何夕下了结论，"看来韦洁如是在研究那些生物的食物结构。"

"那瓶子上标的数字和这些数据有关系吗？"兰天羽插话道，

当天的经历实在太惊险，令他记忆犹新。

“吴俊仁已经做了比较，他分析出那些数字的大小似乎对应着胃容物蛋白质的含量高低，但比例却不完全吻合。”何夕点点头，“你们看，按胃容物蛋白质含量从低到高的顺序来看，这些数字的排列完全正确，但是却不符合比例，存在一个小的偏移，比如科莫多龙的胃容物标号为21，蛋白质含量19%，倭水牛的胃容物标号为1，蛋白质含量为1.2%。吴俊仁对这些标本全部做了这样的运算，结果所有标本都存在这个微小的误差，而且这个小的差异表现没有明显规律，就像是一个混沌的扰动，吴俊仁对此也无法解释。”

“会不会是这个数字并没有对应着蛋白质，而是对应着别的什么成分？”铁琅分析道。

何夕很肯定地说：“不会的。按这个思路，其他的成分吴俊仁也考虑过，比如说碳水化合物或者维生素等，但完全对不上号。只有蛋白质含量显示出了与数字标号的关联，但这个没有规律的差异又怎么解释呢？”

“我们还是先想想怎么找到韦洁如吧。”兰天羽有些着急地开口，他看不出何夕有什么必要为一些莫名其妙的事情耽误时间，“这些无关紧要的事情可不可以等以后再说？”

何夕拍拍兰天羽的肩膀：“我们现在做的这些事情正是找到韦洁如的关键所在。”

“什么意思？”兰天羽不解。

“我们必须要知道韦洁如在黑夜里吟唱的是一支什么样的旋律。”何夕突然没头没脑地说了一句。

七

冰碴儿在靴底传来破碎的声音。两道黑影矫健地穿行在空地中，做出一连串标准的军事动作，躲避四处扫动的灯柱。

“看来这些库房已经被改造过了。”铁琅打量着结实的合金门，“采煤设备肯定不用这么夸张的，居然用的以色列 DDS 的门禁。这里也就是个羊圈，就算跑几只也损失不了几个钱啊，搞不懂这些有钱人在想什么。”

“看来是防止外人进去。”何夕猫着身子紧张操作，便携式计算机的屏幕上快速滚过串串代码，二十分钟之后，终于响起了攻破密码的滴答声。

何夕和铁琅一进门就僵住了。在仓库里搭建着层层叠叠的笼子，难以计数的蒙古羊就倒伏在里面，一动不动，姿势千奇百怪。

“这么多死羊？”铁琅打了个冷战，“看来我们闯进了一个坟墓。”

何夕打开红外眼镜：“它们没有死，还活着。它们的平均体温比环境大约高半度左右，在红外眼镜下有微小差异。既然有温度差异，就说明有新陈代谢存在。”

“那它们现在这样算什么？”

何夕咧嘴一笑：“我觉得是在冬眠。”

“冬眠？就像冬天的熊那样？”铁琅吃惊地问。

“不一样。”何夕摇摇头，“熊冬眠时体温只降低十摄氏度左右，现在这些羊的情况和熊完全不同，体温和环境基本一致，还不到七摄氏度，新陈代谢水平几乎完全停止，倒是和蛇类的情况很相像。”

“像蛇？”铁琅盯着那些雕塑一样的生灵，如果不凭借仪器，谁也看不出这些还是活物。

何夕深吸口气，“你还没明白吗？对这个草原国度来说，我们现在看到的是一桩非常了不起的奇迹。”

铁琅立时明白了何夕的意思。的确，多少年来牧人们都在为牲畜的越冬而发愁，不要说增重，能靠着积攒的大量饲草让骨瘦如柴的牲畜活到春季就算是老天保佑了。但现在让牲畜冬眠却使问题迎刃而解，也许只有何夕所说的“奇迹”这个词才能够恰当地形容这件事情的意义。铁琅一时间觉得头竟然有些晕。

“我现在有点明白韦洁如到底在做什么了。”何夕从震惊中恢复过来，“她付出那么多心血看来是值得的。”

“这是件好事啊。但为什么搞得这么古怪？”铁琅不解地问，“这样的成就是可以造福全世界的。”

“说明其中还有一些我们不知道的原因。”何夕淡淡地说，这时他的耳机里突然传出监控警报声，“外面好像有人正在接近这里，我们赶快出去。”

“根据情报，以前这里是没有人巡逻的。”铁琅在山包后看着那些停留在仓库入口处的人员说，“看来他们加强了戒备，我们下一步去哪儿？”铁琅小声问道，“我觉得那个赤那透着一股神秘，赤那以前是牧场主，近来取得了不少矿山的经营权，特勒尔济只是他的部分产业，这种急速的扩张背后肯定有玄机。”

但是铁琅发现何夕好像没有听他说话，而是目光飘忽地看着远处，不知在想什么。“原来是这样。”何夕突然轻呼一声，“对，应该是这样。”

“你说什么？”铁琅不明就里地问，“你在听我说话吗？”

何夕没有搭话，自顾自地拿出便携计算机演算起来。过了几分钟，他吁出一口气说："尤里卡。"

听到这个词，铁琅立即知道何夕有了发现。当年阿基米德在浴盆里洗澡，突然来了灵感发现了浮力定律，就惊喜地叫了一声"尤里卡"，意思是：找到办法了！

"原来，那些标本上面标的数字并不是蛋白质比例，而是氮元素的占比序列。虽然这两者存在正向关联关系，但毕竟有所区别；现在将数据换算到氮元素，一切都完美吻合了，误差不到百分之一。"

"这能说明什么？我觉得两者应该算是一回事啊。"铁琅插话道，"谁都知道蛋白质的重要构成成分就是氮。"

"在韦洁如的笔记里提到过一种她称为进化过度的现象，她认为有某种对生命而言最根本的元素推动了这种现象的发展。现在我想她指的应该就是氮元素。"何夕不紧不慢地说。

铁琅的表情有些发呆："我不明白这是什么意思。"

"我也不明白。"何夕摇摇头，"我知道的不比你多多少。这里是转运区，三千米之外就是特勒尔济煤矿的核心所在地。那里应该有我们想知道的答案。"

八

"张林又传回了新的情况。"仁吉泰急匆匆地进门来。

"什么事？"何夕问。

"有一个片区长今天欺压中国工人，他和几个人看不惯，一起把那个家伙揍了一顿，算是出了口气。”仁吉泰语速很快，“那人还被捆着，但现在张林他们不知道该怎么办。”仁吉泰摇摇头，“这个张林也太冲动了点，看来只能让他先撤回来了。”

何夕愣了几秒钟，一丝亮光从他眼里闪现出来：“我们也可以利用这次意外。你让张林给那个家伙多拍几个角度的照片传过来。”

十分钟后，何夕仔细审视手机上发来的照片：“这个家伙个子倒是和我差不多，长得真像中国人。”

“他本来就是中国人，名叫李青。”仁吉泰有些诧异地说，“这个煤矿的中国工人占多数，有不少中层管理人员是中国人，但他们对中国工人比蒙古人还凶狠。”

何夕和铁琅对望一眼，一时无语。看来鲁迅先生在多年以前就批判过的劣根性，直到今天仍然像一道无法摆脱的诅咒般缠绕着这个经历坎坷的民族，这个李青不过是又一个证明罢了。

“现在开始制作硅胶面具，时间是紧了点，但达到八九分的相似度应该没问题。”何夕开始摆弄设备，铁琅自然密切配合。一个多小时后，何夕在镜子前戴上面具左右端详道：“我的脸型稍宽了点，不过应该能混过去的。”

铁琅点点头：“我的身高差太多，也只有你去了。你会的蒙古话不多，一定要多加小心。”

何夕转头看着铁琅：“你今天再去查一下转运区的仓库，有情况就通知我。”

“就是那个羊圈吗？”铁琅有些意外，“上次不是看过了吗？”

“当时有人来打断了调查，不知怎么回事，我总觉得里面说不定还藏有什么秘密。发现什么就马上联系我。”

何夕也知道此去风险难料，他朝着屋里一群人点点头，递给仁吉泰一张纸条：“记住这个电话。如果明天这个时候我还没有消息，你们就打电话寻求帮助。”

兰天羽突然开口：“我们不需要打那个电话。我相信你。”

铁琅却是不置一词，只照例在何夕的前胸捶了一拳。

从井下出来，何夕望着灰蒙蒙的天空立刻开始大口呼吸，他在井下待的时间并不长，只是去取李青的工作牌。到了井下，何夕才知道这个排得上号的矿区条件有多糟，中国工人在这种恶劣的环境下工作，只是为了比在国内多挣那么一点点。何夕不禁想起兰天羽说过，在印尼有越来越多的中国劳工从事建筑以及橡胶园种植等很多当地人嫌弃的行业。何夕一直记得兰天羽当时的一句感叹：“相比在所谓的世界强国里被人轻看，在这些弹丸小国里中国人的一些境遇其实更加令人难过。希望有一天这一切都会成为过去。”

办公区散布着几幢启用不久的建筑，都是只有几层的楼房。何夕夹着一个袋子埋头赶路，就像一位急着传送文件的职员，一路上尽量不引起别人的注意。然后，何夕停在了一幢灰白色的建筑前，这里看上去同刚刚经过的几处地方并没有什么不同，但何夕眼里却突然显出一丝兴奋的光。他目不斜视地进门，穿过门厅径直上楼，到了顶层直接右拐，他眼睛的余光可以看见左边走廊上转悠着几名警卫。何夕迅速推开一间贮藏室的门，现在他只能从顶上的通风道进到守备森严的左边走廊。

通风道里也设置了监控，虽然不至于不可逾越，不过也给何夕增加了一点麻烦，但这样严密的防备也让何夕确信自己正在往正确的方向前进。刚才让他驻足的是某种气味，何夕判断至少有苯酚和氯仿两种东西存在，何夕想不出在一个矿区的办公区里这两样东西有什么用途，但他却知道它们是DNA萃取工艺中经常用到的。何夕看看表，已是晚上七点。通风道下方的房间已是空无一人。通过夜视镜，何夕确定这里是一间设备完善的实验室，不时有一些动物的叫声突然撕破寂静，在黑暗中听起来有些瘆人。

何夕在一个通风口处停下来。下面亮着灯，是一间稍小的实验室，角落里摆放着一张简易的午休床，一个白衣女子正坐在上面看书。何夕端详着这个狭小的通风口，小心地取下上面的隔栅。何夕探出右手，接着，他的身体开始拼命地扭动。

白衣女子吃惊地回过头来，何夕这才发现韦洁如比照片上显得更瘦也更美，某种朦胧的光在她眼里浮动着。实际上，她整个人都给人一种不大真实的感觉。韦洁如的紧张只持续了一瞬间，很快她便恢复了镇定，一语不发地看着闯入者。

“我以为你会尖叫。”何夕只露出了半边身体，悬在半空中有些尴尬地开口道。

“如果有用我会的，但实验室之间保持着完备的隔离，外面听不到这里的声音。”韦洁如淡淡地说，她看了眼何夕胸前的工作牌，“你是中国人？”

“这个牌子是借用的。我叫何夕，是兰天羽的朋友。”

“哦。那你是想带我走吗？”韦洁如仍然是那种淡淡的口吻，仿佛早料到会发生这种事情。一时间，何夕有些怀疑这个世界上还有什么事情能让这个女人挂怀。

何夕翻身落到地上，脸上露出了苦笑：“那些监控虽然没能阻止我进来，但想带你出去却是不可能的。至少这个通风口你是无论如何也穿不过去的。”

韦洁如看了眼通风口：“要不是亲眼所见，谁都不会相信居然有人能穿过这个孔，这是瑜伽术吗？”

“这是中国道家的柔身术，和你说的瑜伽术差不多吧。不过，我看你好像并不怎么吃惊。”

“别忘了我是一名生物学家。动物界有的是变形大师，你刚才的举动虽然神奇，但比起章鱼来还差得很远。”

“你的亲人很担心你。不过，我看你现在的情况不算糟糕。”

“我的研究资助方要求我暂时不能跟外界联系，等这里的事情忙完之后我会同他们联系的。”韦洁如优雅地抚弄着长发。

“什么事情？”何夕似笑非笑地问，“那群冬眠的羊已经足以让你在科学史上留名千载了。”

韦洁如急促地抬起头：“你看到那些羊了？”

何夕点点头，“不过，你的目标恐怕不只是让绵羊冬眠吧？虽然这已经是相当了不起的成就了。我猜你想要改变的东西其实是——”何夕停顿了一下，“进化的方向。”

韦洁如第一次显出震惊的表情：“你到底是什么人？你想知道什么？”

何夕的神情变得古怪：“我想知道是一首什么样的歌让你在地狱里永夜歌唱。”

韦洁如如遭雷击般颓然坐下。

九

一缕轻雾在瓷杯上缭绕，韦洁如出神地望着这缕雾气：“这是四川峨眉山的明前花茶，多少年来我和家里人都喜欢喝。说起来，我还从没有到过中国呢，虽然家谱里明确地记载着我们的根在那里，但实际上那里对我们来说更像是一个没有什么意义的空洞概念。也许我和那里的联系就只是这杯茶了。我们的一切，包括灾难和痛苦都和那里没有什么关系了。”

“我知道你的感受。”何夕的心里一阵难过，“那些作恶的人一定会遭到报应的。”

“报应？”韦洁如突然有些失态地大笑起来，声音撞击在墙壁上竟然带有金属的铿锵，“在他们的教义里，杀死低贱的华人是积累功德，将会得到神的奖赏，何来报应？”大笑中，泪水抑制不住地从韦洁如眼里淌出，而与此同时，她的身体剧烈地颤抖着，几乎像要栽倒。

何夕急忙扶住韦洁如，他的肩膀立刻被泪水打湿了，一时间，何夕感到在怀里啜泣的是一个失散多年的与自己血肉相连的姐妹。

良久之后，韦洁如平静下来：“让你见笑了。我已经许多年没有哭过了，没想到今天这样失态。这个世界每天都在上演着无数悲惨的事件，相比之下，我的故事其实普通得很。”

“无数悲惨的事？”何夕问，“你指的什么？”

韦洁如摇摇头：“你不会明白的。”她的声音变得幽微，“世上的生命从降生之日起便是堕入无边苦海，永远得不到解脱。”

“你好像受了佛教的很多影响。”何夕斟酌着说，“苦难的经历往往会把人带入这个方向。不过，我也觉得佛陀说的一些话的确很有道理，可以助人开悟解脱。”

“佛陀？”韦洁如冷冷地哼了一声，“那些问题恐怕连佛陀自己也无法开解吧。”

“你指什么？”何夕没料到韦洁如竟然这样讲。

“你听过一个故事吗？”韦洁如的声音变得和她的人一样有些不真实，“两个和尚在山路上遇到一只白羊哀哀求救，在它身后跟着一大两幼三头饿虎。小和尚正要杀虎救羊，老和尚却说羊吃草虎吃羊物性本来如此，虎何罪之有？小和尚说那我只救羊不杀虎，老和尚说三头饿虎多日未食随时有倒毙之虞，救羊同杀虎无异。小和尚血气上涌说，那我今日效法摩诃萨青，舍了这身皮囊救下此羊总可以吧。老和尚却猛然掌掴小和尚道，此三虎并不曾食人，你今日妄自舍身让它们知道人肉滋味，却害得日后不知有多少乡民要死于虎吻。”

“那怎么办？”何夕忍不住插话。

“小和尚也是这么问的。结果老和尚说了一句：佛曰不可说。我想，佛自己也的确是不知道该说什么吧。”

何夕倒吸了口气，这个简单的故事却让他陡然有种惊心动魄的感觉，如果换作自己面临这样的选择，恐怕也只能是“不可说”吧。

“这的确是个怪圈。”何夕说，“我想生命本身就诞生在这样的怪圈之中。”

韦洁如的眼睛亮了一下，有些诧异地盯着何夕。

“你的笔记对我有所启发。”何夕笑了笑，“生命本质上就是一团从外界攫取能量用以构建自身秩序的物质，而热力学定律注定了这是以外部秩序的丧失为代价的。园子里的一株草一朵花很对称很有秩序很美丽，但羊要生存就必须把花和草咀嚼成无秩序的一团混乱物质咽到胃里。”何夕的眼睛变得很亮，“在你的野外实验室里，我找到了一些标本，我想你重点研究的是生物的氮元素代谢吧。”

韦洁如难以掩饰自己的震惊“说实话我真的怀疑你是我的同行。”

“我算不上，我只是对你的专业有些兴趣。”何夕解释道，“你在笔记里说自然界的进化已经过度，而且由于人类的参与，这个过程愈演愈烈。老实说，这些观点我理解起来感到有些吃力。”

“地球生命的自然进化说起来有三十八亿年的历史，但实际上生命一直称得上平静地度过了三十亿年，直到六亿年前生命现象依然低级而简单，当时所有的生物都还是单细胞状态。我们现在所习惯的那种弱肉强食、适者生存的进化场面实际上是从寒武纪生命大爆炸之后才开始的。在那之前的三十亿年里，生命体甚至还没有长出严格意义上的嘴巴，但后来短短三亿年里进化的力量便造就出了邓氏鱼每平方厘米五吨咬合力的恐怖下颚。”

“这很正常啊。就像猎豹和羚羊一个追一个跑，经过几万个世代，它们的速度自然越来越快。”

“这的确就是自然选择的力量。人们都说适者生存，其实称为弱者毁灭更准确。一只羚羊真正的敌人并不是猎豹，在羚羊的一生中并没有几次机会单独与一头猎豹较量，实际上很可能就只是最后的那一次而已。但它却会千百次地与同类竞技，筹码便是自己的生命。”韦洁如的脸庞上泛起异样的光彩，“捕猎者选择对象时同样遵循着铁的规则，总是选择羊群里最弱的一只，否则它的生命也不会长久。就平均能力来看，没有任何一只羚羊能战胜猎豹，但在这种比拼生死时速的竞赛里，规则并不是冠军获奖，而是最后一名受到惩罚。所以，羚羊从来就没有打算战胜猎豹，它只需要占胜任何一个同类就行。也就是说，同类的优秀是它的噩梦，它真正意义上的敌人是群体里的另一只，即使那只羊是它的同胞兄妹。”

“萨特当年说过一句‘他人即地狱’，他说这句话时，人类已经在地球上占据了食物链的最顶端。”何夕幽幽开口，“看来这句话其实对任何层次的生物群落都适用，虽然它们并不能理解这句话。”

“这很难说。”韦洁如打断何夕，“也许羚羊早就明白这个道理了。”

这下轮到何夕吃惊了：“这个说法太牵强了吧！”

“羚羊虽然是一种弱小的动物，但头上那对锋利的角却是可怕的武器，可你看到过羚羊用角对抗猎豹吗？”

何夕茫然地摇头，他有些明白韦洁如的意思了。

“作为生物学家，我也从来没有看到过羚羊用角来对付猎豹，但却无数次地看到它们与同类用角进行殊死格斗，实际上可以说，那对锋利的角本来就是为了同类厮杀才进化而来的。不仅羚羊如此，所有生物都会把自己杀伤力最大的武器施加在同类身上。我在求学时看过一个纪录片，拍摄的是非洲某个狮群的故事。原先的狮王战败身死之后，继任的狮王四处搜寻并屠杀老狮王留下的幼崽。画面上，幼狮拼命逃跑，当时我们一帮同学都忘记了这是影片，全都大喊着‘快跑啊快跑啊’。当最后一头小狮子也被咬死之后，除了教授之外，我们每个人都流下了泪水。教授对我们说，这就是自然进化的铁律，为了让母狮尽快发情产下自己的后代，雄狮选择了这种做法。从自然选择的角度来看，这也是唯一正确的做法，因为那些不这样做的‘仁慈的’雄狮难以留下自己的后代，它们早已被进化的力量淘汰。”

“这听起来的确很残忍，我知道有些人类部族以前也有杀婴的习俗，进入文明时代之后才杜绝了这种现象。”何夕点头道。

“文明……”韦洁如低叹一声，“人类对付狮虎等异类用的不过是猎枪罢了，而对付同类却动用了原子弹这种来自地狱的武器。其实这一切的根源都出自达尔文发现的那个自然选择，它就像是水面上时刻准备吞噬一切的巨大旋涡，生命一旦掉进这个陷阱便万劫不复，所以它们选择了拼命奔跑。”

“但也正是自然选择让这个世界变得多姿多彩，甚至我们人类能成为智能生物也是拜进化所赐。没有自然选择，说不定你我现在还是一洼水坑里的原虫。”何夕忍不住提醒道。

“我没有否定自然选择的作用，但这种力量过度发展会导致无法控制的结果。自从越过造物主的防线之后，加上人类的参与，谁也无法预料进化会把世界带向何方。”

“造物主的防线？”何夕陡然一怔，短短时间里，韦洁如带给他的意外太多了，他觉得眼前这个女人浑身都笼罩着一层迷雾。

十

“这是我提出的一个概念。”韦洁如保持着淡然的口吻，“自然界早就设立了一道防线，这道防线就是氮元素。生命现象的基础元素无疑是碳，所以有人称我们是碳基生命，但构成蛋白质的最核心元素是氮。氮很不活泼，只有通过硝化作用转变成离子才能被植物吸收。能够完成这一转变的除了闪电和宇宙线辐射之外，就是一些极特殊的微生物。对植物来说获取碳非常容易，但获得氮却是很困难的事情，而到动物出现后，这个问题更是成了一个瓶颈。所以，它就像是一道奇特的防线。”

“动物不是以植物为食吗？只要植物里有氮就行了啊。”

“动物的生理多样性远远超过植物，这实际上依赖于蛋白质的多样性。一般草本植物的总体蛋白质含量低于百分之一，而一头牛的身体蛋白质含量可达百分之二十，所以动物对氮元素的需求量远大于植物。史前有一种恐龙，身长超过五十米，体重超过一百三十吨，在原野上行走的时候，每一步都会使大地颤抖，就像地震一样，所以学界将它命名为‘震龙’。如此巨大的身体决定了它们食量惊人，但是它却长着很小的脑袋和嘴，也就是说它的嘴根本跟不上身躯的演变。根据推测，它每天必须要用二十三个小时的时间来进食，为了进食，它几乎连睡觉的时间都没有。你觉得这种生物能算是成功吗？”

“我不知道。”何夕老实地回答，“不过也许震龙自己喜欢这样。”

“从进化角度来看，震龙算不上成功，庞大的身躯大大降低了它们适应环境的能力，实际上震龙很快就灭绝了。那个时代的草食恐龙都长着一具庞大的身躯，传统的解释是防御天敌，但实际上，肉食恐龙肯定会随之变得巨大，这种防御方式作用非常有限，得不偿失。其实真正的原因很简单，这一切都是迫不得已的结果。”

“迫不得已的结果？”何夕重复了一句。

“我说过植物对氮的需求远低于动物，结果那些恐龙为了从植物中获得足够的氮只能选择增加食量。但满足了氮的需求之后，它们却摄入了超出需要五倍以上的碳水化合物，这些多余能量在当时只能通过进化出庞大身躯来承受，所以它们的身体其实是一种无奈的畸形副产品。有一个司空见惯的现象不知你是否注意到了？世上所有的蛇都是肉食动物。我想，如果蛇选择吃草的话，它们也极有可能进化成巨无霸，重蹈远古祖先的覆辙。”

“如果生物当初一直不越过这道防线会是什么结果？”何夕突然插话。

韦洁如稍稍愣了一下：“只能大致判断在那种情况下，生物特别是动物的多样性会大幅减少，动物的行动将变得更迟缓，高级智能的产生也将遥遥无期。总之，那将是一幅显得有些平淡的世界图像。”

“也就是说，造物主原本不希望生物圈多姿多彩？”何夕疑惑地问。

“你肯定知道那个‘奥卡姆剃刀原则’吧？”

“知道，我记得大意是说，如果有两个理论能得出同样的结论，那么更简单的理论是正确的。也有人把它概括成简单就是真实。用这个原则可以解释恒星为什么是球形，也可以解释基本粒子的性质。”

“这个原则在众多领域都取得了巨大的成功，一直被奉为科学界的无上法则之一。但我在研究中却发现它遇到了挑战，进化似乎有一种偏向复杂的趋势，最成功的生命往往是最复杂的，比如人类的大脑就是已知宇宙中最复杂的事物。‘奥卡姆剃刀原则’无疑是正确的，但因为达尔文陷阱的可怕威胁，生命最终竟然超越了这个原本左右着全部物理世界的法则。自然界并没有先知先觉的设计者，氮元素防线体现的是负熵的节约，对任何生物圈来说，负熵都是一个有限的值。根据我的研究，生命在氮元素防线以内处于可控状态，一旦突破这道防线就会失去制约，谁也无法预料生命将去向何方。这就像人类虽然千万年来一直争战不休，但地球生物圈作为整体仍是安全的，而一旦到了使用原子武器的地步，情况就截然不同了。其实我的很多同行都认为，当地球上产生了人类这种智能生物时，这颗星球的结局就几乎注定了，它很可能在将来某一天被自己孕育出的智慧生命毁灭。”

何夕沉默了几秒钟：“那你所说的防线突破事件发生在什么时候？”

“三叠纪晚期，距今约两亿年。听起来很长，但在地球三十八亿年的生命史中只占百分之五。当时出现了摩根兽那样的原始恒温动物，它们选择了一种简单而奇特的方法来解决巨型恐龙面临的难题：升高体温从而将多余的百分之八十的碳水化合物燃烧掉。这件事情称得上宇宙中的划时代事件，虽然这种事情在宇宙中可能发生过不止一次。”

“有这么夸张吗？”何夕有些难以置信地问。

韦洁如的脸上浮现出一丝敬畏：“虽然我们平常提起宇宙时指的是时间和空间，就像中国古人所说的‘古往今来曰宇，四方上下曰宙’，但相比于时空，能量才是宇宙中至高无上的存在。大爆炸理论已经阐明，包括时空在内的整个宇宙本身其实都是能量的产物，所以能量节约法则一直是宇宙中先验的存在，但现在这个法则却被一种叫做恒温动物的事物打破了，它们为了生存，居然学会了抛弃能量，所以我称之为划时代事件绝不为过。而且，在地球上采取这种做法的还不只是恒温动物。”

“还会有别的生物吗？”何夕喃喃低语，他觉得今天在韦洁如面前，自己的脑子似乎有点不够用了。

韦洁如补充道：“某些昆虫为了相似的目的采取了另外的方法来处理这种‘多余’的能量，最有名的便是蚜虫不断将大量含糖的蜜露排出体外。”

“可一般性的解释是它为了吸引蚂蚁的保护。”何夕插话道。

“这个解释是典型的本末倒置，那只是附带获得的效果。一些种类的树蝉也喷出大量蜜液，它们可并不需要别的生物保护。”

“可是有一点，恒温动物的确有生存上的优势啊，它们受环境影响更小，可以在变温动物无法生存的极端地区生存，比如说两极地区。”何夕忍不住辩驳道。

“在两极地区，即使是现在也只生存着总量不到万分之一的地球生物。热带和温带已经提供了足够广阔的生存空间，进入极端地区生存并不是恒温动物产生的目的，而只是这一事件导致的附带结果。”

“但恒温动物有更敏捷的反应和运动速度，这总是优势吧。有些昆虫在清晨甚至不能飞行，必须等到阳光晒暖身体后才能动弹。还有像鳄鱼和蛇等都需要阳光帮助消化。”

“所有的鱼类都是变温动物，你听说过需要暖身后才能运动和消化的鱼吗？要知道，有些寒带鲔鱼的游泳速度可以超过猎豹。”韦洁如脸上露出颇有深意的笑容，同何夕的争论让她感到几分惬意，“这只是因为体内酶的功能差异罢了，只要有酶的支持，变温动物一样可以灵活而敏捷。你也许认为哺乳动物比爬行动物成功，其实这更像一个错觉，爬行动物的进化史远远长过哺乳动物，它们能长存至今足以证明它们是成功的。根据测算，变温动物的食物中只有百分之十几转化为热量散发，而恒温动物的这个比例超过百分之七十。有些小体型恒温动物对能量的依赖惊人，小鼩鼱每天要吃超过体重三倍的食物，实际上它根本不能停止进食，否则马上就会死于体温下降。恒温动物一方面‘抛弃’着能量，另一方面它们对能量的依赖又远远超过变温动物，生命进化中总是充满这种怪圈和悖论。”

何夕觉得自己已不能说话，一时间他被韦洁如展示的这幅奇异的生命图景彻底震惊了。他的脑海里浮现出一颗在虚空中静静旋转的星球，千奇百怪的亿兆生灵在它的表面聚集成薄膜般的一层，涌动着，嘶喊着，挣扎着。每个角落都潜藏着黑暗的巨手，每时每刻都有无数疲于奔命的个体被拖进无尽渊薮的最深处。隐约中，他似乎领悟到当年庄子为什么在《秋水》篇里向往做一只在泥地里自由甩尾的乌龟。

但是韦洁如似乎不准备放过他：“你看到的那些蒙古羊是第一批被改造成功的实验品，在同样生长速度下，它们的食量是普通绵羊的十分之一。也就是说，在不增加现有饲料的条件下，它们的产量可以提高十倍。而且它们还具有冬眠优势，其实自然界中哺乳动物冬眠并不罕见，比如蝙蝠、黄鼠、旱獭等，主要表现为心率慢至每分钟五六次，呼吸每分钟一次左右，体温比平时降低十摄氏度左右。不过，在这种情况下仍然会消耗相当的能量，比如刺猬经过冬眠后，体重会降低三分之二。但你看到的那些绵羊的冬眠完全是另一回事，它们的新陈代谢几乎停止，就算经过一个冬天，它们的体重也没有多大变化，你应该明白这对畜牧业意味着什么。唯一的缺陷是，那些绵羊在环境温度低于四度时会被冻死，这一点和某些蛇类相似，实际上它们体内的某些基因片段就来自于蛇类。不过，今后这个缺陷应该能够有所改进。”

“说实话，我对你真的很佩服。”何夕由衷地说，“这是可以改变世界的发明。”

“改变世界？”韦洁如神色若有所动，“这个世界上充满了争斗、欺骗、掠夺，善良的人成为牺牲品，穷凶极恶者却享受尊荣。我父母辛苦经营几十年的橡胶园在一夜之间就被抢走，我看着他们被活活打死。”韦洁如的声音变得高亢，一种妖异的光芒从她眼里放射出来，使得她全身散发出一种摄人心魄的气息，就像是一个来自洪荒的女巫，“那时，我还是一个十多岁的小女孩，就守在父母的尸体旁。小女孩的泪水已经流干了，她不知道为什么会发生这种事情，她想是不是因为世界上的橡胶园太少了，或者是世界上的食物太少了，所以人们才会这么野蛮地掠夺和屠杀。那个小女孩接着想，如果世界上能多一些橡胶园，多一些食物，也许她的父母就不会死。”

何夕默默地看着面前这个显得有些喜怒无常的女人，等她再次平静下来之后才开口道：“我理解你的想法，而且我也认为你的成果很伟大。但是无论有什么理由，都不应该将这套理论用于人体实验。”

“你说什么？”韦洁如脸色不悦地打断何夕，“我们的目标只是解决食物和能源问题，我从来没有考虑过将这个成果用于人类。”

这下轮到何夕愕然了：“这么说你不知情。但是我这里有份警方的记录，里面提到过一个没有体温的华人小孩。”

韦洁如接过何夕递来的资料，快速地翻看着，脸上阴晴不定。这时，何夕的电话传来震动，铁琅的头像在屏幕上显现出来：“你没猜错，我在仓库里有非常惊人的发现。”铁琅语气凝重地说，“你还是自己看吧。”

屏幕上换了画面，在微弱的照明下，可以看到地上并列着一排透明的柜子，仿佛一口口小小的棺材。不知怎的，何夕陡然感觉一股寒意从背脊处升起，让他不禁打了个冷战。镜头移近了些，一张张稚嫩的面庞映入画面，他们双眼紧闭，脸色苍白无比。

“我的天，怎么会发生这种事情？！”韦洁如转身撑住桌面，在极度的震惊下，她有些语无伦次，作为业内专家，她完全知道非法人体实验意味着什么，“他竟然欺骗了我，这个无耻的骗子！”

“你是说赤那？”

“不是他。是山迪昂万，一个印尼人。”韦洁如的表情变得复杂，“赤那只是他的合作者，没有掌握核心的技术。”韦洁如知道她无比珍视的科学生涯在此刻被终结了，一丝近于幻灭的神色在韦洁如的眼里浮现，短短几分钟时间，她仿佛苍老了十岁。

“我在印尼见到过这个人，他好像还领导着某个势力庞大的崇尚种族主义的党派。”何夕若有所悟地开口道，“没想到‘纯粹印尼党’和‘白色口十字组织’这两个相距万里的新纳粹居然搅和在了一起。”

韦洁如镇定了些：“他今天已经到了蒙古，等一会儿就会到这里来。你快走。”韦洁如犹豫了一下，似乎在下着最后的决心。然后，她打开旁边的冰柜，小心地取出两支装着紫色液体的管子递给何夕，“这就是用于生物改造的‘蛇心’试剂，加上你们在转运站仓库里拍摄的资料，可以作为指证山迪昂万和赤那的证据。”

“你——”何夕突然一滞，望着眼前陡然变得无比憔悴的韦洁如，他一时间不知道该说些什么，末了，他郑重地点点头说：“等到中国更加强大的那天，请你一定来看看，我陪你到峨眉山喝最好的新茶。保重，我的同胞姐妹。”

十一

山迪昂万穿着爪哇人的传统服饰，脸上带着地位尊贵者固有的倨傲。几位随从进门巡视一番之后便自觉出去，只留下山迪昂万和韦洁如。

“怎么他们就一直安排我的首席专家住在这种地方？”山迪昂万露出笑容，伸手轻抚着韦洁如的腰，“很久没说汉语，都有些生疏了。”

韦洁如挪步走开几米：“是我自己要求的，这样我可以随时安排实验。”

“‘蛇心’试剂不是已经成功了吗？等到这批绵羊在春天苏醒之后，我们就向全世界公布这个伟大的发现，你的名字将载入人类科学史。”山迪昂万大声说道。

一丝光亮从韦洁如眼中升起，但很快就陨落了，她沉默地看着这个喋喋不休的男人在她面前继续表演，似乎想用目光从他脸上剜下一块肉来。

山迪昂万说话太投入了，没注意到韦洁如的异样：“你现在倒是应该多花些精力来证明我提出的人类起源理论，既然人类在近两百万年前就生活在爪哇岛上，我认为爪哇就是人类的发源地。”

“爪哇人化石的确有一百八十万年的历史，但根据研究，他们是从非洲迁徙来的。而且分子生物学的成果已经证明那一批爪哇人后来完全灭绝了，现代人是数万年前重新由非洲再度迁徙而来的。”

“去他的什么分子生物学！”山迪昂万强横地大叫，“我就是要证明爪哇岛是人类的起源地，爪哇人是最正统最优秀的种族。因为我提出的这个观点，已经有越来越多的人支持我的政党，这次选举我已经大幅领先。你要做的就是多找些证据来支持我的观点！”

“我找不到这样的证据。”韦洁如冷冷地说，“我不是政客，更不是宣扬种族主义的纳粹，我只是一个许身科学以求给人们带来福祉的生物学家。”这时，她仿佛想起了什么，突然黯然神伤，“当然，以后不再是了。”

“你什么意思？”山迪昂万狐疑地问。

“你还想骗我吗？”韦洁如悲愤地看着山迪昂万，“你竟然瞒着我进行‘蛇心’试剂的人体实验！”

“这从何说起？”山迪昂万打了个哈哈，“再说没有你的参与，我怎么能办到这样的事？”

“你还想骗我多久？我已经亲眼看到了证据。我身边的那些助手都是你安插的，他们都是你的爪牙！”韦洁如愤怒地说。

“别说得这么难听。我承认是做了几次实验，只是因为知道你会反对才暂时瞒着你的。”山迪昂万知道再否认也没有什么意义，脸上却是一副满不在乎的神情。

“你明明知道‘蛇心’试剂现在的失败率超过百分之二十，用于人体实验和故意杀人有什么区别？你毁了我，你知道吗？你毁了我无比珍视的科学生命！”韦洁如痛哭失声，满头乌发痛苦地颤抖着，“而且现阶段‘蛇心’试剂对恒温动物的改造会导致思维迟钝，根本就不适用于人类。”

“既然你都知道了，我也不用再瞒你。实验中是死了几个华人小孩，算他们命不好。不过也成功了十多例，现在他们和那群绵羊一起正接受冬眠实验。以后他们将会在赤那的牧场工作。想想看吧，他们要求极低，而且头脑简单听从指挥，到了冬天就和绵羊一起冬眠，连那点微不足道的饭钱都省了。赤那兄弟非常满意。”

“那几个孩子是怎么死的？”韦洁如反而平静下来。

“还能怎样？你知道对‘蛇心’试剂剂量的把握一直是个难题，稍有差池就会造成心脏冷凝破碎，结果那几个小孩就死喽。”山迪昂万语气轻松，仿佛在讲一个笑话，“都是在印尼各地找来的华人孤儿，没引起任何麻烦。”

韦洁如眼前一阵发黑，她感到自己仿佛正在堕入无尽的深渊：“你是个魔鬼，你毁了我的心血，也毁了我！”

“别忘了我也救过你的命。虽然二十年前是我强暴了你，但也是我把你藏了起来，否则你早被人杀死了……”

“你不要再说了，求求你不要再说了！”韦洁如捂住耳朵，脸色苍白如纸。

山迪昂万舔舔嘴唇，沉浸在得意的往事中：“那时候你只有十多岁，每天穿着洁白的衣服坐在漂亮的小汽车里，像仙女一般从我面前经过。你一定没有注意到有一个浑身脏兮兮的男孩每天都盯着你看。那个男孩看着你，还有你的漂亮房子和车子，心里疯狂涌动着有朝一日占有这一切的欲望。没想到这一切来得那么快，那天早晨，当我看到满街的人群，我就醒悟到梦寐以求的时刻终于到了。当时我的亲戚们正在接管你家的橡胶园，我第一时间冲到了你面前，那时你刚刚在床上醒来，看到我突然出现你还以为自己在做梦呢。哈哈哈！”

“是的，那个早晨……”韦洁如抓扯着头发喃喃地道，“我失去了一切。”

“本来就是我们的东西！我们只是拿回来。”山迪昂万激动地说。

“你胡说！那些财富是我们祖祖辈辈创造积累的，他们就和万隆那个没有见过太阳的人一样，在这块土地上辛苦了一辈子！”韦洁如大声说，“我们的财富是干净的！”

山迪昂万语气一滞：“这是我们的土地，你们这些外来的猪猡凭什么过着比我们还好的生活？知道我为什么用华人小孩做实验吗？就是因为‘蛇心’试剂会让人思维变迟钝！我承认你们的确很聪明，所以处处压制着我们。现在有了‘蛇心’试剂，正好可以改造你们。忘了说一点，华人还特别吃苦耐劳，那些我们干不了的活儿你们都愿意干，这才是你们的优点。以后在我的橡胶园里，将全是一群又听话又能吃苦的华人劳工，那是一幅多么美好的图景。不仅在我的橡胶园，还有赤那的牧场和煤矿里，都会遍布这样的劳工，我们的生产成本会大大降低，我将成为世界上最富有的人！”

“你疯了。”韦洁如强撑着不让自己倒下，山迪昂万描绘的图景让她不寒而栗，“我要揭发你。”

“你没有机会的。”山迪昂万发出骇人的笑声，“我会很小心地保守所有的秘密。其实就算今后偶尔有人发现个别改造后的劳工也没什么，因为你的研究是超越时代的，人们只会认为他是得了一种体温调节失控的奇怪疾病。有谁会真正关心他们的遭遇呢？所以你放心吧，谁都奈何不了我的。”

山迪昂万狞笑着趋身上前：“好久没见你了，怪想的。”他猛地将韦洁如扑倒在沙发上。

“干什么？放开我！”韦洁如愤怒地大叫。

山迪昂万亢奋得面容都有些扭曲：“华人的皮肤好细腻啊，比象牙还白。不要徒劳地反抗，你知道外面听不到的。我说过，这个世界上谁都奈何不了我。哈哈哈！”

“是吗？”一个冰冷的声音突然在山迪昂万背后响起，他猛然回头，正好看见何夕罩着寒霜的脸。

“你是谁？你怎么进来的？”山迪昂万斜眼瞄着门口的方向。

“你知道我是一个华人就可以了。”何夕语气比他的面容还冷，“现在该我劝你不要作徒劳的反抗了。说吧，死之前你还有什么遗言？”

山迪昂万的脸立刻变得惨白，他本能地感到眼前这个人不是在说笑。死？这个极其陌生的词突然间变得好近，他觉得自己背上不由自主地冒出一层冷汗：“我们可以谈谈，你知道我有很多钱。真的，很多很多，你开个价出来。”山迪昂万有些结巴地说。

“这可太好了，我不杀穷人的。”何夕露出残酷的笑容。

“不，不。”山迪昂万努力在脸上挤出谄媚的笑，“杀了我对你没有好处的，你是在吓唬我，你不会杀我的，对吧？”

“是吗？”伴着何夕的反问，山迪昂万立刻感到自己的腿脚膝盖很奇怪地向后弯折，巨大的痛楚让他差点晕过去。

何夕抽回脚：“这是替那些暴尸街头的华人还给你们的。”

山迪昂万跪在了地上，他拼命抱住伤腿，终于意识到眼前这个人同他见惯的那些柔弱可欺的华人完全不一样，这是一尊无所顾忌的魔神：“求你放过我，我不想死。”他转头朝着韦洁如，“你帮我求求他，那些橡胶园我不要了，都还给你。快帮我求求他呀！”

韦洁如别过头，脸上满是厌恶的神情。

“那些华人哀求的时候你放过他们了吗？”何夕眼睛通红，须发怒张，伴随着又一声惨叫，山迪昂万的右脸颊骨立刻变得粉碎，“这是替那些躺在柜子里的孩子还给你的！”

山迪昂万已经不能说话，只是“呜呜”地大叫，眼里露出极度的恐惧，他看着何夕的目光仿佛看到了来自地狱的恶灵。

“不过有一点你倒是没说错。”何夕居然露出了一丝笑容，“我不会杀人的。我怎么能杀人呢？那是野蛮人和你这样的纳粹才干的事，我是文明人。这里是实验室，我只是想做个实验罢了。”

这时，山迪昂万突然看见自己的左臂上扎进了一支针管，他脸上立刻泛起一阵死灰。山迪昂万迸出最后的力气拼命挣扎，针管里的东西他再熟悉不过了。

“听说这种试剂好像不太可靠，是吧？而且剂量也很难掌握。不过你的心脏比那些可怜的小孩子强壮多了，而且你的血统这么纯正，这么优秀，保证不会发生任何问题。如果出现什么不良反应，只能算是意外。”何夕死死控制住山迪昂万，脸上保持着残酷的笑容，“或者按照我们的说法叫做——报应。你们一直认为我们软弱善良，没想到还有像我这样的人吧？知道我为什么这样做吗？我来告诉你理由吧。这个理由真是太古老了，两千多年前它第一次被提出来的时候，你的祖先还没学会穿裤子。”

何夕的声音变得凝重而响亮，那是一个年代久远的宣言：“犯我强汉者——虽远必诛。”

伴着这句话，山迪昂万感到一股冰冷到极点的寒意沿着手臂的血管周游全身，迅速传到左胸包围了那曾经鲜活跳动的所在，他甚至听到了自己心脏被冻结后迸裂发出的让他肝胆俱碎的“咔嚓”声。山迪昂万的喉咙里发出绝望到极点的嘶吼，大股大股的黑血从他口里涌出，最后，嘶吼变成了痛苦的呜咽和喘息。

何夕目不转睛地看着山迪昂万眼里的恐惧渐渐消失，最终变成一片死灰。他松开手，山迪昂万的身体像失去支撑的麻袋般瘫软倒地。

尾声

五个月后。

大群穿着制服的军警在特勒尔济矿区的各个办公地点穿梭往来，手里抱着大量的物证材料。国际组织连同蒙古国相关机构对特勒尔济煤矿采取的联合检查行动已接近尾声。这次，中国政府一改长期的隐忍态度，凭借手中掌握的证据极其强硬地向联合国提请核查生化实验行动，并最终获得采纳。

何夕和兰天羽站在特勒尔济海拔最高的山顶上，眺望着一览无余的北方远处。蒙古高原的夏季强风拂过大地，发出恢宏的声音。青黄相间的草地向着无穷无尽的天边延展开去，显露出同样无穷无尽的生机。

“我还能见到韦洁如吗？”兰天羽问。

“我不知道，调查报告说几个月前她就失踪了，没有人知道她去了哪里。”何夕平和地回答，“不过有牧民说，在遥远的并不太适合放牧的北边，曾经见到过一位白衣长发的女子，放牧着某种特别适应贫瘠草地的绵羊，一些漂亮的少男少女簇拥在她的身边。”

“这个结局挺好。”兰天羽声音低沉地说。

“当然，”何夕幽幽地说，“谁说不是呢？”

两个人不再说话，在他们极目眺望的北方远处，天似穹庐，笼盖四野。

十亿年后的来客

何夕

沾染未来

一

有一种说法，人的名字多半不符合实际但绰号却绝不会错。以何夕的渊博自然知道这句话，不过他以为这句话也有极其错误的时候。比如几天前的报纸上，在那位二流记者半是道听途说半是臆造的故事里，何夕获得了本年度的新称号——“坏种”。

何夕放下报纸，心里涌起有些无奈的感觉。不过细推敲起来那位仁兄大概也曾做过一番调查，比如何夕最好的朋友兼搭档铁琅从来就不叫他的名字，张口闭口都是一句“坏小子”。朋友尚且如此，至于那些曾经栽在他手里的人提到他当然更无好话。除开朋友和敌人，剩下的就只有女人了，不过仍然很遗憾，何夕记忆里的几个女人说得最多的一句话便是“你坏死了”。

何夕叹口气，不打算想下去了。一旁的镜子忠实地反射出他的面孔，那是一张微黑的已经被岁月染上风霜的脸。头颅很大，不太整齐的头发向左斜梳，额头的宽度几乎超过一尺，眉毛浓得像是两把剑。何夕端详着自己的这张脸，最后下的结论是：即使退上一万步也无法否认这张脸的英俊。可这张脸的主人竟然背上了一个坏名，这真是太不公正了。何夕在心里有些愤愤不平。

但何夕很快发现了一个问题，他的目光停在了镜子里自己的嘴角上。他用力收收嘴唇，试图改变镜子里的模样。可是虽然他接连换了几个表情，并且还用手拉住嘴角帮忙校正，但是镜子里的人的嘴角依然带着那种仿佛与生俱来也许将永远伴随着他的那种笑容。

何夕无可奈何地发现这个世上只有一个词才能够形容那种笑容。

——坏笑。

何夕再次叹口气，有些认命地收回目光。窗外是寂静的湖畔景色，秋天的色彩正浓重地浸染着世界。何夕喜欢这里的寂静，正如他也喜欢热闹一样。这听起来很矛盾，但却是真实的何夕。他可以一连数月独自待在这人迹罕至的名为“守苑”的清冷山居，自己做饭洗衣，过最简朴的生活。但是，他也曾在那些奢华的销金窟里一掷千金。而这一切只取决于一点，那就是他的心情。曾经不止一次，缤纷的晚会正在进行，头一秒钟何夕还像一只狂欢的蝴蝶在花丛间嬉戏，但下一秒钟他却突然停住，兴味索然地退出，一直退缩到千里之外的清冷山居中；而在另一些时候，他却又可能在山间景色最好的时节里同样没来由地作别山林，急急赶赴喧嚣的都市，仿佛一滴急于要融进海洋的水珠。

不过很多时候有一个重要因素能够影响何夕的足迹，那便是朋友。与何夕相识的人并不少，但是称得上朋友的却不多。要是直接点说就只是那么几个人而已。铁琅与何夕相识的时候两个人都不过几岁，按他们四川老家的说法这叫作“毛根儿”朋友。他们后来能够这么长时间保持友谊，原因也并不复杂，主要就在于铁琅一向争强好胜而何夕却似乎是天底下最能让人的人。铁琅也知道自己的这个脾气不好很想改，但每每事到临头却总是与人争得不可开交。要说这也不全是坏事，铁琅也从中受益不少，比方说从小到大他总是团体里最引人注目的那一个，他有最高的学分，最强健的体魄，最出众的打扮以及丰富多彩的人生。不过有一个想法一直盘桓在铁琅的心底，虽然他从没有说出来过。铁琅知道有不少人艳羡自己，但却觉得这只是因为何夕不愿意和他争锋而已。在铁琅眼里何夕是他最好的朋友，但同时也是一个古怪的人。铁琅觉得何夕似乎对身边的一切都很淡然，仿佛根本没想过从这个世上得到什么。

铁琅曾经不止一次亲眼见到何夕一挥手就放弃了那些许多人梦寐以求的东西。就像那一次，只要何夕点点头，秀丽如仙子的水盈盈连同水氏家族的财富全都会属于他，但是何夕却淡淡地笑着将水盈盈的手放到她的未婚夫手中。还有朱环夫人，还有那个因为有些傻气而总是遭人算计的富家子兰天羽。这些人都曾受过何夕的恩惠，他们最大的愿望就是找机会有所报答，但却不知道应该给何夕什么东西，所以报答之事就成了一个无法达成的心愿。但是有件何夕很乐见的事情是他们完全办得到的，那便是抽空到何夕的山居小屋里坐坐，品品何夕亲手泡的龙都香茗，说一些他们亲历或是听来的那些山外的趣事。这个时候的何夕总是特别沉静。他基本上不插什么话，只偶尔会将目光从室内移向窗外，有些飘忽地看着不知什么东西，但这时如果讲述者停下来他则会马上回过头来提醒继续。当然现在常来的朋友都知道何夕的这个习惯了，所以到后来每一个讲述者都不去探究何夕到底在看什么，只自顾自地往下讲就行了。

何夕并不会一直当听众，他的发言时间常常在最后。虽然到山居的朋友多数时候只是闲聚，但有时也会有一些陌生人与他们同来，这些人不是来聊天的，直接地说他们是遇到了难题，而解决这样的难题不仅超出了他们自己的能力，并且也肯定超出了他们所能想到那些能够给以帮助的途径，比如说警方。换言之，他们遇到的是这个平凡的世界上发生的非凡事件。有关何夕能解决神秘事件的传闻的范围不算小，但是一般人只是当作故事来听，真正知道内情的人并不多。不过凡是知道内情的人都对那些故事深信不疑。

今天是上弦月，在许多人眼里并不值得欣赏，但却正是何夕最喜欢的那种。何夕一向觉得满月在天固然朗朗照人，但却少了几分韵致。初秋的山林在夜里八点多已经转凉，但天空还没有完全黑下来。虫豸的低鸣加深了山林的寂静。何夕半蹲在屋外的小径上借着天光专心地注视着脚下。这时两辆黑色的小车从远处的山口显出来，渐渐靠拢，最后停在了三十米以外大路的终点。第一辆车的门打开，下来一位皮肤黝黑身材高大壮硕的男人，他看上去大约三十出头，眼窝略略有些深，鼻梁高挺，下巴向前划出一道坚毅的弧度。跟着从第二辆车里下来的是一位头发已经花白的老者，大约六十来岁，满面倦容。两个人下车后环视了一下四周，然后并肩朝小屋的方向走来。另几个仿佛保镖的人跟在他们身后几米远的地方。老者走路显得有些吃力，年轻的那人不时停下来略作等待。

何夕抬起头注视着来者，一丝若有所思的表情从他嘴角显露出来。壮硕的汉子一语不发地将拳头重重地砸在何夕的肩头，而何夕也以同样的动作回敬。与这个动作不相称的是两人脸上同时绽放出灿烂的笑容。

这个人正是何夕最好的朋友铁琅。

“你在等我们吗？你知道我们要来？”铁琅问。

“我可不知道。”何夕说，“我只是在做研究。”

“什么研究？”铁琅四下里望了望。

“我在研究植物能不能倒过来生长。”何夕认真地说。

铁琅哑然失笑，完全不相信何夕会为这样的事情思考：“这还用问，这根本是不可能的事情。”

“这是两个月前在一个聚会上一个小孩子随口问我的问题，当时兰天成也在，他也说不可能。结果我和他打了个赌，赌金是由他定的。”

铁琅的嘴立时张得可以塞进一个鸡蛋。兰天成是兰天羽的堂兄，家财巨万，以前正是他为了财产而逼得兰天羽走投无路几乎寻了短见，要不是得到何夕相助的话兰天羽早已一败涂地。这样的人定的赌金有多大可想而知，而关键在于，就是傻子也能判断这个赌的输赢——世界上哪里有倒过来生长的植物？

“你是不是有点发烧？”铁琅伸手触摸何夕的额头，“打这样的赌你输定了。”

“是吗？”何夕不以为然地说，“你是否能低头看看脚下？”

铁琅这才注意到道路旁边斜插着七八根枝条，大部分已经枯死。但是有一枝的顶端却长着翠绿的一个小分枝。小枝的形状有些古怪，它是先向下然后才又倔强地转向天空，宛如一支钩子。

铁琅立时倒吸一口气，眼前的情形分明表示这是一株倒栽着生长的植物。

“你怎么做到的？”铁琅吃惊地问。

“我选择最易生根的柳树，然后随便把它们倒着插在地上就行了。”何夕轻描淡写地说，“都说柳树不值钱，可这株柳树倒是值不少钱，福利院里的小家伙们可以添置新东西了。”

“可是你怎么就敢随便打这个赌，要是输了呢？”铁琅不解。

“输了？”何夕一愣，“这个倒没想过。”他突然露出招牌坏笑来，“不过要是那样你总不会袖手旁观吧？怎么也得承担个百分之八九十吧？朋友就是关键时候起作用的，对吧？”

铁琅简直哭笑不得：“你不会总是这么运气好的，我早晚会被你害死。”

何夕止住笑：“好了，开个玩笑嘛！其实我几岁的时候就知道柳树能倒插着生长，是贪玩试出来的。不过当时我只是证明了两个月之内有少数倒插的柳树能够生根并且长得不错，后来怎么样我也没去管了。不过这已经符合赌博胜出的条件了。这个试验是做给兰天成看的。他那么有钱，拿点出来做善事也是为他好。”

铁琅还想再说两句突然想起身边的人还没有做介绍，他稍稍侧了侧身说：“这位是常近南先生，是我父亲的朋友。他最近遇到了一些烦恼。他一向不愿意求人，是我推荐他来的。”

常近南轻轻点头，看上去的确是那种对事冷漠、不愿求助他人的人。常近南眯缝着双眼，仔细地上下打量何夕，弄得何夕也禁不住朝自己身上看了看。

“你很特别。”常近南说话的声音有些沙哑，不过应该不是病，而是天生如此，“老实说你这里我是不准备来的，只是不忍驳了小铁子的好意。来之前我已经想好到了这里打了照面就走。”

何夕不客气地说：“幸好我也没打算留你。”

“不过我现在倒是不后悔来一趟了。”常近南突然露出笑容，脸上的阴霾居然淡了很多，“本来我根本不相信世上有任何人能对我现在的处境有所帮助，但现在我竟然有了一些信心。”

铁琅大喜过望，他没想到见面这几分钟竟然让多日来愁眉不展的常近南说出这番话来。

“哎，你可不要这样讲。”何夕急忙开口，“我只是一个闲人罢了。”

常近南悠悠地叹口气：“我一生傲气，从不求人。眼下我所遇到的算得上是一件不可能解决的事情。”

“既然是不可能解决的事情你怎么会认为我帮得上忙？”何夕探询地问。

常近南咧嘴笑了笑，竟然显出儿童般的天真：“让植物倒着生长难道不也是一件不可能解决的事情？”

二

常氏集团是知名企业，经营着包括化工、航运、地产等诸多产业。常家位于檀木山麓，面向风景秀丽的枫叶海湾。内景装饰豪华但给人简练的感觉，看得出主人的品位。

常近南将客厅里的人依次给何夕做介绍。常青儿，常近南的大女儿，干练洒脱的形象使她有别于其他一些富家女，她不愿荫庇于家族，早早便外嫁他乡自己打拼。但天不佑人，两年前一场车祸夺去夫君性命。伤痛加上思乡，常青儿几个月前回到家中，陪伴父亲。常正信，二十五岁，常近南唯一的儿子，半月前刚从国外学成归来，暂时没有什么固定安排，就留在常近南身边，帮助打理一些事务。

何夕打量着这几个人，脸上是礼节性的笑容，从表情上看不出他的想法。常青儿倒是有几分好奇地望着何夕，因为刚才父亲介绍时称何夕是博士，而不是某某公司的什么人，印象中这个家很少有生意人之外的朋友到来。何夕的目光集中在常正信身上，对方身着一套休闲装，很随意地斜靠在沙发上，他对何夕的到来反应最冷淡，只简单打个招呼便自顾自地翻起杂志来。何夕并不是全部时间都盯着常正信，只不过是利用同其他人谈话的间隙而已。不过，对何夕来说这已经足够获取他想要的信息了。随着对常正信观察的深入，他对整件事情产生了兴趣，同时他也意识到这件事情可能不会那么简单。本来当常近南请他来家中“驱鬼”时他还以为这只是某个家里人有歇斯底里发作现象，这在那些富人家里本不是什么稀罕事，但现在他不这么看了。照何夕的观察，这个叫常正信的年轻人无疑是正常的，他应该没有什么精神方面的障碍，那么又是什么原因会令他做出那些让自己的父亲也以为他“撞鬼”的事情呢？

常近南的书房布置得古香古色，存有大量装帧精美的藏书，其中居然还有一些罕见的善本。

何夕是个不折不扣的书虫，这样的环境让他觉得惬意。

常近南关上房门着急地问：“怎么样？你们看出什么来了吗？”

“老实说我觉得贵公子一切都好好的，看不出什么异样来。”何夕慢吞吞地说。

“我也觉得他很正常。”铁琅插话道。

常近南有些意外，“你们一定是没有认真看。他一定有问题了，否则怎么可能逼着我将常氏集团的大部分资金交给他投资。虽然……”常近南欲言又止。

“虽然什么？如果你不告诉我们全部实情的话我恐怕帮不了你。”

“我不知道该不该要说出来。”常近南的脸色变得古怪起来，仿佛还在犹豫，但最终，对儿子的担心占了上风，“虽然他本来已经做到了，但在最后一刻他终止了行动。”

“什么行动？”何夕追问道。

常近南叹口气：“那是七天前的事。那天早晨正信突然来到我的卧室，建议我将所有可用的资金立刻交给他投资到欧洲的一家知名度很小的公司。我当然不同意，正信很生气，然后我们发生了激烈的争吵。我问他是不是得到了什么可靠的内幕消息，他却不告诉我，只是和我吵。这件让我心情很糟糕，身体也感到不适，所以我没有到办公室，但上午却发生了奇怪的事情。”

常近南迟疑了一下，然后在桌上的键盘上敲击了几下：“你们看看吧！这是当天上午公司总部的监控录像。”

画面显然经过剪辑，因为显示的是几个不同角度拍摄的图像。常近南正走进常氏集团总部的财务部，神色严肃地说着什么。

“据财务部的人说，是我向他们下达了资金汇转的命令。”

“可那人的确是你啊。”铁琅端详着画面说，“你们的监控设备是顶尖水平的，非常清晰。”

“也许除了我自己之外，谁都会这样认为。哦，还有常青儿，她那天上午和我一起在家。这人和我长得一样，穿着我的衣服，但不是我。”

“会不会是常正信找来一个演员装扮成你，以便划取资金？”何夕插话道，“对不起，我只是推测，如果说错了话请别见怪。”

“世上没有哪个演员有这样的本事，我和那些职员们朝夕相处，他们不可能辨别不出我的相貌和声音。”常近南苦笑，“你们没有见到当他们事后得知那不是我时的表情，他们根本不相信我说的话。”

画面上陈近南做完指示后离开，在过道里踱着步，并在窗前眺望着远处。大约几分钟后，他突然再次进入财务部，神色急切地说着什么。

“那人收回了先前的命令，不知道是什么原因。”常近南解释道。

这时画面中的陈近南急急忙忙地进到一间空无一人的会议室里，锁上门。他搜索了一下四周，然后在墙上做了一个动作。

“他堵上了监控摄像头，但他不知道会议室里还有另一个较隐蔽的摄像头。”

那人面朝窗外伫立。他的双手撑在窗台上，从肩膀开始整个身躯都在剧烈颤抖。从背影看这似乎是一个充满痛苦的过程，有几个瞬间那人几乎要栽倒在地。这个奇怪的情形持续了约两分钟，然后那人缓缓转过头来……

“天哪，常正信！”铁琅发出一声惊呼。

“砰”的一声，书房的房门突然被撞开了，一个黑影闯进来。“为什么要对外人讲这件事，你答应过不再提起的！”声音立刻让人听出这个披头散发的黑影正是常正信，但这已经不是客厅里那个温文尔雅的常正信了。他直勾勾地瞪着屋里的几个人，眼睛里闪现出妖异的光芒。“瓶子，天哪，你们看见了吗？那些瓶子。”说完这话他的脖子猛然向后僵直，何夕眼疾手快地扶住他。

“快拿杯水来。”何夕急促地说。

常正信躺在沙发上，喝了几口水后平静下来。过了一会，他睁开眼望着四周，似乎在回想刚才发生的事情。

“告诉我发生了什么？”何夕语气和缓地说。

常正信迷茫地望着何夕：“我怎么在这里，真奇怪。”他看到了常近南，“爸爸，你也在，我去睡觉了。晚安。”说着话他起身朝门外走去。

“好了，何夕先生，你大概也知道我面临的处境了吧？”常近南幽幽开口，“事后我问过正信，但他拒绝答复我。我现在最在意的就是家人的平安。也许真的是什么东西缠住了他。也许这个世界上只有你能够帮助我了，只要你开口，我不在乎出多少钱。”

“那好吧。老实说吸引我的是这个事件本身而不是钱，不过你既然开口了我也不会客气。”何夕在纸上写下一行字递给常近南。

铁琅迷惑地望着何夕。虽然何夕的事务所的确带有商业性质，但他从未见过何夕这样主动地索取报酬。不过，比他更迷惑的是常近南，因为那行字是“请立刻准备一张到苏黎世的机票。”

铁琅抬头，正好碰上何夕那招牌般的坏笑：“常正信不是在瑞士读的书吗？”他的目光变得幽深起来，“也许那里会有我们想找的东西。”

三

在朋友们眼中何夕是一个很少犯错误的人，也就是他说的话或是写的文字极少可能会需要变动。不过最近他肯定错了一次，他本来叫人准备一张机票，但实际上准备的却是三张，因为来的是三个人，除了他之外还有铁琅和常青儿。铁琅的理由是“正好放假有空”，常青儿只说想跟来，没说理由。不过后来何夕才知道这个女人做起事来“理由”两个字根本就是多余。

苏黎世大学成立于1833年，是无数优秀人才的摇篮。何夕看着古朴的校门，突然露出戏谑的笑容："要是校方知道他们培养了一个不借助任何道具能够在两分钟内变成另一个人的奇才不知会做何感想？"

来之前何夕已经通过各种渠道了解了常正信求学时的一些概况，比如成绩、租住地、节假日里喜欢上哪里消磨时间、有没有交女朋友等等，以至于常青儿都忍不住抗议要求尊重一下常正信的隐私。

"那些无关紧要的事情就不必要查了吧。"她扯着尖尖的嗓门试图保护自己的弟弟。

"问题是你怎么知道哪些事无关紧要？"何夕反驳的话一向精练，但是却一向有效，总是顶得常青儿哑口无言。

卡文先生的秃头从电脑屏幕前抬起来："找到了。常正信是一个比较普通的学生，没有什么特别的地方。"

"是这样，"何夕信口开河，"他现在已被提名参选当地的十大杰出青年，我们想在他的母校，也就是贵校，找一些不同寻常的经历，作为他的事迹。"

"我再看看。哦，他专业上成绩好像一般，但在选修的古生物学专业上表现不错。你知道，我校的古生物研究所是有世界知名度的。这对你们有用吗？他的论文是雷恩教授评审通过的。我看看，对了，雷恩教授今天没有课程安排，应该在家里。"

……

"常正信？"雷恩教授有些拗口地念叨着这个名字，"你们确定他是我的学生？"

常青儿也觉得这一行有些唐突了："他只是在这所大学读书。

他不喜欢自己的制药专业，却对古生物学颇感兴趣，而您是这方面的权威，所以我们猜测他可能会与您有较多的联系。”

雷恩蹙眉良久，还是摇了摇头：“也许他听过我的课吧？见了面我大概能认识，但实在想不起这个名字。其实你们东方人到这里留学一般都是选择像计算机、财会、法律等实用性很强的学科，很少会选我这个专业的。”

“其实我倒是一直对这门学问非常感兴趣，只可惜当年家里没钱供我。”何夕突然说。

“这倒是实话。”雷恩笑了笑，“这样的超冷门专业的确只有少数从不为就业发愁的有钱有闲的人才会就读。就连我的女儿露茜，”他朝窗外努努嘴，“对我的工作也毫无兴趣，不过也许今后我有机会培养一下我的小外孙。哈哈哈。”雷恩说着爽朗地大笑起来。

何夕顺着雷恩的目光看出去，室外小花园里一个容貌秀丽的红衣女子正在修剪蔷薇，她的左手轻抚着隆起的腹部，脸上正如所有怀孕的女人一样是恬静而满足的笑容。

从雷恩的住所出来何夕准备找常正信的房东了解些情况。他们已经了解到常正信那几年基本上是住在同一所房子里。何夕让常青儿开车，他想抽空打个盹儿。就在他刚要放下座椅靠背的时候，他眼睛的余光从后视镜里发现了情况。

“我们被跟踪了。别往后看，往前开就行。”何夕不动声色地对常青儿说。

“哪儿，是谁？我怎么看不到？”常青儿惊慌地瞟了一眼后视镜，在她看来一切如常。

何夕没好气地指着前方说：“如果你也能察觉的话他们就只能

改行开出租了。”

“不知道会是些什么人？”铁琅倒是很镇定。同何夕在一起时间长了，这样的场面他早已见惯不惊。

“看来是有人知道我们在调查常正信，本来应该小心点才是。”何夕叹气，但神色却显得很兴奋，对手的出现让他觉得和真相的距离正在缩短。

“我们要不要改变今天的计划？”铁琅问道。

“不用，反正别人已经注意到我们了。”

四

戴维丝太太的房子是一座历史久远的古宅，院落宽广，外墙上爬满了翠绿的植物。她是一位退休护士，大约七十岁，体态微胖皮肤白皙，十年前就一直独居。了解了这行人的来意后她并没有显得太意外，仿佛知道会有这么一天似的。不过出于德裔人的谨慎，她专门从一个资料柜中取出封面上有常正信名字的信封，然后要求何夕说出常正信正确的身份代码。当然，因为常青儿在场这不算什么难题。

“常的确有些与众不同。”戴维丝太太陷入回忆，“我的房子是继承我叔父的，不算巨宅，但也不小了。由于我一个人住不了那么大的房子，所以一直都将底层出租，这里本来就偏僻，附近大学的学生是我比较欢迎的租客。以前都是十多个学生分别租住在底楼的房间里。常来的时候正好是新学期的开始，常要求我退掉别人的合约，违约的钱由他负责。因为他要一个人租下所有的房间，还包括地下室。看得出他很有钱，但我实在想不出一个人为何需要这么多房间，更何况还有地下室。但常从来不回答我的这些问题，我也就不再问了，反正对我来说都一样。”

“他总是一个人住吗？有没有带别的人来。”何夕插话道。

“这也是我比较迷惑的地方。虽然我并不想关心别人的私事，但他的确从来没有带过女朋友之类的人来。倒是每隔些日子就有几位男士来访，而且每次并不总是同样的人，但衣着打扮非常接近。怎么说呢，虽然现在许多人在穿着上都比较守旧，但他们这些人也的确显得太守旧了些，都不过二三十岁的人，却总是一身黑衣，就连里面的衬衣都像是只有一种灰色。”

“我的老天，正信不会加入什么同志协会了吧！”常青儿脱口而出。

“应该不是的。”戴维丝太太露出笑容，“他们只是在一起谈论问题。那都是些我听不明白的东西，有时候声音很大，但多数时候声音是很小的。我的耳朵本就不好，基本听不见他们说些什么。我的房子比较偏僻，除了他们之外没什么人来。”

“光这些也说不上有什么奇特啊！”铁琅说。

“不过有一件事情一直让我觉得奇怪。”戴维丝太太接着说，“就是你弟弟住下不久之后便要求我更换了功率很大的电表，那基本上应该是一个工厂才需要的容量了。”

何夕立刻来了兴趣：“这么说他是在生产什么东西吗？”

“我从来没有看到过他往外输送过产品，所以肯定不是在办厂。他只是运来过一些箱子，然后到离开的时候带走了这些箱子。在他租房期间我从没进过地下室。”

“我们能到他住的地方看看吗？”何夕问道。

“这恐怕不行，现在住着别的人，我是不能随便进入他们的房间的。”

“那地下室呢？”

戴维丝太太稍稍迟疑了一下：“这倒是可以，不过里面空空的什么也没有。现在只放着我自己的一些杂物。”

古宅的地底阴冷而潮湿，一些粗壮的立柱支撑着幽暗的屋顶。何夕注意到与通常的地下室相比这里的高度有些不同寻常。常青儿或许是感到冷，瑟缩地抱着肩膀。

“我看层高至少有五米吧？”铁琅也注意到了这点，他用力喊了一声，回声激荡。

一截剪断的电缆很显眼地挂在离地几米的墙壁上，看来这是常正信留在这里的唯一痕迹。就算这里曾经发生过什么，从眼前的情形看也无从得知了。何夕仔细地在四处搜索，但十分钟后他不得不有些失望地摇了摇头。铁琅深知何夕的观察能力，从他的表情看来要从这里再知道些什么已是不太可能的事情。

戴维丝太太突然开口道：“我想起一件事，当时常刚搬走的时候我曾经在角落里捡到过一样东西，是一个形状很怪的小玻璃瓶，我把它放在……放在……”

戴维丝太太的表述突然中止，她微胖的躯体像一团面似的瘫软倒地。何夕和铁琅的第一个反应都是像箭一般窜向地下室的出口。前方一个黑影正急速地逃走，何夕和铁琅的百米速度都是运动健将级的，只几秒钟时间他们同那个黑影的距离已缩短到二十米之内。

但就在这时，那个黑影突然窜向旁边的树林，然后何夕和铁琅便见到了令他们永生难忘的一幕。那个黑影居然在树丛之间荡起了秋千，就像一只长臂猿。只几个起落便甩开二人，越过高高的铁围栏，消失在茫茫夜色之中。

铁琅转头看着何夕，表情有些发傻，不过话还说得清楚："人猿泰山到欧洲来干什么？"

戴维丝太太的伤显然已经不治，致她于死命的是一粒普通的鹅卵石，大约两厘米见方，就嵌在她的额头左侧。看到这一幕何夕才醒悟到自己有些大意了，不过他的确没料到会到这一步。不过现在看来事情越来越不简单了。

常青儿正准备打电话报警，何夕果断地制止了她："等一下我们出去用公用电话报警，否则会被警方缠住的。"

"那戴维丝太太最后说的那样东西到底会在哪儿呢？"常青儿焦急地环顾四周，"要不再找找看。"

"不用了吧，这里何夕已经搜寻过了，他都没有发现那样东西。"铁琅抱着膀子说，样子看上去有些不负责，但说的却是大实话。

"我想我知道那样东西在哪儿了。"何夕突然开口道，他径直朝地下室出口奔去，留下铁琅和常青儿两人面面相觑。

这是一个很小的瓶子。它是从一个写有名字的信封里取出来的。

"既然戴维丝太太知道这是常正信遗留的东西，她自然会把它同属于常正信的其他东西放在一起。"何夕用一句话就回应了常青儿眼里的疑问，同时拿着尺子比画着。瓶子是六棱柱形，边长0.5厘米，高度1厘米，虽然透明但不是普通玻璃造的，而像是一种轻质的强度远高于玻璃的高分子材料。瓶子的顶部和底部都镶嵌着金属片，在顶部还开着两个直径约1毫米的小孔，但被类似胶垫一样的东西密封着。瓶子里大约装有一半的透明液体。

“我实在看不出这东西是干什么用的。”铁琅满脸不解。

何夕仔细地端详着小瓶，眼睛里有明显的迷惑：“到现在为止我只觉得这像是一个容器。”

“这我也看得出来。”常青儿插话道，“那两个小孔肯定就是注入和取出液体用的。”

何夕赞同地点头：“不过我还看出这东西应该不止一个，而是数量庞大的一组。”

“这样说没什么根据吧？”铁琅说，“它完全可能就是一个孤立的配件。”

“你们注意到它的形状没有？像这种六棱柱形的造型在加工上比正方形之类困难许多，容量也没有大的提高，除非是有特别的考虑，否则不会随便造成这个样子。”

“对啊，大量六棱柱形拼合在一起是最能节约材料和提高支撑强度的，就像蜂巢的结构。”铁琅恍然大悟。

“那我们不妨假设一下在古宅的地下室里曾经有过数量巨大的这种小瓶子，可常正信到底在干什么呢？记得吗，在常家的书房里常正信曾经说过：‘看，那些瓶子’。”何夕眉头紧锁，“还有，我们见到的那个黑影又是什么呢？”

“我从来没见过那么猛的人，他简直就是在树上飞。”铁琅抓挠着头发。

“常青儿，看来要麻烦你联系一下，我们现在需要一间设施齐全的实验室。”何夕带头往外走，“现在我们还是赶紧离开吧！”

五

常氏集团在瑞士并没有产业，但有生意伙伴。十个小时之后何夕已经有了一间工作室，这是一家制药公司的实验室，鉴于瑞士制药业的水平，这间实验室的配置在这个星球上大约算是顶级的。不过何夕很快便发现其实有些小题大做了，因为从容器里取出的液体成分实在非常简单。

测算出来每千克这种液体中大约含有 23 克的氯元素、12 克的钠元素、9 克硫元素、3 克镁元素，还有不到 1 克的钙和钾，剩下的就是一些微量元素和水了。现在实验室里就是这么一张化验结果，以及三张愁眉不展的脸。怎么说呢，它的成分太普通了，就像是随便从太平洋某个角落里汲取的一滴水。当然这只是一个比喻，因为它和通常的海水之间还是有些不同的，比如硫和镁显得稍高一些，但没有什么本质的区别，就像是在某个特殊地域采集的一滴海水。地球上这种地方有的是，比如海底烟囱附近或是像红海之类的特殊海域。

“看来我们有方向了。”铁琅先开口，“我想应该拿它同世界各地的海水成分进行比对，确定一下它们是从什么地方运来的这些海水。等会儿我到专业网站上查询一下。如果他们曾经运送过大量的海水的话，肯定会留下线索的。”

“可我弟弟拿这些海水来干什么呢？”常青儿皱着眉，“他从小对化学就不感兴趣，本来我父亲是希望他在制药业有所发展的，但他一直不喜欢这个专业。”

“我倒是觉得整个事件越来越有意思了。”何夕脸上掠过一丝奇怪的表情，望着铁琅说，“虽然并没多大依据，但我有种预感，你很可能查询不到匹配的结果。”

“你是说这可能不是海水，那我可以扩大范围，顺带查一下各个内陆湖的数据，应该能找到接近的结果吧？”

“但愿你是对的。”何夕若有所思，“也许是我想的太多了。”

“难道你有什么猜测吗？”常青儿追问道。

“我只是在想……”何夕的口气有些古怪，“那个能在树上飞的人是怎么回事？”

“也许他是个受雇于人的高手。”常青儿插言道，“就像是那些从事极限运动的跑酷运动员。”

“我见过跑酷。但……”何夕看了铁琅一眼，“你觉得他是在跑酷吗？”

铁琅脸上的神色变得凝重起来：“我有些明白你的意思了。”

常青儿着急地叫嚷起来：“你们在说些什么啊？”

铁琅苦笑了一下：“我是说世界上没有人能够像那个家伙那样跑酷的，他在树上跳跃的时候不会输给一只长臂猿。”

“你们的意思是……他不是人？”常青儿的眼睛比平时大了一圈。

“我只是觉得他在地上跑的时候肯定是个人，在树上跳的时候绝对不是人。”何夕说。

六

享誉世界的瑞士风光的确名不虚传。铁琅今天要查对神秘液体的来路，至少要大半天的时间。常青儿耐不住等待，要游览名胜。

以何夕一向的绅士做派当然只能陪同侍驾。直到这时何夕才领教了像常青儿这样的女人有多难伺候。首先由于出身和见识的原因她的眼光的确独到，对于一般的景色基本不屑一顾，总是四处寻找出奇的风光；同时由于做事一向泼辣干练，常青儿对于入眼的景色每每又不甘于远望，只要有可能就非得亲到跟前一睹究竟不可。这就苦了何夕，手里大包自然提着，还得逢山开路遇水架桥，要不是仗着身体强壮早累趴了！只好在心里宽慰自己，幸好常大小姐只是在郊外踏青而不是游览瑞吉山或是皮拉图斯山。

现在终于上到一处坡顶，放眼看去是一条平坦的小径徐缓下行，看来前面再无险途。何夕长出口气，这时他眼睛的余光突然发现斜上方十来米高处有团粉色的影子，几乎是电光火石之间何夕将左手的包甩到肩上。但已经迟了，他没能挡住常青儿的视线。

“好漂亮的花儿啊！”常青儿叫嚷起来，“你看那儿，我从来没有见过这么粉的蔷薇。”

说到这儿常青儿不再开口，转头热切地看着何夕。何夕望着她绯红的脸颊，微微带汗的几缕发丝在风中颤抖，只得在心里叹口气，认命地放下手里的包开始朝山壁攀缘。提包口儿张开了，可以看到里面已经放了一些“很紫的玫瑰”“又漂亮又光滑的鹅卵石”以及“好青翠的树叶”。

“只要一枝就够了，还有，别伤了它的根。”常青儿对着坡上的何夕喊，看来她并不贪心。就在这时，一只粗大的手搭在了她的肩膀上。

……

“我们谈谈吧，何夕先生。”来者是四个头戴黑袍只露出双眼的人。说话的是来人中个头最高的一位。他说的是英语，只是口音有些怪。

何夕看了眼被反缚双手的常青儿，放弃了反抗的念头："你们想谈什么？"

"是这样，你们不觉得自己闯到了不该去的地方了吗？"

"我只是想帮助这位女士的弟弟，他的家人很担心他。"何夕斟酌着用词，他还摸不准对方的意图。

"我们调查过你，知道你的一些传奇故事。老实说我们很尊敬你，我们不打算与你为敌。这样吧，如果我们保证以后不再和常正信联系，也就是说，他不必再要求他的父亲投资给我们公司。这样的话你能否能就此罢手？"

"我们不需要和他谈判！"旁边一位个子较矮手臂显得有些长的黑袍人插话道。何夕感觉他的眼神就像两把充满戾气的匕首，亮得刺人，"常正信会配合我们的。眼下这个家伙交给我收拾好了。"

"现在是我在说话。"高个黑袍人声音高亢，"难道你要违背我的命令吗？"

那人不情愿地退下，眼里依然恨恨不已。

"我好像根本没有选择的余地。"何夕笑了笑，"加上常青儿还在你们手里，我们俩可不想出什么意外。不过，你能兑现你的保证吗？"

"这不成问题。我们是商人。商人想多得到一些投资也是正常的要求吧？既然现在出了这么多麻烦，我们也觉得得不偿失，所以你不必怀疑我们的诚意。"

"那好吧，我们明天就离开瑞士。现在，请将这位女士的手交给我吧！”

“这样最好。哈哈哈。”高个黑袍人满意地大笑几声。常青儿的双手被松开了。她呻吟一声倒在何夕臂弯里，身体仍止不住发抖。四个黑袍人像出现时一样快速地消失在了黄昏的峡谷里，四周只剩下冷风的呜咽。

七

四川南部，守苑。

从瑞士回来已过半月。这段时间何夕回绝了所有应酬，独自一人留在这处能让他心绪平静的地方，想一些只有他自己知道的事情。铁琅和常青儿天天打电话，但何夕一直说还不到时候。直到前天上午，他突然请铁琅和常青儿今天过来，算起来他们应该快到了。

黄昏的湖畔充满了静谧的美，夕阳洒落的光子碎屑在水面上跳着金色的舞蹈。所谓“湖”其实是一个有些拔高的说法，眼前的这并不浩渺的一汪水称作池塘也许更加贴切。何夕伫立在一株水杉树旁凝视着跳荡的水面，像是痴了。

“想什么哪？”不知什么时候铁琅和常青儿已经站在了一旁，当然与这句问候相伴的照例是铁琅重重的拳头。

“阳光下的池塘很美，不是吗？”何夕的声音与平时不太一样。

“还行吧。”常青儿环视了一下，“可没瑞士的风景好。”

“你们看过法布尔的书吗？”

“不就是写《昆虫记》的那个博物学家嘛！”铁琅咧嘴一笑，

“以前看过，觉得很好玩。一个大人像孩子一样天天对着小虫子用功，不过他真是观察得很仔细。我记得有一篇写松毛虫的，他发现松毛虫习惯一只紧接着一只前进。他故意让一队虫子绕成圆圈，结果那些松毛虫居然接连几天在原地转圈，直到饿晕为止。当时我边看这一段边想象着一队又胖又笨的松毛虫转圈，肚子都笑痛了。”

“还有这么好玩的书啊，以后我一定要找来看。”常青儿插话道。

“我现在屋里就有一本。不过我最喜欢的是法布尔笔下的池塘，那是个充满生命之美的地方。”何夕的眼神变得有些迷蒙，“我觉得当这个世界上有了阳光有了池塘之后，所有后续的发展其实都是顺理成章的事情。阳光下的池塘是唯一关键的章节，故事到此高潮已经达成，结局也早就注定，后面的那些蓝藻、草履虫、小麦、剑齿虎、孔子、英格兰、晶体管、美国共和党等等其实都只是旁枝末节的附录罢了。”

“你在说什么啊？乱七八糟的！”铁琅挠了挠头，和常青儿面面相觑。

“好吧，还是说正题吧！”何夕招呼大家坐下，品尝他喜欢的龙都香茗，“常青儿，我前天说的事情办好了吗？”

“还说呢。一连那么多天谁都不理，突然打个电话来就是让我去悄悄搜集我弟弟脱落的脚皮。”常青儿忍不住发着牢骚，“这叫什么事儿啊！”

“你没办吗？”何夕有些沉不住气，他实在也没把握摸透这女人的脾气。

“哪敢啊，是大侦探的命令嘛！”常青儿调皮地一笑，“那些脚皮都送到了你指定的中国科学院病毒研究所，他们保证结果出来后马上同你联系。可你为什么要这么做？”

何夕沉默了几秒钟：“知道我当时为什么要答应离开瑞士吗？”

“问题已经解决了啊！那些人不就是想通过我弟弟得到常氏集团的投资吗？现在他们放弃了。这种事在生意场上很常见，只不过他们的手段比较过分罢了。你帮我们查清了问题我父亲很感谢你的，还特意委托我这次来一定要邀请你到家里做客。我父亲说了。”常青儿脸上突然微微一红，“常家的大门永远都对你敞开。”

“是啊，问题已经解决了。”何夕低声说道，“我都没有想到会这么快就办到了。可是……”

“可是什么？”

“相比于我以前经历过一些事件，这件事起初显得非常诡异，但是调查起来却非常顺利，真相仿佛一下子就浮现出来了。但其中还有一些疑点没有得到解释。比如说，常正信变脸那次……”

“我分析这应该是一种魔术。”铁琅插话道，“就像当年大卫表演的一些节目，直到现在都还没有人说得清楚其中奥妙。”

“可是我不这样想。”何夕摇摇头，“那些人花费了那么多精力，设计了那么多圈套，最后却轻描淡写地放弃了事，这不符合常理。”

“他们不是说是因为不愿意与你为敌吗？”常青儿提醒道。

“你太抬举我了。”何夕苦笑，“我没有那么大的影响力。我问你：你们常氏集团有多少资产？常正信名下又会有多少？他们本来已经完全控制了常正信，巨大的利益已是唾手可得，现在为什么会主动放弃？”

“你这么讲我也觉得有些奇怪了。”常青儿不自信地嗫嚅道。

“所以我分析他们的承诺只是拖延时间的权宜之计，他们似乎……在等待着什么事件的发生。也许到时候这个故事才会真正开始。”

“你把我都说糊涂了？”铁琅显得一头雾水。

“我现在也说不大好，就算是直觉吧！不过我想事情的真相总会弄清楚的。”

这时何夕的电话突然响起来：“是我，崔则元。”一个穿着白色工作服的人出现在电话屏幕上。

“结果出来了？”何夕的语气显得很兴奋。

“我不明白你为什么要给我们大家开这个玩笑。”崔则元表情很严肃，“那位女士说你要求我们在最短时间内给出结果，我的助手放弃了休假，没想到却是个恶作剧，虽然我们是朋友，但这也太过分了点吧？”

“等等。”何夕有些发懵，他没想到一上来就劈头盖脸挨了顿训，“我只是拿份人体样品给你检测一下DNA序列，这是你本行啊，怎么就过分了？”

“可你拿给我的根本不是什么人体样本啊。虽然它看起来和人体脱落的皮肤一模一样，我不知道你玩的是什么魔术，可里面根本就不包含DNA，听清楚了吗？它里面没有脱氧核糖核酸，没有双螺旋结构，连蛋白质都没有——它根本就不是人体样本，甚至也不是任何生物样本！”

“啊？”何夕转头看着常青儿，“你确定拿的是你弟弟的脚皮吗？”

“我当然确定。”常青儿委屈地叫起来。

何夕蹙紧了眉，良久之后从椅子上撑起：“走吧，我们该出发了。”

“到哪儿啊？”铁琅问道。

“去看看那件不是样本的样本。”何夕有些恼火地捏了捏拳头，“看来故事终于开始了。”

八

湖北省武汉市。中国科学院病毒研究所。

在崔则元看来，何夕近来大概是有些不正常。大家相交多年，还从来没有像现在这样话不投机。说起来崔则元走上现在这条道路还跟何夕有点关系，在中学时代崔则元正是受了何夕的影响才对生物学产生了浓厚的兴趣。不过后来崔则元才知道对何夕来说生物学只是一个普通爱好罢了，何夕后来并没有像其他人一样升入正规的大学，他根本就放弃了考试，一个人跑到不知什么地方逍遥去了。在差不多七八年的时间里所有人都同何夕失去了联系，等到何夕重新回到原有的圈子里时，原来那个面色苍白显得有些青涩的少年已经变得皮肤黝黑，目光灼人。关于那几年的经历何夕从来都没有正面回答过别人的询问，有时候被人问得急了就说是到“阿尔西亚山”参禅去了。只有少数相关专业人士能从这句话立刻听出何夕是在胡诌，因为虽然的确是有一座“阿尔西亚山”，但是位于火星上。

虽然崔则元认定何夕这次是在胡闹，但凭多年的经验他深知何夕的狡辩本事，所以并不敢太大意。崔则元至今还记得多年前的一件小事，当时几位朋友对何夕那与众不同的往左斜梳的发型发生了兴趣，于是借机追问何夕为什么总是特立独行，连头发都和大多数人弄得不一样。结果何夕只一句话便让大家乖乖闭上了嘴：“你们照镜子欣赏时头发不全是往左梳的吗？这说明往左梳才好看。”

这次让崔则元觉得问题不对劲的是何夕居然要求他们重做实验，以便从那些根本不是生物材料的样品里面找出“也许隐藏了的DNA”。

“开什么玩笑？”崔则元嚷嚷道，“你不会怀疑我们的技术吧？

我们这里可是全亚洲最好的生物实验室。明明是你拿来的样品有问题。”

何夕正在电脑上打游戏，这是他休息的一种方式。屏幕上是古老的任天堂游戏“超级玛丽”，那个采蘑菇的小人儿正起劲地蹦跶着。“超级玛丽”是何夕儿时的一种鼻祖级游戏机上的经典，现在何夕是通过电脑上的模拟器来玩。也许是童年时的印象太深，直到现在何夕也只喜欢这些画面简单但却充满无穷乐趣的游戏，他觉得这才是游戏的精髓。听到崔则元的话何夕有些恋恋不舍地关掉程序开口道：“可常青儿向我保证这的确是人体皮肤样本。”

崔则元不客气地反诘：“女朋友说的总是对的，是吧？”他这句话立刻让一旁的常青儿羞红了脸，她急促地低下头。

“那你们分析出来样品到底是什么了吗？”铁琅恰到好处地转开话题。

“老实说我们也正在伤脑筋。虽然我们知道这不是生物材料，但是却不知道它到底是什么东西。”崔则元困惑地挠着头，“我从来没有见过这种东西。它像是一种全新的高分子聚合物，它的元素构成同蛋白质相似，也是碳氢氧氮等的化合物，但各元素的比例完全不对。而且分子量很大。”

“这么说它是一种高分子化合物？”何夕沉思着，“可怎么会来自常正信的身体？”

崔则元简直无语了，他脸上的表情已经代替他下了结论：感情真的会让人变蠢，即便是像何夕这样的所谓聪明人也不例外“我再最后强调一次啊，它不可能来自人体。”

“会不会常正信的体表覆盖了这样一种特殊材料？”铁琅突然

开口说出自己的推测。

“这倒很有可能。”崔则元表示赞同。一旁的常青儿也忙不迭地点头。

一丝神秘的笑容在何夕脸上浮现开来：“虽然这个解释看起来很不错，但我不这样认为。这样吧，我请你们再做一次实验。”何夕转头对常青儿说，“你弟弟应该快来了吧？我们到机场接他。”

“你为什么要我骗他说是来武汉旅游，我不能说实话吗？”常青儿不解地问。

“常正信知道的应该比我们多一些，我们必须有所防备。”何夕转头看着崔则元，“等会儿打麻醉剂时手脚可得快点。”

“哎，我们不能违背当事人的意志采集样本的。这是有法律规定的。”崔则元听出了其中的奥妙，急忙发表声明，“违法的事情我不能做。”

“违法的事你做得来吗？你以为是个人就能犯法吗？那得具备必要的才能。比如像我和铁琅这样的。”何夕面有得色地拍了一下胸脯。

“那也不行。如果你们不能保证事情合法我是不会配合的。”崔则元很坚持。

何夕同铁琅对视一眼，露出招牌坏笑。他从上衣口袋里拿出张纸递给崔则元。

“这也能拿到。”崔则元看着部里面的大红印章，隐隐觉得事情越来越不简单。

“所以说崔则元同志，执行命令吧！”何夕语重心长地说。

九

常正信已经进入了深度麻醉状态。何夕端详着常正信的脸，他特别注意观察着常正信的皮肤，但无论他怎么仔细也没能看出有什么特别的地方。这次采集的样本是七个，分别采自常正信不同的组织部位。此前崔则元还从来没有从一个人身上采集这么多样本。因为按照 DNA 鉴定的原理，采集一个就足够了；但是何夕坚持要这么做，却无法说出理由。不过崔则元已经感觉到这本来就是一件不合常理的事件，也许应对的方法也应该不合常理。

检测结果对崔则元来说完全是一场灾难。

“这不可能。”崔则元面色苍白，同众多以技术立身的人一样，他一向有着稳定的心理素质，但他现在面对的是超出了他的全部想象力的事件。七件样品中有六件样品的结果同第一次实验是一样的，只有一件样品表现出了人体生物学特征。如果按照这个结果来看常正信基本上就不是人类。但这怎么可能？每件样品都是崔则元亲自采集的，为了彻底驳倒何夕他甚至没让助手帮忙！

“你们明白吗？他根本不是人类。”崔则元大叫道，“你们明白吗？”

“那他是什么？另一种生物？”铁琅的面色一样苍白。之前的结果还可能是因为常青儿拿错了样本，但现在却是由最严格的实验得出的结论。

“不，他甚至不是生物体。”崔则元的语调变得有些恐怖，“你们明白我的意思吗，所有生命的基石都是核酸，也就是 DNA 或 RNA，从病毒到野草到大象再到人类，核酸的编码决定蛋白质性质。可他体内没有核酸，我不知道他是由什么构成的。”

“你们胡说！”常青儿动容，“虽然正信近来是有些古怪，但我敢肯定他就是我的亲弟弟。我不管你们的什么科学实验，我只相信自己的感觉。他就是我的弟弟。”

“不是还有一份样品的结果正常吗？”何夕倒是很冷静。

“对对，是这样的。”崔则元看了眼电脑屏幕上的结论，“那份样本取自脊髓。它部分正常，像是一份混合体，就是说它表现了部分人类特征。而且我拿这份样本同常青儿的DNA数据做过比对。如果单以这份样本来看，可以判断他们具有姐弟关系。”

“脊髓。”何夕念叨了声，“那另外几份样品都分别取自哪里？”

“肌肉组织，皮肤组织，肝脏，血液及腺体组织。”

“这么说，常正信身体的绝大部分都出了问题。”

“我不知道该怎么描述。”崔则元无法抑制自己的情绪，“他的生理机能都很正常，在显微镜下他身体的每一个细胞都充满活力；但从严格意义上讲，他的确不应该称作人类。”崔则元点击一下键盘，屏幕上立刻显出电子显微镜下一群活细胞的图像。“这是取自肝脏的部分。”崔则元补充道。

“难道他是机器人？”铁琅分析道，“或者说是一种复合型的机器人？因为他毕竟还有少部分人类的成分。”

“但是你们知道我的感觉吗？”何夕凝视着屏幕，“崔则元你是专家，你能看出这群肝脏细胞同正常人的肝脏细胞的区别吗？”

“说实话我不能。”崔则元无奈地承认，“你们看这里，液体在流动，线粒体在燃烧，葡萄糖酵解成丙酮酸，并在三羧酸循环中释放出大量的三磷酸腺苷，由此提供生命必需的能量。一切都井井有条。”

“这也正是我的感觉。”何夕的声音变得有些古怪，仿佛是在宣示着什么，“所以它们不可能是机器，它们是生命。”

“可它们没有 DNA，也没有蛋白质，不可能是生物体！”崔则元近乎绝望地想要捍卫自己的信念，虽然他感到自己心中那座曾经坚不可摧的大厦正在何夕的宣告下坍塌。

“我没说它们是生物体啊！”何夕淡淡地纠正道，“我只是说它们是生命。”

十

北京，某地。

“你们怀疑这可能是一次生化事件的前奏。”齐怀远中将在静听了十分钟后发言。他大约五十岁，身形瘦削，目光中闪烁着军人特有的坚毅。

“这正是我们求助军方的原因。本来事情的起因只是有人企图非法获取他人的资金，但现在看来问题远不止于此。有一种奇怪的技术出现了。”何夕尽量让语气平缓，他同齐怀远并不是初识，在以前的一次突发事件中打过交道，何夕在其中起到了重要的作用，虽然出于可以理解的原因这一点在军方档案中没有任何记录。

“他们的目的是什么？”

“现在还不知道，但这个世界至少已经有了一些怪异的个体。我知道其中一个人能像猿猴一样在树上跳跃，并且能用一颗小石子轻取他人性命；另一个则能够随意改变自己的相貌。”

“听起来就像是神话。”齐怀远目光深邃，如果对方不是何夕的话他早就对这番奇谈怪论嗤之以鼻了，“那你要我们做什么呢？”

“尽可能地给予我们帮助。”

“在苏黎世我们没有太多力量，你知道那里并不是热点地区。”

“但是你可以动用其他的力量，包括盟友。我是说，包括你能运用的一切力量。”

“有必要吗？现在事情的真相还没有弄清，也许这只是一个局部事件。”

“也许你还不清楚我的意思。”何夕正色道，“如果你看到过那些细胞，如果你从生命的角度上来看问题，你就会意识到这是一个多么严重的事件。”

“有多严重？”齐怀远被何夕严肃的语气所感染。

“就一般的生化事件而言，往往是某种致病微生物参与其中，导致一定数量的人群受到感染并出现病理特征；而现在我们面对的却是一种未知的现象，准确地说我们见到了一种此前地球上根本不存在的生命现象。”

“对不起，你的话让我理解起来有些困难。”

“在我们的世界上存在着几百万个物种，加上那些曾经存在但现在灭绝了的数量则更为庞大。从几微米的病毒到高达百米的美洲红杉，从深海巨乌贼到南极地衣孕育的孢子，生物界按门、纲、目、科、属、种的规律分成了各个类别。生物体之间无论是外形还是功能都存在着巨大的差异；但是从根本上说，所有生物具有同一性，即它们都具有相同的遗传物质类型，它们之间的差异只是DNA或RNA的编码不同罢了。明白我的意思吗？我们不仅和猿猴来自同一个祖先，从最根本的意义上讲，我们同你窗台上栽种的云南茶花也来自同一个祖先。但是，这次我们却见到了一种完全另类的生命。”

“你是说我们可能遭遇了外星生物的入侵吗？”齐怀远的声音有些颤抖，这在他的军人生涯中是绝无仅有的事情。

“现在我还不知道这到底是一次怎样的事件。”何夕的语气沉重而无奈，“但愿我们能早些知道事情的真相。我们需要时间，但愿我们有足够的时间。现在你明白我为什么请求你动用所有力量了吗？”

“是的，我明白了。”齐怀远拿起旁边的红色电话。

十一

苏珊在快餐店像往常一样点了一份肉馅饼和一杯咖啡。今天是周日，这个时候的客人还不多。一位头发花白的老人坐在窗户边悠闲地品着红茶。两位学生模样的女孩在窃窃私语，不时发出低低的笑声。苏珊拿着汤匙慢慢地搅动着，回想着出家门时女儿艾米丽稚嫩的笑声。作为一名单身母亲，四岁的女儿几乎就意味着她的一切。苏珊感到自己的手心很干爽，这是她觉得安全的表现。哪怕是潜意识里有一丝危险的警告她的手心就会变得潮乎乎的，这是只有苏珊自己才知道的秘密，包括当年在特工训练营里的教官们也不知道这一点。就在这时她看到了那个人，虽然和照片上相比并不一致，但苏珊的直觉告诉她就是这个人了。

“和这位女士一样。”来人一边对侍者说着话一边坐下来，他摘下墨镜，显出灼人的眼睛。来人正是何夕。

“他们给我的照片上你没有胡须。”苏珊点点头算是打招呼。

“是粘上去的。”何夕笑了笑，“苏黎世有认识我的人。”

“我接到的命令只有一条，就是执行你的一切命令。”苏珊的声音很低。

“我需要查询今年 4 月 13 日一批货物的流动路径，我知道它们发运的起始地点。”何夕在地图上指明了一个点。

“时间有些久了，不知道沿途的监控录像是否还保留齐全。”

“并不需要全部齐全，只要有一个大概的路线图能帮助我们推测货物的去向就可以了。”

“这应该能办到。我明天给你结果。”苏珊突然呶了下嘴，“不是说你就一个人吗？那边那位一直朝我们看的人是谁？”

何夕悚然回头，虽然隔着几排座位，何夕还是一眼就认出了戴着帽子遮遮掩掩的常青儿。常青儿大概也意识到自己已经暴露，有些不好意思地笑了笑。

“是你的搭档？”苏珊仿佛看出点什么。

“算是吧。”何夕低头啜咖啡。

“那我先走一步。”苏珊起身，“但愿我能尽快给你带来好消息。”

何夕慢腾腾地踱到常青儿的座位边：“这边有新的生意需要常大小姐亲自打理吗？”

“就是就是。”常青儿忙不迭地借坡下驴，“碰到你真是好巧啊！”

“事情办完了吗？如果差不多了还是早些回去吧。”

常青儿抬眼看着何夕，黑白分明的眸子里闪过一丝委屈：“我知道我帮不了什么忙，可是，我真的很担心你。所以……”

何夕在心里叹口气，老实说近段时间以来这个有别于一般富家小姐的常青儿已经在他心里留下了印迹，但他知道这没有太大意义，这种温馨平凡的情感是像他这样的人可望而不可即的。每个人的现在其实都源自他的过去，一些事情虽然已经成为过去，但却永远不会消逝。就像多年前那海边古堡里阴冷的风声，这么久了一直还在何夕耳边回响。

“你知道我们面对的是些什么人吗？”何夕尽力使自己的声音显得冷漠，“你留在这里只会让我分心。”

“我能照顾自己。你是在帮助我弟弟，我不能袖手旁观。”

“我以前为你们所做的只不过是商业行为，是我的工作罢了，你们也已付了足够的报酬。我现在已经不是在帮你的弟弟了，我接受了另外的委托。所以请你立刻回去吧，不要妨碍我的工作。”何夕抛下一句话后头也不回地离开。

十二

贝克斯盐矿位于日内瓦湖以东，总长度超过50千米，从公元1684年一直开采至今。一年前有位神秘人士买下了盐矿的部分废弃区，苏珊调查的结果表明常正信运走的货物大部分正是运到了这里。贝克斯盐矿的部分已经开发成了旅游景点，但废弃区却终年人迹罕至。

从望远镜里看去一个守夜人模样的老人斜倚在躺椅上，像是睡着了。何夕和苏珊没费什么劲便潜入到了山脚，现在是夜里十一点，从外面看上去山壁上的入口一片漆黑，也听不到有什么声音。旁边惨白的路灯光照在草地上，一株被锯得光秃秃的梧桐树在地上投下古怪的黑影。

“我进去了，你留在这里。”何夕吩咐苏珊，他收拾着开锁器具。洞外的轻松很可能意味着里面加倍的危险。

“随时保持联系。”苏珊手里紧扣着一支枪，声音有些微的颤抖。

何夕点点头，然后急速地从门口溶进了黑暗之中。苏珊警惕地四下张望，然后退守到那株梧桐树下，借助树的阴影潜伏。苏珊对这个位置感到满意，周围很空旷，便于她观察，而在昏暗的路灯下没有人会注意到这里潜藏着一个人。但不知怎的，苏珊突然感到手心里满是汗水，她觉得似乎有什么事情不对劲。几乎就在这种感觉升起的同时，苏珊感到一个铁钳一样的东西攫住了自己的咽喉。在意识即将离开苏珊的身体之前的一刹，她终于在挣扎中目睹了欲致自己于死命的究竟是什么东西……

一张鬼脸！这是苏珊脑海中涌现的最后一个意识。

“啊——”一声凄厉的惨叫在黑暗中响起，是常青儿的声音。何夕从入口中冲出来，映入他眼帘的是昏厥倒地的常青儿。

……

“你醒了。”何夕关切地望着常青儿，“喝口水吧。”

“鬼脸！我看到一张鬼脸！”常青儿显然还没有从惊吓中缓过来。

“什么鬼脸？”

“是一张长在树上的鬼脸。”常青儿眼睛里充满恐惧，“太可怕了。”

“树上的脸？”何夕沉吟着，他突然失声叫道，“是那棵梧桐树。我出来的时候那棵树和苏珊都不见了。我知道了，那根本就不是一棵树，而是一个人！守夜的老人只是一个摆设，他才是真正的警卫。”

“对不起,我悄悄跟踪了你。”常青儿嗫嚅着说,“我只是担心你。”

“看来这一次是你救了我。如果不是你突然出现打乱了对方的计划，我也许已经在毫不知情的情况下被暗算了。可是苏珊……”何夕难过地低头。

“你说那棵树其实是人？这怎么可能。”

“我想那也许应该叫作模拟。想想常正信吧，他曾经在几分钟时间里不借助道具变成另外一个人，使得所有人都无法分辨。我不认为那是什么魔术。今天我们显然遇到了一个能力更加强大的人，他甚至能模拟植物。现在我都不知道究竟什么地方是安全的，也许这个房间里的某株盆景……”

“别吓我。”常青儿身子发抖，紧张地四下张望。

“没事的，我已经检查过了。”何夕怜惜地抚着常青儿的额头，“你休息一下。”

十三

苏珊只是受了点轻伤。警方第二天上午发现一辆车撞在了公路护栏上，昏迷的苏珊就在后排位置上，前排位置上有一摊血，但司机不见了。医生检查的结果她身体没什么大碍。看来绑架者的驾驶技术不怎么好。

“很抱歉，让你担心了。”苏珊躺在病床上，面容有些憔悴。一名粉嘟嘟的小女孩紧紧依偎在她身上，大大的眼睛里还闪动着害怕的神色，那是她的女儿艾米丽。苏珊充满爱怜地紧握着艾米丽的手。

“是我没有考虑周全。你先休息，别想那么多。”何夕安慰道。这时他的电话突然响了，电话屏幕上铁琅显得心神不宁，他的第一句话便是“常正信死了”。

何夕悚然一惊，这已经是事件里的第二个死者了。

“是这样的，这些天他本来一直留在病毒所的实验室，情绪也比较平静。但从前天开始他就强烈要求出去，我们当然没有答应。结果今天早上他突然强行逃跑，还抢了警卫人员的枪。就在我们试图劝说他放弃行动时他突然冲到了马路上，一辆货车刚好经过……”

何夕沉默了，他感觉眼前仿佛出现了巨大的黑影，而且这个黑影还在不断地逼近，行将吞噬一切。

“你怎么了？”铁琅关切地询问。

“噢，没什么。”何夕摇了摇头，“你马上让崔则元他们再对常正信做一次全面的DNA检测，还是从以前的那些身体部位取样。”

“什么意思？”

“先别问这么多，照着做吧。我预感到我们离真相更近了。”

“发生了什么事？”苏珊撑起身，“我可以帮忙吗？我已经没什么事了。”

“没什么。”何夕不想吓着艾米丽，“你先休息。”

“我真的没什么了。”苏珊执意下床，“有了这次的经验我知道该怎么做了，那些家伙不会再得手了。我现在就能继续工作。”

“那好吧，这次我们白天去。”何夕敬佩地看了眼这个坚强的女人。

但他们晚了一步，一小时后映入他们眼帘的是已经炸成了废墟的矿场入口。

十四

“常正信 DNA 检测结果出来了。”电话屏幕上铁琅神情严肃。

“我猜想脊髓部分也一定完全变性了。”何夕先发表看法。

“正是这样。可见在常正信身体上发生的可能是一个渐变的过程。”

“现在可以理解他在伪装常近南时的表现了，当时那种东西还没有完全控制住他，所以他在最后一刻改变了命令。”

“我还是不明白他身上到底发生了什么事情？难道是一种病毒感染吗？可崔则元说这种东西根本不是生物材料。”

“我想快知道答案了。对了，关于那些海水你调查得怎样？”

“说实话我正头疼呢？我找遍了全球各处的水文资料，都没发现和它成分相符的地方。稍微比较接近的是黑海的海水，但差异也不小。真不知道常正信从哪里搞来的这些海水。”

“记得我曾经说过吗？我说你可能找不到匹配的结果，

因为……”

“因为什么？”铁琅嚷嚷道。

“因为你没有时间机器。”何夕没头没脑地说完这句话便挂断了电话，留下铁琅一个人兀自在电话那头发呆。

“那我们下一步怎么办？”苏珊正擦拭着她喜欢的 P990，这款出自德国瓦尔特公司的手枪是她从不离身的爱物。

“我们的大方向应该没有问题。”何夕皱眉思索，“但是一定有什么地方被忽略了。这个组织虽然神秘，但时间上不像是成立太久。常正信到戴维丝太太那里租房是在他到瑞士第三年之后的事情。”

“你有什么新想法吗？”

“让我想想。”何夕的神情突然一变，“我现在要出去一趟。你先赶到贝克斯盐矿去等我。”

“那里不是已经被毁掉了吗？”

“总之你先到那里去，再等我的通知。”

雷恩刚上车，一只黑洞洞的枪口就从后座上对准了他的后脑。

“教授您这么急是去哪儿呢？”何夕似笑非笑地问，“是贝克斯盐矿吗？”

“你是什么意思？我想起来了，你是那天那个中国人。”

“记忆力不错。但我们其实不止见过那一面，还有郊外那一次。”

“我不明白你在说什么？”

“当时你改变了说话的语气，加上又罩着黑袍，我完全没有认出你。直到几小时以前我才受到另外一件事的启发想起当时你的笑声，当时你很得意，人在得意的时候会疏于伪装的。你成功改变了语气，但笑声暴露了你。”

“是吗？”雷恩镇定了些，“那启发你的又是什么事情呢？”

“是我发现你撒了一个不起眼的谎。我查过常正信的资料，他选修的古生物研究论文获得了当年的最高分。在专业上表现得这样优秀的学生你却说想不起这个人了。这符合逻辑吗？除非当时你是想刻意掩饰什么；还有，我们刚与你接触就被人注意到了，结果导致戴维丝太太死于非命。”

“这些只是你的推测。”

“不用狡辩了。虽然我还不知道你在那个组织里居于什么位置，但至少你能带我进到贝克斯盐矿去，我想看看里面究竟发生了什么事情。”

这时何夕的电话响了，是苏珊：“我已经到了盐矿，但这里的确是一片废墟，我不知道你派我来干什么？”

“我马上就到。听着，雷恩教授会带我们进去的，他现在和我在一起。”何夕挂断了电话，对雷恩说，“需要我帮你带路吗？你应该知道我杀过人的，而且不妨告诉你，我还杀错过人，并且不止一个。”

“好吧。”雷恩嘟囔了一声，无奈地发动了汽车。

十五

事实证明何夕这次动粗很有效。

雷恩表现得很配合，他从汽车尾箱里找出了两具黑袍给何夕和苏珊披上，然后引领他们从另一个伪装得极其隐蔽的入口进入了矿场。通道里不时有人擦肩而过，每个人都非常恭敬地向雷恩致意，可见雷恩在这个组织里一定地位尊崇。

在最后一道门前站着一名警卫，何夕立刻意识到这个人他见过不止一次，因为他有一双明显异于常人的特别长且粗壮的手臂。

“教授您好。”那人挺了挺腰板。何夕注意到他手里握着一把石子，眼前不禁浮现出戴维丝太太的死状。

“把门打开。注意警戒。”雷恩下了命令。三个人进去后雷恩按下开关，厚重的合金门缓缓合上。

眼前的景象让何夕有些发晕。

在盐矿里存放的不是盐，而是一些瓶子。很小但是很多，多到难以计数，在一排排的柜架上密密麻麻地重叠铺陈。无数这样的瓶子组合成了巨大的阵列，顺着甬道延展开去，直到超出了视线。瓶子的高墙向上连接到矿井的顶部，让置身其中的人备感渺小。

“你们应该感到幸福，能够目睹这个世界上最伟大的奇迹。”雷恩显得很镇定。

“我在数这里有多少个瓶子。”何夕的语气很平静。

“你一辈子都数不完的。我来告诉你吧，整个系统的瓶子数量是十亿。”雷恩露出笑容，“这些六棱小瓶的排列方式类似蜂巢，真是一个巨大的巢。老实说如果一个人做了件了不起的事情却没有人欣赏也很无趣，所以今天让你们参观一下也不错。”

“但是这些瓶子里面好像没什么动静。”

“当然，现在这里只是一个伟大的遗迹，它们的使命已经完成了。”

“什么使命？”

“那是一种你们永远无法理解的使命。是由上帝借由我的手来完成的使命。每个瓶子里大约装有一毫升的液体，而十亿个瓶子里的液体成分都是不同的，由计算机在很宽泛的范围里按一定算法随机配制。有些瓶子里的成分非常奇特，但谁又真正知道生命会选择怎样的环境呢。每个小瓶每秒钟里大约发生十次放电现象，那是我们制造的微型闪电。那是一幅多么壮观的景象啊！无数的闪电将整个地下矿场变得比白昼还要明亮。每个瓶子里其实都是一种可能的原始行星环境。从理论上讲我们存放着十亿颗各不相同的行星。你明白我的意思吗？”

“我明白了，许多年前米勒等人就曾经做过这样的事情，他们模仿原始地球的海洋成分，然后通过持续的电击，最终从无机物中产生了氨基酸等构建生命的有机物质。你是在重复他们的工作吧？”

“不是重复，我所做的工作远远地超越了他们。”雷恩脸上充满得意之情，“他们仅仅设计了一种可能的行星环境，而我从一开始就站在比他们高出百倍的地方，我做的是他们连做梦都无法想象的事情。”

“其实我猜到了你在做什么？”

“不可能。”

“你是在制造更高位数的生命。”何夕的眼睛闪现出洞悉的意味，“我说得对吗？”

五秒钟的沉默之后雷恩不禁拍了拍手：“你真让我吃惊，居然能够明白其中的真相。你是怎么猜到的？”

“很多人认为常正信能够不借助任何工具改变容貌是一种魔术，但我意识到这可能是一种不可思议的生命现象，是一种超级模拟现象。”何夕注视着雷恩，“而你那位能在树上纵跳如飞的下属更坚定了我的看法。然后是奇异的瓶子，它六棱的形状暗示着数量的庞大。加上瓶子里与原始海洋类似地液体成分，还有常正信身体里的奇异成分。这些线索的共同作用最终把我引到了这里。”

“你真应该做我的同行。”雷恩眼里闪过一丝欣赏的光芒，“我承认你猜对了。”

“那你成功了吗？”

“你以为呢？”

“应该是部分成功了吧。至少我亲眼看到了一些奇怪的人以及他们奇特的表现。这么说他们真的是另一种生命吗？”

“人们都说DNA或RNA是生命的基石，其实DNA是由鸟嘌呤、腺嘌呤、胸腺嘧啶、胞嘧啶四种碱基编码而成，每三种碱基对的排列组合决定了一种氨基酸的结构和性质，并最终决定蛋白质的性质。碱基才是构成地球生命的终极基础。DNA 不过是一段代码，四种碱基就相当于数字 0，1，2，3，它们在双螺旋上的排列组合方式决定了蛋白质的构成，进而决定了地球上千万种生物的多姿多彩的表现。从某种意义上讲，地球上的所有生命都不过是一段各不相同的四进制程序代码罢了。”

“那你发现的究竟是什么呢？”

“那是一次极其偶然的事件。其实当时我的实验远没有达到现有的规模，行星瓶的数量是一百万个。我永远记得那个编号为 637069 的行星瓶，它是孕育了新型生命的摇篮。没有人在事先能预料到我们的实验会有什么结果，就算在我内心深处曾经有过朦胧的构想，但这一事件超出了哪怕是最大胆的假设。但是我很快意识到什么事情发生了，X 光衍射结果表明有一种呈三螺旋结构的超级类核酸物质出现了。你应该知道，在 X 光衍射图像下 DNA 的双螺旋结构呈现为‘X’形，而超级核酸的三螺旋结构呈现出清晰的‘*’型。当时我的感觉简直无法用语言形容。”

“那是成功的感觉，对吧？”何夕了解地点点头，“这是好事啊，凭借它没有任何人能和你争夺诺贝尔生物与医学奖。”

“我曾经这样想过。但是，我想到了更多。在超级核酸的编码下，全新的氨基酸诞生了。在四进制生命中，氨基酸最大的可能数目是

64 种，而在八进制生命中，氨基酸最大的可能数目是 512 种，这是多么巨大的飞跃！由此产生的全新的蛋白质种类更是呈现爆炸式的扩张。直到此时此刻生命才真正成了无所不能。”

“不过按照人类现在的标准，这些新的核酸和蛋白质都不能定性为生物材料。”何夕插话道，“比如我的一位生物学专家朋友就认定常正信不是人类，甚至不是生物体。”

“这很正常，就好比 Windows 操作系统的程序无法在 DOS 操作系统下运行一样，虽然前者肯定高级得多。如果 DOS 系统有知的话，它一定会认为所有的 Windows 程序都不能称作程序，而是一堆不可理解的无意义的乱码。”

“你说得不无道理。”何夕若有所思地点头，“那后来呢？”

“我们以那个行星瓶为蓝本，将规模扩大到了十亿。这多亏了像常正信一样的人的帮助，当时戴维丝太太的地下室里有两亿个行星瓶，是我们一个重要的节点。最初诞生的超级核酸是极不稳定的，直到一年之后，你应该能算出来这其实就相当于自然界里十亿年的时间，稳定的超级核酸产生了。然后，我在一种普通的病毒上植入了超级核酸，我称之为‘* 病毒’，也可称为‘星病毒’。”

何夕倒吸了一口凉气，他觉得自己的背脊有些发麻：“你知道自己在做什么吗？”

“我当时只是想做个验证。我想知道超级核酸会表达出怎样的生命现象。也许你会说我的好奇心太重，但现在看来我当时的行为更像是一种宿命。其实我想在宇宙中八进制生命迟早会自行诞生，所需的不过是更长的时间罢了。四十亿年前地球逐渐冷却，然后大约经过五亿年之后四进制生命诞生了。从此你们这些低级的四进制生命体就占据了这颗星球，而八进制生命的演化进程就此搁置。现在好了，看看四周吧，我创造了这个大自然要用十亿年才能完成的奇迹，现在该是你们让位的时候了。超级核酸自有它强大的生命力，从它诞生的时候起就已经在影响周围的一切。有时我感觉根本不是我创造了它，而是它找到了我。它在冥冥中借用我的大脑，借用我的手，创造了它自己，从十亿年后来到了现在。”雷恩的神色变得有些恍惚，“它是那么奇妙，拥有那么不可思议的魔力。”

“你这样说让人很难理解。”

雷恩脸上显出高深莫测的笑容，其间还夹杂有一丝不屑：“在宇宙万物中没有比生命更神秘的事物了。生命诞生之初是那样的孱弱，一丝紫外线、一点高温都能彻底消灭它；但是，在冥冥中，在天意的指引下，生命却能占据一颗颗星球。你看看我们脚下这个直径一万两千千米的小石子，它的大气成分、土壤构成、地底矿藏、温度湿度等等无一不是几十亿年来生命活动的结果，生命的发展甚至将最终改变整个宇宙的面貌。你永远无法理解我面对超级核酸时的心情，因为你对生命没有我这样的敬畏。”

“但你恰恰没有表现出对生命应有的敬畏。”何夕打断雷恩的话，“没有人可以扮演造物主的角色，你创造了新的生命，但你打算怎样对待这个世界上原有的生命呢？”

一丝略显尴尬的表情自雷恩脸上掠过，他没想到何夕一句话就说透了他潜藏很深的心思：“老实说我很尊敬你，在低级生命里你应该算是佼佼者了。如果你能够合作的话肯定对我们的计划有所帮助。在宇宙的生命法则里永远是强者生存，你应该识时务。让我来回答你的问题，原有的生命可以被改造。超级核酸拥有了远胜过地球生命的生命力。它有一种强大的生存欲望，被植入核酸的‘星病毒’在极短的时间里就迅速改变了整个病毒种群的基因构成，原有的种群根本无法与之抗衡；而且，超级核酸对四进制生命体的感染和改造是全方位的，植物、动物、微生物，都无一避免。我说这些就是希望你能与我们合作。”

“这是绝不可能的事情。”何夕冷笑一声，“而且我还要阻止你。快告诉我‘星病毒’在什么地方。”

“这么说你真的拒绝我的提议了？其实我不想强迫你，你最好与我们合作。”雷恩脸上掠过一丝诡异的神色。

“你别忘了现在是我说了算。”何夕晃了晃手里的枪，他觉得雷恩大概是急昏了头。但雷恩奇怪的话让他心中怦然一动，的确，雷恩为何毫无保留地说出真相？而且今天的事情似乎过于顺利了些……何夕猛地想起一件事，他下意识地回头看着苏珊。

“对不起，何夕先生。”说话的人是苏珊，她手里的 M990 寒光四射。

“这么说在这两天里发生了一些我不知道的事情。”何夕喃喃自语。

雷恩上前轻抚着苏珊的细腰：“你怎么就没有看出来我和苏珊已经是同类了？当你找到苏珊的时候她已经注射了‘星病毒’。我们告诉了她真相，后来的一切都是顺理成章的，而下一个接受改造的人就是你。”

苏珊脸上的表情很平静，她很利落地将何夕铐在栏杆上：“我选择忠于自己的种族；而且，地球生命很快就会全部升级成八进制生命。到时候我们都是一样的了。”

“你不是很想知道‘星病毒’在哪里吗？我来告诉你吧。”雷恩得意地大笑，“我已经以协助研究的名义将装有特殊样本的盒子送到了全世界的七家研究所，再过十个小时它们就会自动打开，释放出‘星病毒’。它们与注射用的病毒不同，被它们感染的个体将具有高度传染性，不仅在人与人之间，也在人与其他生物之间。伟大的超级生命体将从研究所的每一个人开始传播，以几何级数的方式在短时间内占据这个星球的每一个角落。这个世界上没有任何一种药物能够解除‘星病毒’的感染。不，这不是什么感染，而是生命的升华。是八进制生命对地球低级生命的一次崭新升级。那是多么美妙的时刻啊。”

“你不能这样做。”何夕的声音已经沙哑，雷恩的话让他不寒而栗。

“我当然可以这么做。就像是人们都喜欢把自己的电脑升级成高位数一样；而且，升级后你如果怀旧的话还可以随时模拟四进制生命，你可以扮演任何你喜欢的低位数生命形象，这难道不好吗？”

“不是这样的。”何夕试着做最后的努力，“生命不应该分出高低贵贱。每个生命体都是独一无二的个体，它有自己的尊严。你这样的做法其实是对原有个体的灭绝，你难道不明白吗？想想看吧，你觉得自己还是原来的雷恩吗？你的灵魂已经被超级核酸控制了，你成了它的傀儡，成了行尸走肉，这和毁灭有什么区别？还有苏珊，你觉得还有自我吗？问问自己的内心，以前的那个苏珊到哪儿去了。别忘了，艾米丽还等着你，快醒醒吧！”

一丝复杂的神色自雷恩眼里一闪而逝：“你不要白费心机来说服我了。我多年来的心愿即将实现，人类即将迎来伟大的新生命时代。也许你现在还不理解我，但是你很快就会认同我了。”一丝奇怪的笑容自雷恩脸上浮现，他的手里多出了一件样式复杂的注射器。

“‘星病毒’已臻于完美，你的运气很好，整个过程相较于以前已经大大缩短，没有任何痛苦，超级生命将完成对你全身细胞的升级。你会毫无知觉地睡上一觉，但醒来后你会发现自己已经脱胎换骨，那是种无比美妙的感觉。”雷恩慢慢逼近。

何夕徒劳地挣扎着，手铐在他的手腕上勒出了血痕。一种从未感受过的绝望攫住了他的心，不仅为自己即将成为异种，也为人类将要面临的命运。以何夕的知识他当然明白雷恩说的是对的，醒来之后他自己也将异化为雷恩的帮凶，任何生命体的心智都从属于自身的物种，就像一只蟑螂永远只会从蟑螂的角度思考问题一样——假如它能够思考的话。但那是多么可怕的结果，从某种意义上讲甚至超过死亡。汗水从何夕额上滑下，他绝望地闭上了眼睛。

一声沉闷的枪响。

何夕睁开眼。雷恩捂住胸口缓缓倒地，惊骇莫名地望着苏珊。

苏珊凝望着何夕，目光里有奇异的光芒闪动：“你让我想到了我的女儿。她是这个世界上独一无二的珍宝，我不能容许什么东西来替代她。谢谢你。”

“应该说谢谢的是我，还有这个世界上的所有人。”何夕撑起身，苏珊帮他打开了手铐。

“你们阻止不了我的。”雷恩口中流出血沫，他的脸部扭曲得有些狰狞。

“你快走，我坚持不了多久了！”苏珊痛苦地指着自己的头，“它们就要完全控制我了，我感觉得到。那边还有一条安全的通道能出去，你一定要阻止雷恩的计划。”

“你不和我一起走吗？”

“不。”苏珊的脸变得惨白，看得出她正在用尽全身力气挣扎，

“我留下来处理一切。”

“我要带你走。”何夕坚持道。

“你快走！”苏珊突然举起枪，脸上的痛苦之色越发明显，“你知道，我已经不是从前的苏珊了，我随时可能会杀了你的。你快走啊，趁我还能控制自己的时候。”

何夕默然退后，进入通道前他突然听到苏珊最后喊了一声：“告诉艾米丽，说我永远爱她。”

“我会的。”何夕答应道，没有回头。

二十分钟后，随着一声巨大的爆炸，贝克斯矿场的一隅连同天才雷恩一起埋在了地底深处，为他陪葬的是十亿颗小小的行星。

尾声

一个月之后。中国武汉。

销毁“星病毒”的仪式最终选在了中科院病毒研究所。实际上，在这一个月里世界各国专家争论的焦点是究竟应不应该销毁它。但是谨慎的一方最终占据了上风，现在七个潘多拉盒子已经并排着摆放在了熔炉边上。

“真想亲眼看看里面那东西长什么模样。还有，它们到底是怎么诞生出来的。”崔则元小声嘀咕道。

“估计在座的这些人十有八九都有这想法。”何夕总结道。他至今没有对任何人吐露过其中具体的技术原理，因为他实在没把握这个世界上会不会再产生雷恩这样集智慧与疯狂于一身的天才。

“谁让咱们是干这一行的呢。这一个月心里都快痒死了。”崔则元忍不住叹气。

来自联合国卫生组织的高级官员已经讲完了话，按照安排下一个环节是由他亲手摁下开关将七个盒子送进熔炉。但是他突然停下了悬在空中的右手开口道：“我提议应该由何夕先生来完成这最后的环节，因为正是由于他的努力才阻止了这场可能毁灭整个地球生物圈的灾难。”

何夕仓促起身上台，一时间他竟不知该从何说起。他仿佛又听到了莽撞无知的常正信那惊惶的嘶喊，看到了地底深窟中苏珊那难以描述的最后一瞥。

“站在这里我想到了雷恩教授，他原本和在座的各位一样，是一位优秀的科学家。我一直忘不了雷恩临死前说的那些话。他居然能够接受所谓高级生命对自身的替代，虽然他称之为升级。我想，地球上那些比我们人类更低级的生物恐怕不会这样做，因为它们所遵循的本能法则严格禁止了这种做法，而只有人类这种自诩为万物之灵的物种才具有了这种不同寻常的超越了本能的思想。雷恩教授应用他的天才智慧将本应在十亿年后才可能诞生的生命体带到了现在，但他真正明白这意味着什么吗？就像我，虽然我遵照自己的选择阻止了雷恩，但我想除了上帝之外其实也没有谁能够判定我做对了没有。是否我们人类这种智慧生物把生命的进步看得过于透彻了，生命也许并不只是碳和氢，也许不只是碱基对的数学排列组合。”何夕停顿了一下，“生命是有禁区的。”

四下里一片长久的沉默。何夕摁下开关，七个盒子滑进熔炉，幻化成一簇妖异的夺人心魄的火焰。

十亿年后它还会回来。何夕在心里说道。

田园

伤心木

何夕

归来

从机窗俯瞰太平洋广阔无垠的海面是一件相当枯燥的事情。陈橙斜靠在座椅上，目光有些飘忽地看着窗外，阳光照射进来，不时刺得她眯一下眼。陈橙看看表，还有三个小时才到目的地，这使得她不禁再次感到无聊。林欣半仰在放低了的座位上轻声打着呼噜，不知道在做什么好梦，居然睡着了脸上还带着笑。

新四经济开始兴盛的时候，陈橙的志向是成为一名“脑域”系统专家。当时，她刚开始攻读脑域学博士，那会儿正是新三经济退潮的时期，曾经时髦了几年的新三经济代表——JT 业颓相初露。JT 相关专业的学长们出于饭碗考虑，正在有计划地加紧选修“脑域”专业的课程，陈橙不时会接到求助电话，去替那些人捉刀写论文。用“新”这个词来表述一个时代的习惯大约始于 20 世纪后半叶。当时有不少“新浪潮”“新时期”“新经济”之类颇令时人自豪的提法，但很快，这种称谓便显出了其浅薄与可笑的一面，因为它不久便开始繁殖出诸如“新新人类”以及“新新经济”之类的既拗口又意义含糊的后代。所以到眼下出现“新四经济”这种语言怪胎实在是逼不得已，除非你愿意一连说上好几个“新”字。

“脑域”技术正是新四经济时期的代表，甚至可以说整个新四经济的兴起都与之相关。一位名叫苏枫的专家发明了这项将人脑联网的技术，将人类的智慧提高到了一个前所未有的水平，同时也有力地回敬了那些关于机器的智慧将超越人类的担忧。正是“脑域”技术的兴盛掀起了一个高潮，将全球经济从 JT 业浪潮后的一度衰颓中拯救出来，带入又一轮可以预期的强劲发展之中。而现在，作为首批拥有“脑域”专业博士学位的青年专家之一，陈橙有足够的理由踌躇满志。

陈橙的思绪已经超越了飞机的速度，也就是说在思想上她已经提前到达了目的地。陈橙想象得到自己将受到何等热烈的欢迎，正如她近两年来所到的每一个地方一样。

我终于还是选择了回来——陈橙心想——离开中国已经差不多十年了。十年。陈橙在心里感叹了一声。时间只有在回想的时候才发觉它过得真快。她在心里想象着朋友们的变化。十年的时间是会改变很多事情的。不过，陈橙立刻意识到这是个错觉，因为在这个时代，地域的障碍根本就是不存在的。她几乎每天都会在互联网（这是古老的新经济时代的产物）上同国内的某个朋友面对面地聊上几句，更不用说通过电子邮件联系了，所差的只是不能拉上手而已——当然，这不包括那个人。

陈橙悚然一惊，思绪像被利刀斩断般戛然而止。为何会想到那个人？这不应该。对陈橙来说，那是个已经不存在的人。是的，不存在。陈橙扭了扭有些发酸的脖子，从提包里找出份资料来看。

不过有点儿不对劲，资料上的每个字明明都落在了陈橙的眼里，但她看了半天却不知道上面写了些什么。她停下来，轻轻地叹口气丢开手中的资料，因为她已经知道这是没有用的。

新知

欢迎仪式比陈橙想象的奢华许多。这片土地还远远算不上富强，对于拥有“脑域”这样尖端的技术成果有着可以理解的强烈愿望。陈橙和林欣婉拒了众多待遇优厚的研究机构的聘请毅然回国，单凭这一点，他们也应该受到热情的回报。林欣是陈橙的同行，今年三十八岁，也是“脑域”技术专家，他们是在欧洲的一家研究所共事时结识的。林欣一直是一个行事相当洒脱的人，用他自己的话来说——有点儿像是“技术浪人”，也就是说，他常常会更换工作内容及工作地点。从以光子商务为代表的新二经济时代到以“脑域”技术为代表的新四经济时代，凭着天生聪颖的头脑，他总能顺时代潮流而动。这些年来，他的足迹遍布世界各地。不过，那都是与陈橙相识之前的事了，现在的林欣只是一个地地道道的跟屁虫。比如，这次回国对于他来说根本就是没考虑过的事情，但是陈橙决定回来，他也就跟来了。就林欣的体会而言，现在只有在搞研究时他还能用用自己的脑子，除此之外，他几乎完全成了陈橙手里的小棋子。

这事听起来稀罕，其实一点儿不奇怪——谁让他那么喜欢这个女人呢？本来林欣也是相当吸引人的，这些年也不知害多少女人伤过心。但是现在这一切都遭到报应了，因为他遇见了陈橙。上天让他爱死了这个女人，却又让这个女人对他没一点儿回应。其实如果按照传统眼光来看，他们的关系已经够亲密了，他们甚至上过床，用彼此的体温来对抗夜晚的寒冷与寂寞。但在这个欲望与爱情早已彻底分离的时代，这根本不能代表什么。林欣十分清楚，他们之间的关系只是艰苦研究工作之余的调剂，当下一个工作日来到的时候，就会像什么事情都没有发生过一样。当然，这只是陈橙一方的情形，而林欣则陷入了无法摆脱的情感煎熬。他曾经试图向陈橙表白，但她每次都以精妙的语言艺术让他的算盘落空。林欣觉得，自从认识陈橙后，自己所受的苦比从生下来起受的苦加起来还多。更要命的是，以前吃的那些苦——比如生病或受伤之类——还可以找人倾诉，现在这种事情却是有苦没处说，而且就目前来看，苦尽甘来的那一天简直就是遥遥无期。林欣算是领会到当年佛陀在大彻大悟之后，为何会将“求不得”列为人生八大痛苦之一了。不过，这些都是只有林欣自己才清楚的内情，而他表面上回国讲学的第一个理由当然是技术报国，另外一个理由则是中国正好要主办本届夏季奥运会，作为体育迷的他岂能错过机会?

叶青衫教授亲自在机场出口处相迎，这使陈橙颇感汗颜。她快步上前挽住叶青衫的胳膊，口里连称“如何敢当”。这并不是陈橙作态，因为叶青衫正是十五年前她大学时代的老师，那时她的专业是光子商务，这门学科是新二经济时代的支撑，但是在陈橙求学的时候，这门技术已经没落了很多，至少那时学这门专业的人要想找到满意的职位得费不少周折。以前那种一家有女众家求的热闹场面早已是明日黄花。

这次陈橙之所以选择回国，在很大程度上与叶青衫的力劝有关。在心里，她其实一直对当年自己违背老师意愿改变专业一事存有愧疚。林欣不明就里地站在一旁，面对记者们连珠炮样的提问一语不发。有人拉出了大幅标语，上面写着“欢迎世界著名‘脑域’技术专家归国讲学”。好事的人群围拢来，虽然他们都是外行，但对于“脑域”这种最最热门的技术却是耳熟能详的。政府已经将“脑域”技术列入了国家发展纲要，当下几乎在任何角落都能听到与之相关的声音。现在所有人都认识到，这个国家未来能否强大，就在于能否占领“脑域”技术领域的制高点。语言学家统计过，“脑域”是近年来出现频度排名第二的词汇，排名第一的是“新四经济”，而从实质上讲，这两者可以算成一回事。

叶青衫兴奋得满面红光，头上的银丝颤抖着，像在跳舞一样，这次陈橙能应他之邀回国令他颇感欣慰。“脑域”技术是诞生于国外的尖端科学，国内极度缺乏相关人才，更何况是陈橙与林欣这样卓有建树的专家。一时间叶青衫不禁有些感慨，陈橙与林欣都那么年轻，都只有三十多岁，像他们这样的年龄，如果是在传统领域里恐怕连新锐都还算不上，而现在他们却都已经是独当一面的权威了，说起来还是新兴领域造就人才。

陈橙与林欣在人潮的簇拥下朝停车场走去。这时，陈橙突然看到远处僻静的角落里晃过一道似曾相识的背影，刹那间，她感觉就像是被从天而降的一道闪电击中了。陈橙轻叫一声，仿佛眩晕般扶住了额头，之后，她旁若无人地朝那个角落奔去。人们不知道出了什么事情，都眼睁睁地看着这奇怪的一幕。但陈橙奔过去后，并没有见到她要找的人，空荡荡的地上只有一张随风翻动的报纸。陈橙下意识地俯身，看到报纸的头条处醒目地印着一行字：世界著名“脑域”技术专家陈橙、林欣定于明日回国。有人在字的下面画了一道波浪线，笔迹凝重而粗壮。

直到见到这张报纸，陈橙才确信自己刚才看到的的确是那个人。何夕。她在心里低喊一声，宛如咀嚼一则古老的故事，而与此同时，一滴泪水突兀地从她的眼角沁出来滑落在地。陈橙茫然无措地四下张望着，但她找不到遥远记忆中那双充满灵性的眼睛。

在场的人都在心里留下了一个谜，只有叶青衫除外，他在心里轻叹一口气，心照不宣地望了陈橙一眼。叶青衫可以确定的一点是，此时令陈橙落泪的正是这么多年来令他内心始终无法平静的那个人。这么长时间以来，那个人一直是叶青衫心底隐隐作痛的伤口。在遇见那个人之前，他从未想到世界上竟会有那样聪颖的人，同时也想象不到，这样的人一旦误入歧途竟会是那样可悲可叹。

旧雨

六个月来紧张的日程几乎让陈橙吃不消。这段时间以来，她简直就没有时间休息。她一方面主持由政府斥巨资建立的国家“脑域”技术实验室，另一方面则是一个讲座接着一个讲座。叶青衫已经感到局面有点儿无法控制了。他出于关心，曾经试图拒绝一些地方的邀请，但是没有一次成功。“脑域”技术正在这片土地上掀起不可抑制的热浪。

陈橙对这一切也有些意外，但真正感到吃惊的是林欣。至少陈橙以前曾经在国内生活过很长时间，见识过这片土地上的人们追逐世界新浪潮时的热情。而林欣则是第一次回国。他完全被人们那种无比虔诚的情绪感动了。有很多次，当他在讲台上看着台下那一双双仰望着的眼睛时，几乎有要流泪的感觉，因为从那些眼睛里放射出来的光芒让他觉得，自己此刻扮演的是一个神的角色，犹如传播火种的普罗米修斯。每当这种时候，林欣就会放慢自己的语速，并且尽可能让声音洪亮一些，使每句话都能够一字不漏地传到每个人的耳朵里去。他觉得只有这样，才对得起那些虔诚的目光。

今天是一次总结性的报告会，近段时间以来的讲学也将自此暂告一个段落。国家“脑域”技术实验室的工作非常顺利，已经取得了多项重大成果。现在林欣正在向听众分析“脑域”技术的应用前景，他的话不时被热烈的掌声打断。

陈橙埋头浏览资料，思考着需要强调的地方，但一阵突如其来的心悸让她无法继续，她有些恍惚地抬起头，隐约觉得一双很亮的眼睛正从某个地方看着自己。陈橙循着内心的方向望过去，看到一个倚在入口处的人急速地低头离去。陈橙心中一凛，迅速写下“我有急事”几个字递给旁边的叶青衫，之后便悄悄退到了后台。

广场上寥寥的几个人与大厅里的拥挤形成鲜明对比。前面那个人踯躅地朝停车场走去，一副心事重重的样子。过了一会儿，他上了一辆很旧的车朝郊外的方向开去。陈橙急忙挥手拦住一辆出租车。

那人开得有些慢，似乎内心充满犹豫，恰如他先前的背影。陈橙紧张地盯着前方，生怕跟丢了。出租车司机是一个上了年纪的胖子，不时转头笑嘻嘻地打量一眼漂亮的陈橙，一副什么都知道的神情。陈橙当然明白，他多半认为这是一个妻子暗地里跟踪不老实丈夫的游戏，但她也知道这种事情根本就无从辩白。

一个多小时过去了，前面那车丝毫没有停下来的意思。四下里是郁郁葱葱的田野，低矮起伏的山丘绵延地铺展开去。看来这将是一次长途旅行。

“这条路通向什么地方？”陈橙问。

胖老头眯了一下眼睛，说：“这条路朝西，再走下去就是大山区了。你那位还真会找地方。”

胖老头这句没深浅的话让陈橙不禁有些脸红，她不知道该说些什么，只好不吭声。胖老头突然踩住刹车说：“原来是到这儿来。”

陈橙朝车窗外看去，原来前面那车停在了一家路边店旁。那个人已经跟着打扮妖媚的服务员进店去了。陈橙付过车费，头也不回地下了车。出租车掉转方向，却没急着走。胖老头从车窗里伸出头来朝店里张望着，似乎想发现点儿什么事。但是他很快便失望了，店里很安静。胖老头有些无趣地缩回去发动了车子，大声吆喝着："返空车，半价！"

那个人佝偻着身子坐在凳子上，很认真地吃着午餐。桌上摆着一盘炒青菜和一碗汤，他大口地扒拉着碗里的白饭，目不斜视，额上粗大的青筋随着他的咀嚼一隐一现。他夹菜的动作很慢，吃得也很慢，就像一头反刍的牛。他吃得很干净，尤其是饭碗，简直都不用再洗了。这本来只是一个夸张的说法，不过这一次这个碗的确用不着再洗了，它突然从那个人的手上滚落在地，碎成了几瓣。那个人并没有去关心碗的命运，因为他听到一个不知是熟悉还是陌生的声音在叫自己的名字。

"何夕。"陈橙又轻轻地叫了一声，然后，她便见到那个佝偻的身影缓缓地回过头来。

山谷

蒹葭山是一条支系山脉，地势不高，亦无出奇的风光，平日里人迹罕至。放眼望去，山道旁多为杂草及灌木，偶尔也能看到藤本植物。木本种类不多，栾树算是主要的一种，分布很广，但并没有成为连续的植被；其他木本植物有小叶榕、刺枣、蒙古桑及胡枝子等。在草本植物里，为数不少的是芦苇，密密地分布在低处，其次是藜草、荻草、芒草等。再有就是竹子了，稍稍夸张一点儿，简直可以称作漫山遍野都是。

山间小屋坐落在一处很僻静的山谷里，如果不是有人带路的话，谁都难以找到，只有在这附近才看得出有人居住的迹象。地里长着木薯样的植物，如果经过加工，它可以被做成口味普通的面包。树上缠绕着葡萄藤，结着青涩的果实。小片水田里长着水稻，但生长状况看上去不怎么好。

“想不到你真的选择了这样的生活。”陈橙环视着周遭的田园，她觉得这真是太荒唐了。尽管她早就知道何夕的那些奇思怪想，但她从未想到一个光子商务学的高才生居然会真的实践这样的生活。

何夕没有开口，他急速地四下转动头颅，目光贪婪而急切，不放过任何一件让他起疑的事物，看上去就如同一位正在庄稼地里巡视的老农。过了半天，他似乎没发觉有何不妥，这才如梦初醒地回过头来看着陈橙，“你刚才说什么？”

陈橙在心里叹了口气，然后轻声问道：“算了，那不重要。你一直独自一人住在这里？”

何夕咧嘴笑笑：“本来还有一个人，但七年前忍受不了寂寞离去了。”

“是一个女人？”陈橙突然问道。话一出口她就觉得后悔，这样问话太唐突了，而且显得自己挺在意似的。

何夕幽幽地看了陈橙一眼，缓缓开口道：“不是，是一个合作者。”

陈橙刚要开口，她口袋里的卫星电话突然响了。其实在路上的时候，电话就响过几次，但陈橙一直没有接听。

林欣的语气很焦急：“陈橙，是你吗？为什么突然就走了？你在什么地方？”

“我有点儿事情需要处理。你不用担心，我现在很好。”一抹暖意自陈橙心头划过，语气情不自禁变得有些软软的。

“那我就放心了。”林欣在电话那边嘘出口气，陈橙几乎想象得到他擦汗的样子，“这边的事情我会处理，不过你最好还是早点儿回来。”

陈橙收起电话，这才发现何夕一直默不作声地盯着自己。她不太自然地笑笑说：“是一个同事。”

“我知道，是那个叫林欣的‘脑域’专家。”何夕低声道，“我知道你们一块儿回国的，我都知道。”

陈橙很想说“事情并不是你想的那样”，但是她开不了口，她觉得此时由自己来说这句话会显得很奇怪。

“你饿了吧？”何夕换了话题，“我去给你拿点儿吃的。待会儿你早点儿休息，今天肯定累坏了。”

就连何夕自己都没有意识到，他的语气中那种疼惜的意味恰如多年以前。

隐者

蒹葭山的早晨是美丽而多姿的。朝阳从远处的群岚中探出头来，慷慨地将光芒洒向大地。翠绿的植被覆盖着每一片山坡，不知名的鸟儿正在吟唱今天的第一支歌。空气里混合着野花的香气，沁人心脾。

陈橙站在一处地势较高的坡地上，享受着这一切，记忆中，她已经很久没有这样放松过了，一时间竟有几分羡慕这样的闲适生活了。不过这只是一刹那的感受，陈橙立刻意识到这种念头的可笑，田园牧歌的时代已经被历史的车轮远远地抛在了后面，人类精彩的生活篇章其实正是现在。陈橙的思绪很快飞驰到了自己的研究领域，那里的一切才是真正让人醉心不已的——想想看吧，生而为人并且能够置身于人类智慧成果的最前沿，这才是真正无上的精神享受。

“吃点儿东西吧。”何夕突然在身后低声唤道，他系着一条围裙，手里端着一盘点心，似乎刚从厨房里出来。

陈橙注视着身形有些猥琐的何夕，心里掠过一丝叹息。直到现在她都不敢相信，何夕竟然真的安于这种遗世独立的生活，当年那个意气风发、挥斥方遒的何夕已经不存在了，成了记忆里褪色的旧影。

“是有点儿饿了。”陈橙有些不自然地拿起一块点心，这是用磨得粉碎的米做成的，吃到嘴里味道很普通。“是你种的？”陈橙随口问道，心里却很奇怪地闪过一个念头，她希望何夕不要说“是”。

但是何夕点了点头：“是我亲手种的。这是今年的第一次收成。你是第一个品尝的人。”

正是何夕的这番话让陈橙感到了彻底的失望，因为那是一种充满无限满足似乎别无他求的语气。陈橙终于相信，记忆中那个聪明透顶、志向超凡的何夕真的已经不在了，不知道是什么时候，也不知道是在什么地方，总之不存在了。现在，只剩下一个陶醉于田园牧歌式生活的隐者，满足于他所选择的生活。

“我该走了。”陈橙突然对着远方说道，她没有看何夕。是的，这不是她应该待的地方，她还要去做更有意义的事情。

“你这么快就要走？”何夕愕然地看着陈橙，“我以为你会喜欢这里。”

陈橙笑了笑：“也许吧，不过得等到我退休以后。”她下了决心，几乎是义无反顾地朝山坡下走去，丝毫没有理会何夕的反应。

何夕应该听懂了陈橙语气里的讽刺，他的脸一下子涨红了，想说什么但却张不开嘴。

陈橙已经下了两道坎，她突然回头向一直默默跟在身后的何夕问道：“还记得我们当年常说的一句话吗？”

“什么……话？”何夕嗫嚅道。

“看来你真的忘了。”陈橙并不意外地开口说道，“那时我们常说，我们为改变世界而思考。也许你现在会认为那时的我们很可笑，但我要说的是——我珍视当年的一切。而现在我正在实践当初的诺言。”说完这句话，陈橙头也不回地离去了，因为她知道此时的何夕无话可说。

但是，陈橙却不得不停下了脚步——何夕突然开口了：

“你错了。改变世界的不是你们，”何夕的声音变得有点儿异样，“而是我。”

少年狂

国家“脑域”技术实验室由两幢相邻的三十层豪华大厦组成。两幢大厦都是完全封闭且隔音的，饮用的全部是纯净水，空气经过最严格的过滤。大厦之间依靠五道全密闭天桥通道连接。楼顶上停放着四架 C2060 直升机，随时处于待命状态。大厦内配备有完善的工作设施、生活设施，从日常用品直至虚拟实境的旅游及游戏节目等应有尽有。葱茏的植物散布在大厦的各个角落，感觉像是一座花园——尽管在人工环境里养护这些奇花异草的花费高得吓人。大约有三百名研究人员在这里工作，从理论上讲，一个人即使一辈子不下楼也能过得相当舒适。在目力所及的远处，高高低低地矗立着一些类似的建筑，传输速率上万兆的通信线路将这些大厦与世界相连。建立国家“脑域”技术实验室的总投资大约四亿美元，而七个月以来，整个实验室的产值已经是这个数字的三十倍。

唯一让人有那么一点点不愉快的是，透过玻璃窗能看到楼下脏乱的街景，以及那些如过江之鲫般奔波往来的灰头土脸的行人。现在外面似乎正在举行一场庆祝到今天为止中国在本届夏季奥运会上金牌数仍然保持第一的游行，狂热的人群一边喝着劣质啤酒，一边拍打着肋骨分明的胸口声嘶力竭地欢庆胜利，脸上是睥睨天下的豪情。

林欣有点儿心烦地拉上百叶窗，将目光从天空晦暗、空气肮脏的户外收回到这间宽敞明亮、设施完备的办公室里。叶青衫坐在对面的沙发上，他们正在讨论陈橙的去向。

“我觉得应该报警。”林欣坚持自己的看法。

“陈橙不会有事，我们一直都能和她联系上。我们还是先处理手上的事情吧！”叶青衫露出了解的神情，他发觉林欣简直是六神无主了，这让他禁不住想笑。以叶青衫的阅历当然明白是怎么回事，但是他同时也发觉，这件事情到目前为止还处于剃头挑子一头热的阶段。按理说，林欣是个不错的选择，不过感情的事从来就没有什么道理可言。

林欣叹了一口气，将目光转到投影在大屏幕的一份文件上。那是政府方面做出的加快“脑域”技术发展的决议案，中心意思是国家必须在新四经济的浪潮中迎头赶上，文章末尾是一句很有特色的话：“脑域”兴国。

叶青衫不动声色地观察着林欣的反应。这份文件他先看过，实际上他应该算得上参与了议案的制订，最末的那句话可以说是所有议案制订人的心声。

叶青衫心里生出一阵难言的感慨，多少年了，这片土地已不知与多少次机遇失之交臂。作为人类文明的发祥地之一，作为拥有过汉唐气象的伟大国度，多少年来却风采黯淡，这怎不让每个血性未泯的人扼腕长叹？而现在，“脑域”技术却带来了全新的契机，这不仅因为它是能够创造巨大利润的产业，更重要的一点在于，由于陈橙等顶极人才的加盟，使得中国在新四经济时代从一开始便与其他国家站到了同一条起跑线上——准确地说是领先一步。中国专有的多项“脑域”技术已经投入实际生产，前景看好。最新的月度统计数据显示，中国目前在“脑域”技术市场上占据了百分之五十点二的份额。当叶青衫看到这个数字时，他内心涌起的狂喜简直无法用语言来形容，这是这个古老国度几百年以来终于重新在世界最先进领域占有过半数的份额。如果叶青衫再年轻二十岁的话，仅仅因为这个数字，他就会脱口狂呼：“我们是世界之王！”

实际上，那些在场的年轻人真的那样做了，他们欢呼的声浪几乎要将屋顶掀翻。一时间叶青衫禁不住两眼湿润，眼前这个场面让他有种幸福的感觉，他依稀觉得属于这片土地的那个令人向往的时代正在走来。

伤心谷

陈橙回头看着来处，曲折迂回的道路已经被埋没在了茂盛的植被间。从地理上分析，这里只是小屋所在山谷的延伸，但地势却变得开阔了不少，有种别有洞天的意味。同时也正因为这样，阳光没了遮挡，晒得人头顶发烫。

陈橙突然有些想笑，她禁不住想，难道自己真的相信何夕会让她见到“奇迹”吗？她环视四周，这里只是一个农场，这里能有什么“奇迹”呢？说不定到时候，何夕会让她去观赏一头刚出生的小牛，或者是一大片盛开的紫云英。这并非不可能，因为在一个农人眼里，这些就是奇迹。何夕在前面停下来，等着陈橙赶上，目光里带着歉意。

“就在前面。”何夕环视了一下两边并不十分陡峭的山崖，“这个地方看不到什么风景，几乎没有人来。不过这并不是无名山谷，它叫作伤心谷。这里面还有一个故事。”

“什么故事？”陈橙来了兴趣。

“大概是说很久以前，曾经有一个很伤心的人来到这里，然后他便在此幽居一世，再也没有出去过。”

“这算什么故事？”陈橙哑然失笑，“没头没脑的。”

“我倒是觉得这个故事很不错。”何夕若有所思地看着前方，“我们并不需要知道到底发生了什么事情，伤心的人总是有自己的理由。中国有句古话：‘伤心人别有怀抱。’我觉得这个故事听起来又凄凉又美丽。”

陈橙不再搭话，她觉得很累，她已经很久没有徒步行走过这么长的距离了。

“就是这里。”何夕终于停了下来，他回过头，神采奕奕地望着陈橙，眼睛里是一种难以用语言形容的妖异的光。

“这里？”陈橙四下张望，她没有看到什么特别的东西。

“你难道没有感到凉爽吗？”何夕指指上面。

陈橙抬起头，然后她看到满目的苍翠如同一把巨伞撑在头顶，将骄阳挡得严严实实，几乎透不下一丝光线来。陈橙从来没有看到过这么深不可测、这么令人难忘的绿色，触目所及，每一处都仿佛是美玉雕成——但这就是“奇迹”吗？

“是很漂亮。”陈橙淡淡地说，“在这里避暑会很不错。”

何夕没有开口，他痴迷地盯着那些绿得有些过分以至于显得有几分怪异的叶片，仿佛那些叶片是他多年未见的老朋友。何夕自顾自地四下察看着，最后在一根细小的枝丫前停下来。有些白色的小颗粒坠在细枝上，随着凉爽的微风轻轻颤动。

“你到底想让我看什么？”陈橙稍显不耐烦地问，她的心已经飞回了实验基地，开始盘算着回去以后怎样才能把这两天耽误的工作补上。

何夕良久都没有出声，他的脸颊上浮着一团红晕，眼睛紧盯着那根细枝。

“我该走了。”陈橙终于下决心结束这次也许本来就不应该开始的出行。

何夕抬起头来，长长地呼出口气，“你真的没有看到吗？”他指着头顶上的那根细枝说。

“我当然看到了。”陈橙没好气地应了声。

“不，你没有看到。”何夕郑重地摇摇头，仿佛是在宣判什么，

“这是一根……稻穗。”

“你说什么？”陈橙像是被人重击了一拳般僵住了，“稻……穗？”

“当然是稻穗。”何夕用力拍了拍身边那根弯曲粗大、盘龙虬结的树干，“它结在稻谷上。你还没看出来吗？”何夕的声音变得低沉古怪，神色也大异于平常，就像是一位来自黑暗森林的巫师。

“我们正站在一株稻谷的下面。”他用巫师一般的声音说道。

警员

刘汉威是那种天生的警察料子，一米八五的个头，目光敏锐，浑身上下的肌肉都紧绷绷的。这块身坯再配上咄咄逼人的眼神，其震慑力可想而知。本来刘汉威此前一直在执行奥运会中国运动员的安保任务，几天来他尽心尽力地保卫着这些“国宝”的安全，总算没出什么事，相处久了还交上了几个运动员朋友，听他们侃些体育界的趣事。刘汉威最喜欢的事就是和运动员掰手腕，他在警局里可从来没遇到过什么对手，但在这里却一败涂地。单从手臂的外观上看，刘汉威似乎还不怎么差劲，但真正较量起来却根本不是人家的对手。不过刘汉威这个人天生就是倔脾气，他怀着怎么也得赢一次的心理挨个儿找体育明星们交手，当然最后的结果都是一个“输”字。如果不是被那位脾气暴躁的教练发现后及时制止的话，刘汉威的征战还将继续下去，不过也正是由于这位教练的话，刘汉威才彻底服了输。

那位教练当时一边瞪着刘汉威，一边咆哮道：“你算什么？知道国家在这几位爷身上花了多少培养费吗？告诉你，每一位都是拿金山堆出来的。全中国的人都指着他们露脸呢。就凭你也想？”

刘汉威接到的新任务是参加一个特别行动组，寻找一位叫陈橙的专家。以刘汉威的经验来看，这并不算是严格的失踪案件，因为当事人并没有失去联系，而且也不像失去了人身自由。刘汉威被分在第一组，他将参加首轮行动。上面对此次行动极为重视，公安部的首长亲自坐镇指挥，单从这一点便足以看出此番行动的重要性。随着刘汉威对案件的了解逐步加深，他开始体会到这绝非小题大做。陈橙是当今“脑域”技术的权威之一，她所掌握的每一项专有技术都是身价惊人的机密。同时，她还是政府所倡导的技术报国的典范，无论从哪种角度讲，其人身安全都需要绝对保障。

为了不惊动对方，刘汉威和另两名组员下了警车改为步行。从最近一次卫星定位的数据来看，陈橙所在地应该是五千米之外。由于山地的关系，实际路程肯定要远不少，不过这点儿小事对于训练有素的警员来说根本不算什么。根据计划，他们三人将分散行动，到目的地附近再会合。刘汉威朝身后打了个手势，然后他整个人便立刻像一条蛇似的滑进了郁郁苍苍的林莽。

奇葩

“《山海经》里曾经提到过一种叫木禾的植物。它生长在海内昆仑山上，长五寻，大五围。”何夕目光灼灼地注视着四面的绿色，语气平静地讲述着那个几乎与这个国度同样古老的传说。

直到现在，陈橙才稍稍缓过点儿气来，一种疲倦的感觉让她不自觉地倚在了树干上。她的头有些晕，额角的地方一扯一扯地跳动着，就像是有人拿着绳子在牵动那里。《山海经》，昆仑山，木禾……她听见这些只存在于神话里的名词从何夕的口里不断流淌出来。这些都是神话。一个声音在陈橙脑海里说。但是另一个更高的声音立刻说道，不，你现在就靠在一株木禾的树干上，你能够触摸它的每一片叶子，能够听到风吹动树叶时发出的声音。

“这到底是什么植物？”陈橙的声音几乎低得连她自己都听不见。

“我称它为样品119号，因为它是第一百一十九号样品培育的，别的那些样品都失败了。从某种意义上讲，它的确是稻谷的一种，但是——”何夕停了一下，“它是多年生的木本植物。”

“木本植物？多年生？”陈橙重复着何夕的话，脸上的表情就仿佛听不懂这些意义明确的词汇表示什么意思。

“你怎么了？”何夕宽容地笑笑。

陈橙镇定了些，她开始认真地观察这株初看上去并不起眼的植物。它的树干扭曲，直径约十厘米，树皮很光滑，摸上去一点儿也不扎手。陈橙现在才发觉它的叶子形状很奇特，又细又长，像是薏仁或者芦苇的叶子，印象中，很少有树木会长这样的叶子。从树干看上去，它无疑具有木本植物的全部特征，但从叶子和穗状花序来看，却又更像是一种草本植物。木禾？也许真的只有用神话里的这个名字为它命名才是最贴切的。

“它已经生长了两年。”何夕幽幽开口，“这是它第一次开花。前两天我来看过，当时没有一点儿动静。但是你一来它就突然开花了，仿佛是专门等着你到来似的。”

“是吗？”陈橙有些魂不守舍地应了声，何夕的话让她有种被什么东西击中的感觉。“你一来它就突然开花了……仿佛是专门等着你到来似的……”这两句话一直在陈橙心里盘桓着，如同一条无孔不入的蛇。

“我觉得自己并没有做什么，只是做了一点儿小小的改动。”何夕接着往下说，“木禾在传说中的仙山上已经自由自在地生长了千万年，所有人都认为这是神话，但是——”何夕突然笑了，额上露出深长的皱纹，“我把它带到了人间。”

“你所说的改变世界就是因为它？”陈橙已经从最初的震惊里恢复过来，她觉得自己又可以思考问题了，“你凭什么认为它能够改变世界？按照预测，全球的粮食贸易总量不会比‘脑域’经济多。”

“我并不想理会那些数字。”何夕轻抚着光滑的树干，动作很温柔，“我只知道有了样品 119 号，人们就用不着为了增加耕地而砍伐森林了，到时他们每种下一株粮食也就是种下了一棵树。我还知道有了它以后，人们将再也不用像千万年来一样重复翻土播种收割的繁重劳动了，他们只须播种一次，就能够轻松地收获几十年甚至上百年。同时，由于树木的根系远比草本植物发达，人们几乎用不着浇水和施肥。水土流失也将不复存在。只要阳光照得到，只要大地能够容纳，它就可以自由生长，把氧气、淀粉、蛋白质这些自然的馈赠源源不断地提供给人们。到时候，人类将与整个自然融为一体，再也不会分开了。”

陈橙这次是真正地傻了、呆了，她完全不能说话，甚至不能动弹。何夕描绘的前景就像神话一般让她完全沉迷于其中不能自拔了。改变世界？何夕是这样说的吧？但这何止是改变世界，这根本就是重塑了一个世界！陈橙目不转睛地盯着仍然沉浸在自己世界里的何夕，她觉得有一种难以用语言形容的光芒笼罩着何夕的脸庞。

“我真的看到了——木禾？”陈橙觉得自己的声音像是别人的。

但是陈橙没有料到，何夕竟然摇了摇头，“我说过的，它是样品 119 号，不叫什么木禾。”何夕的神情显得有些古怪，这一点任谁都看得出来。他就像是突然想到了什么东西，一种阴鸷的表情从他脸上浮现出来。

陈橙心里有些纳闷儿，她不知道自己说错了什么。一分钟之前，何夕还明明在讲述着那个关于木禾的神话，但转眼之间却又像是变了一个人似的。陈橙不知道自己这时候该说些什么，她下意识地拿指甲刮着一根弯曲的树干，突然嗅到一股很奇怪的气味从树干被刮掉表皮的地方散发出来，就像是腐烂多日的物体发出的，简直令人作呕。“怎么回事？”她吃惊地跳开，“这是什么气味？”

何夕怔了一下，摇摇头，说：“这种气味是它与生俱来的。我曾经想去掉但是没能成功。不过，这种气味只在树干和树叶上才有，种子里没有。也许当年它在昆仑山上时就已经是这样的了。”何夕为自己找的这个理由淡然地笑了笑，但是笑容并没有持续太久，他的表情重又恢复到几秒钟之前的样子。“我们该走了。”何夕补上一句，“我的工作场所就在前面。”

迷雾

从外表上看，这间屋子并不起眼，直到何夕带陈橙参观了建在地下的实验室之后，她才发现这其实是一间具有相当规模的研究所。在实验室里，陈橙见到了不少稀奇古怪的装置，有些简直闻所未闻。陈橙去过几处世界知名的农作物培育基地，这方面的见识不少。但是，何夕这里的确有许多不同之处，给人的感觉是他似乎走了一条与主流不大相同的路。有个问题一直萦绕在陈橙心间，那就是，何夕告诉她在样品119号里包含有数十种植物的基因，而且称他之所以能够取得现在的成果，是因为找到了一种被他称为“造物主的魔棒”的方法。正是这些基因共同作用的结果，才产生出了这种植物。陈橙的心里始终觉得，样品119号笼罩着一层妖异的迷雾，它一方面让人目眩神迷，另一方面却又丑陋得让人难以放心。比如它那奇怪的扭曲枝干，还有枝干上难闻的气味。如果不是有那小小的稻穗做点缀，它完全应该归入令人厌恶的一类东西。如果何夕真能如他所言那样随心所欲地挥舞造物主的魔棒，那么，“样品119号”又怎么会是如此丑陋不堪的模样？这实在让人难以理解。

“你肯定想知道我是怎么建立起这个设施一流的实验室的。”何夕说这句话的语气就像一个想在朋友面前炫耀的人，他的目光缓缓环视着四周，“当年我们一起求学时学到的那些知识还有用武之地。忘了告诉你，我一直是几家光子商务公司聘请的远程顾问。我就靠这过活，而且还能攒不少钱来做我喜欢做的事情。”

陈橙露出戏谑的神色，“当初你不是说光子商务前途黯淡吗？现在还不是要靠这门技术过活。”

“这并无矛盾。”何夕反诘道，“其实当初我那样讲并不代表我不喜欢这门学科，我只是总结罢了。从新经济时代开始，各种让人眼花缭乱的新潮技术就轮番上阵，各领风骚若干年。唯一不变的是，每种技术都经历了几乎一样的发展过程。其实也不需要我多说，你应该有体会的。”

“我明白你的意思了。”陈橙点点头喃喃地道，她死盯着眼前这个男人的脸，记忆里她曾经与这个男人有过无数次的争论，但每次自己都是最后失败的一方。就像这一次，她本来以为自己会说服对方的，但依然还是同样的结果。尽管陈橙永远都不会在嘴上承认，可是她的内心很清楚自己已经再一次被说服了。恍惚间，陈橙觉得时光的流逝仿佛停滞了，自己又变成很多年前的那个娇气而任性的少女，怀揣彻夜不眠才想出的对策去找那个可气又可恨的人争辩，但三言两语之后再一次失了面子败下阵来，只好一个人躲到校园的角落里暗自赌气伤心。

王者

“你们是说行动遇到了困难？”叶青衫带点儿恼恨地问，“不是说已经找到陈橙的所在地了吗，为什么不带她回来？”

坐在他对面的那个胖胖的警官摊了摊手，“我们不能强行那样做。根据侦察，陈橙女士并未被劫作人质，警方在这种情况下没有理由干涉她的自由。现在我们只能在不惊扰她的前提下远距离监视那里的情况。”胖警官指着眼前的计算机屏幕说，“刘汉威警员就在现场附近，如果愿意的话，你可以先看一下他发回的一些录影资料。”

叶青衫不动声色地看着屏幕，他一眼就认出了那个男人。何夕，他在心里悠长地叹息了一声。这么说，陈橙遇见的真的是他。叶青衫知道自己永远都无法忘掉这个奇特的学生，他聪明而偏激，我行我素却又害羞敏感，他就像是一个复杂的混合体。当年何夕全然不顾光子商务学每年给全球经济带来的上千亿美元的增长，公然宣称这只是昙花一现的片刻风光。叶青衫为此曾经与他有过几次正面交锋，虽然最后都以何夕认错了事，但叶青衫知道这只是师威所致，算不得全胜。因为他私下里了解到，何夕在同其他人争论这个问题时，总是驳得对方片甲不留。就连叶青衫心目中最听话的陈橙，最后也在实际上认同了何夕的观点，以至她最终违背了叶青衫的意志转向了“脑域”领域。

画面上的两个人进了屋，他们的声音越来越低，渐渐渺不可闻，而且就连红外波段的摄影机也失去了影像，他们看起来就像是从屋子里消失了。不过叶青衫很快想清楚了个中缘由，屋子里一定有通向地下室的通道。

“我们估计可能有一间地下室存在。”胖警官在一旁说道，“现在我们正在计划下一步的行动。”

“我必须要赶到那个地方去。”叶青衫突然下了决心般地说道，一缕花白的头发随着他头部的运动在额头上一晃一晃的。他一边说一边朝屋子外面走，丝毫不理会胖警官满脸的诧异。

外面的大办公室里人声鼎沸，几名因为街头闹事被捕的男子正同警员拉扯着。劣质白酒散发出的刺鼻酒气从他们的口里一阵阵地喷出来，他们一边挥舞火柴棍似的细长胳膊，一边大笑着狂喊：“我们赢了，我们得了七十三枚金牌！我们是世界第一体育强国！美国佬算什么？俄国佬算什么？哈哈哈！我们才是世界之王！哈哈哈，世界之王！”

机锋

转基因技术是多年前新经济时代的产物，它给当时的世界带来的争论之多，只有它所创造的利润可比。但现在它只是一门夕阳产业，这并非说它在新四经济时代没有用武之地，恰恰相反，现在的转基因技术产业的规模是新经济时代的几百倍，可问题的关键在于，它现在创造的利润还不及当年的一半。这听起来似乎不合情理，但说穿了却很简单，因为在新经济时代，它是被掌握在极少数集团手里的尖端技术，他们可以从中获取极高的收益。当时，一头乳汁里含有人体特殊蛋白的转基因奶牛每年能够创造两亿多美元的价值，而现在，就算养一千头这样的转基因奶牛也无法创造这样的效益。

何夕用探针从无菌培养基里挑出一团细小的东西放到显微镜下观察，他的神态很专注。陈橙靠在一旁的转椅上，随意地环视着周围的陈设。何夕只过了半小时便停止了工作，带点儿歉意地一边收拾一边说："让你久等了。这是我每天必须做的工作。"

陈橙轻轻地摇了摇头，"你不用管我。"

"已经弄妥了。"何夕已经收拾完毕，重新将培养基放入小型温室，"这是新培养的一批样品 119 号。我计划扩大实验规模。现在缺的是资金。"

陈橙心念一动，"我记得国家农业部有这方面的专项基金。前不久，我还跟农业部水稻研究所所长袁守平博士见过一面，听他提到过这件事。他是杂交水稻专家，一定会支持这件事情的。"

何夕立刻被陈橙的提议打动了，他的眼里放出光来，不由自主地一把握紧了陈橙的手。陈橙脸上微微一红，但是并没有挣脱开。何夕很快发觉了自己的失态，急忙有些不自然地松开手。

"原来样品 119 号运用的只是转基因技术。"陈橙换了话题，"说实话我有点儿意外，我本以为这里面会有一些新的尖端技术。"

何夕露出神秘的笑容，"我的确没有什么出奇的尖端技术，但这有什么关系呢？我只知道我造就了样品 119 号。所谓的技术就好比一把锋利的刀，但很多手里有刀的人却未必能够雕刻出完美的作品，他们缺乏的是创造性的想象。也许人们早就具备了造就样品119号的能力，但却只有我做到了。你明白我的意思吗？”

陈橙不自觉地点点头，她想起当年爱因斯坦评价自己创立的狭义相对论时说的一句话：苹果已经熟了，我只是摘下它的人。但是，谁能否认爱因斯坦那超人的智慧呢？也许何夕有点儿自负，但他的确有资格自负，因为他想到了常人想不到的东西。不，还不止常人。陈橙接着想，自己不也是从未想到过这一点吗？陈橙突然有些气馁，她觉得自己多年来努力取得的那些曾经令她倍感自豪的成就在何夕面前竟然黯然失色。

“可我还是认定一点。”陈橙决定要有所反击，她的自尊心命令她这样做，“现在全世界都看好‘脑域’技术，它才是世界经济新的增长点。尤其对于我们这个依然不算发达的国家来说更是如此。这段时间以来，我们每个月的产值都超过二十亿美元，我们在全球‘脑域’技术的市场上占比份额已经过半，而且还在扩大。我们现在拥有世界第一流的实验基地，拥有世界上最好的‘脑域’技术人才，我们将在新四经济时代建立从未有过的优势地位。”陈橙被自己描绘的前景所感染，眼角闪动着隐隐的泪光，“我永远忘不了那天我同叶青衫教授谈到这个问题时他说的一句话，他说为了这一天的到来，他已经盼望了整整一生。”

当陈橙提到叶青衫的名字时，何夕的身体微微抖动了一下，但是他没说什么。陈橙用一句她认为最关键的话来结束了整段谈话：“而样品119号能够做到这一点吗？它是有许多优点，可它生产的只是每个国家都能生产的最普通也最原始的商品——粮食。”

何夕听到这里突然大笑起来：“看来我们终于说到关键的地方了。

我承认‘脑域’技术的确是我们这个时代最尖端的科技，它只掌握在极少数人手里。你说你们每个月的产值都超过二十亿美元，这我完全相信，而且据我分析，其中的利润将达到十六亿，也就是说是成本的四倍。道理很简单——那些‘脑域’技术产品除了你们的实验室外，没有别的地方能够生产。其实这正是从新经济时代到新四经济时代所共有的唯一不变之处。”

陈橙疑惑地点点头，她很奇怪何夕竟然完全是在顺着她的意思往下说。

何夕莫测高深地接着往下讲：“而样品 119 号呢？就像你说的那样，它的最终产品只是粮食，谁都能生产，我根本卖不了高价。结果可能还要糟——你知道样品 119 号的性能，它被推广后可能使得粮食生产变得几乎没有成本，粮食作物将成为野草一样的东西。到时候说不定粮食生产将不复为一个产业。”

陈橙不知道应该怎样理解何夕的话，她甚至搞不懂何夕想说什么。何夕所说的全都是实情，但是照他的说法，样品 119 号将是一种无法创造效益的成果。既然何夕已经认识到了这一点，他为什么不及早回头？

“可是，也许有一件事可以同它做比较。”何夕话锋一转，“照刚才的逻辑，世上无用的成果还有一样，可那却是许多年以来全人类都梦寐以求的最伟大的理想。”

“你指什么？”陈橙喃喃地道，她绞尽脑汁猜想何夕会说什么，但是她实在想不出。

“那就是可控核聚变技术。”何夕慢慢开口，“这种技术的产品是能源，但如果它成功的话，将永久性地解决能源问题，到那时，能源将变得一钱不值。”

陈橙生平第一次觉得自己就像个傻瓜，竟然无法开口说一句话。她疑惑地望着何夕，望着这个她曾以为很熟悉、甚至一度有所轻视的人，脑子里回响着乱糟糟的声音。木禾，样品119号，脑域，可控核聚变……陈橙恍然觉得支撑着自己世界的那些原本坚不可摧的柱石正在某种力量的挤压下崩塌。

但是何夕并不打算放过她，他的语气变得幽微：“对于一个人口不多的国家而言，‘脑域’技术会很有用，因为他们可以去赚世界上剩下的高出本国人口几十倍的那些人的钱，再用赚来的钱去享受那些谁都能生产的传统廉价商品。这样的游戏在新经济时代就开始了。当时世界上那个最强大的国家人口只有世界人口的三十分之一，但每年却购买并消耗了世界上三分之一的石油。‘脑域兴国’——你们是这样提的吧——对于我们脚下的这片土地来说只是一个可笑的画饼而已。你真的以为自己改变了这片土地吗？你们待在一尘不染并与外界完全隔绝的豪华大厦里，但几步之遥的户外却充斥着肮脏、贫穷、疾病以及污染。你们掌握有世界最先进的‘脑域’技术，薪水丝毫不逊于世界任何一个国家的精英，其中的个别人——比如说你或林欣——很快就会成为世界首富。但是，如果你们将头伸出窗外看一眼就会发现，你们什么也没有改变。就好比我们的那些运动精英在本次奥运会上取得了世界第一的骄人战绩，但我们身边的无数人却依然是面黄肌瘦的模样，孩子们要找个免费踢球的地方都很困难。精英们在设施一流的场地里训练，享受普通人永远不可企及的精致食品，有成百上千名各个领域的专家为他们服务，他们的生活根本就与这片土地毫不相干。他们能证明什么呢？那些金牌只能证明我们更看重面子，更乐意在运动员身上花钱而已。”

“老实说，我不知道自己应该怎样理解你的话，我觉得迷惑。”陈橙在短暂的沉寂之后插话道。

“我的意思其实很简单。”何夕望着天边，目光灼人，“对于我们脚下这片浸透着苦难的古老土地来说，只有那些最最‘基本’的东西才会真正有用。除此之外的那些所谓新潮技术，所谓领先科技，最终都是些好看但作用却不大的肥皂泡罢了。”

陈橙已经完完全全地沉静下来，她幽深地看着何夕，目光如同暗夜里的星星。

异端

叶青衫没能实行自己的计划。就在准备动身时，他接到了警方通知：何夕同陈橙已经离开了蒹葭山。

国家杂交水稻研究所是农业部下辖的所有研究所里最重要的一家。这里是一片以米白色为基调的园林式建筑群。在大门的旁边立着一块仿稻穗形状的石碑，上面镌刻着一些令人肃然起敬的名字——他们是这个领域的先行者。

袁守平所长并没有刻意掩饰脸上的不耐烦。当陈橙昨天约请他见面时，他原本打算拒绝的。这倒不是因为他有意端架子，他只是不喜欢陈橙的夸张态度，说什么“粮食产业的革命”。作为一名严肃的农业专家，他对任何放卫星式的做法一向不屑一顾。袁守平是杂交水稻专家，他的一生几乎都奉献给了这种与人类生活密切相关的植物。虽然不能说他对这个领域的研究已达到极致，但也不至于存在什么他完全不知道的“革命”性的东西。基于这一点，他对陈橙的推荐基本上可说是充满怀疑。不过，现在眼前的这个人并不是他想象中那种爱出风头的形象。袁守平与何夕对视了一秒钟，他发觉有种令人无法漠视的力量从这个高而瘦弱的人身上散发出来，竟然令他微微有些不安。

陈橙做了简单的介绍，然后把剩下的时间交给何夕，同时暗示他尽可能简短。但是，何夕的第一句话就让陈橙知道这将是一次冗长的演讲，因为他开口便说：“《山海经》是中国古老的山川地理杂志……”

投射进房间里的阳光在地上移动了一段不短的距离，提醒着时间的流逝。袁守平轻轻呼出口气，他这才注意到自己的双腿已经很久都没有挪动过了，以至于有些发麻。他盯着面前这位神态平静的陈述者，仿佛要做某种研究。在袁守平的记忆中，他从来没有像今天这样一语不发地听完对方的讲话。并不是他不想发言，而是他有一种插不上话的感觉。这个叫何夕的人无疑是在介绍一种粮食作物，这本来是袁守平的本行，但是听上去却又完全不对路，尽是些神神道道的东西。不过中心意思还是很清楚的，那应该是一种叫作样品119号的多年生木本稻谷。袁守平的额上已经沁出了一层细小的汗珠，这是他遇到激动人心的想法时的表现。他终于按捺不住地问道：“这种作物的单产量是多少？比起杂交水稻来如何？”

何夕突然笑了，袁守平一时间弄不明白他的笑是因为什么，在他看来，他们讨论的是很严肃的话题。“我不认为我有必要去过多地考虑这个指标。”何夕笑着说。

袁守平简直要怀疑自己是不是听错了，他急切地反问：“难道对于一种粮食作物来说，单产量这样的指标还不够重要吗？如果一种作物离开了这个指标，还能够称得上是作物吗？”袁守平狐疑地盯着何夕看，他真想伸手去探一下何夕的额头，看他是否在发烧。

“你误会了我的意思。”何夕理解地说，“我只是说相比任何杂交水稻，样品 119 号首先在出发点上就已经是天壤之别了，它们根本就不可比。”

“是吗？”袁守平轻轻问了句，抬头环视了一眼这间专属于他的设施豪华的办公室。一幅放大的雄性不育野生稻株的图片挂在最醒目的位置，这是多年前一位杂交水稻研究的先驱者发现的，由此带来了一场杂交水稻的技术变革。那位先驱者本人也因此从权威的挑战者变成了新的权威。现在袁守平所做的一切都是沿着他闯出的道路往下走。这条路已经由许多人走了许多年，已不复是当年崎岖难行的模样，而是很宽阔，很……平坦。

“我知道你们这里有专项的研究基金。”陈橙打破眼前这短暂的沉默，“何夕现在最缺的就是资金。他一个人的力量太小了。”

“你是说资金？”袁守平恋恋不舍地将目光从那幅图片上收回，“我们是有专项的资金，但现在有几个项目都在同时进行。何况……”

“何况什么？”何夕不解地追问。

袁守平露出豁达的笑容：“我们不太可能将宝贵的资金投入到一个建立在神话之上的奇怪想法中去。想想看吧，你竟然不能告诉我样品 119 号的单产量。”

何夕静默地盯着袁守平的眼睛，几秒钟后，他仿佛洞悉般地叹了口气，说：“虽然我知道这很多余，但我还是想解答你的问题。由于没能规模种植，所以我现在的确还不知道样品 119 号的单产量究竟是多少，但即使今后发现它比不上杂交水稻的单产量，我也将坚持自己的观点，因为那种情况即使出现也肯定是暂时的。不知你是否注意到了这样一种现象，夏天里，再茂盛的水稻田地表也会发烫？这说明大部分太阳能根本没有被利用，而夏天的森林里却总是一片凉爽。这也是木本作物和草本作物的最大区别之一。就好比汽车刚刚诞生时连马车的速度都比不上，但这绝对阻挡不了前者最终取代后者成为世上交通工具的主宰。”何夕苦笑一声，“我知道你们一直走的是水稻杂交路线，培育的作物始终都是草本植物，这同我走的完全不是一条路。在你们这些正统人士眼里，我根本就是一个不守规矩的异教徒，你们可以拒绝帮助我，但这只会让我从内心里感到鄙视。你们不过是为了保持自己占有的一点点先机，但却放弃了更多的可能性。”

何夕说完这句话便头也不回地夺门而出，陈橙仓促地起身朝袁守平点点头后，立马追了出去。屋子里蓦地安静下来，袁守平突然觉得很累，就像是要虚脱的感觉。他无力地靠倒在沙发上，目光正好看到了那幅醒目的图片。这时，就像是有一股力量注进了袁守平的身体，他挺直身板痴痴地看着图片，目光中充满依恋，就仿佛仰望着一个图腾。

秘密

叶青衫在研究所门口截住了何夕与陈橙。这是一次意料之外的会面，何夕脸上的表情像是惊呆了。

“同自己的老师见面有这么可怕？”叶青衫有些伤感地说。

“不，您误会了。”何夕镇定了些，“我只是觉得自己对不起老师。”

“这倒不必。”叶青衫立刻明白了何夕的意思，“人各有志，岂能强求？就连陈橙不也是改学了专业吗？我不怪你们。”其实这句话并没有道出全部实情，因为在叶青衫眼中，陈橙走的依然是正途，她今日的成就令他也感到荣光；而何夕却是堕入了旁门左道，叶青衫甚至都不知道何夕究竟在干些什么。

叶青衫转头对陈橙说：“这些天我们都很担心你。林欣现在也没法静下心来工作。”

叶青衫的目光突然飘向陈橙的身后，“说曹操曹操就到了。”

陈橙一回头，林欣的头正从一辆警车中伸出，车像脱缰野马般冲过来后猛地停下。林欣跳下车，忘情地扑上来紧紧拥住陈橙，脸庞涨得通红。“这些天出什么事了？”林欣大声问。

但是看来他并不打算让陈橙回答，因为他将陈橙的整个脸庞都死死压在了自己的胸前。

“别这样。”陈橙费力地挣脱出来，她的目光从何夕脸上扫过，看到一丝复杂的神色滑过何夕的眼底。“我先介绍一下。”陈橙指着何夕说，“这是何夕，我的老同学。”又指着林欣对何夕说，“这是林欣，我的……老同事。”

“何夕。”林欣念叨着这个似曾听过的名字，同时探究地看着眼前这个男人的脸。他既然是陈橙的同学，年龄应该也是三十多岁，但是看上去的苍老程度却接近五十岁，很久没刮的胡子乱糟糟地支棱着，更加夸大了这种印象。林欣不由自主地摸了摸自己光洁的下巴。

“常听陈橙提起你。”何夕伸出手与林欣相握，“我知道你是世界著名的‘脑域’学专家。”

“过奖过奖。”林欣照例谦虚地笑，同时礼节性地轻轻碰了一下何夕的手，就如同面对众多的仰慕者一样。之后，他便立刻将注意力集中到了陈橙身上，同叶青衫一道关切地询问起来。

何夕在一旁茕茕孑立，沉默地注视着这个热闹的重逢场面，一丝几乎难以察觉的落寞神色滑过他的眼角。长久以来，他已经习惯了遗世独立的生活，对于外界的喧嚣几乎从不在意。但是眼前这似曾相识的情景却在一瞬间无可抵抗地击中了他，一股久违的软弱感觉从他心里翻腾起来。

我在这里做什么？何夕问自己。这是他们的世界，我不该留在这里，我应该回到自己的山谷中去。何夕最后看了一眼正沉浸在相逢之乐里的人们，慢慢地朝后退去。

但是一个声音止住了他，是陈橙。“何夕快过来！”她神采飞扬地喊道，“我有一个提议。”

何夕的脚步立即停了下来，这并非因为有什么“提议”，而是因为这是陈橙在叫他。他淡淡地笑着迎过去，加入到原本离他很远的热闹之中。

“我计划从我们的研究经费里抽出一部分来资助你。”陈橙大声说，“加上老师和林欣，到时候凭我们三个人的支持一定能通过这个提案。”

“支持？那……当然了。”林欣转头看着何夕，就像是看着一个靠女人生活的男人，“我没什么意见。”

“怎么说话有气无力的？”陈橙打趣地望着林欣，“何夕不会浪费你那些宝贵经费的，他从事的是很有意义的事情，他研究木禾。”

“什么……木禾？”叶青衫迷惑地看着何夕，“那是什么东西？”

“木禾是一种长得很丑又有臭味的树。不过却很了不起。”陈橙的语气有点儿卖关子的味道。这么多年来，所有人都误会了何夕，但现在她真的替何夕感到骄傲。

然而，何夕脸上的神色却突然变得阴沉，“从来没有什么木禾。我研究的是样品 119 号。”

陈橙悚然惊觉，这已经是何夕第二次这样强调了。他似乎很不愿意听到别人提起“木禾”这个词，就像是有什么不为人知的东西一直鲠在他的胸口。陈橙不解地望着何夕，但是后者已经紧紧抿住了嘴唇，也许那将会是一个永远的秘密。

绝尘

陈橙有些不耐烦地敲着桌面。国家“脑域”技术实验室各个部门的负责人基本都已到场，今天他们将讨论向“样品 119 号”项目（这真是一个奇怪的名称）注入资金的事宜。时间已经到了，但是何夕却没有现身，这让陈橙有些不快，也许长久以来的农夫生活令他也变得疏懒了。

去催问的人回来了，他径自走到陈橙面前交给她一个金属盒子，“是那个人留下的。指明交给你。”

盒子很厚，有种沉甸甸的感觉。陈橙有种不好的预感，她两手颤抖着打开盒子，里面最上层放着一台微型录音机。陈橙戴上耳机，何夕那浑厚的声音传了出来：

“陈橙：凭你的聪慧，当你收到盒子的时候一定就意识到什么事情发生了。是的，我走了，这是我费了很大力气才决定的。你一定奇怪我为什么这样做，老实说一时间我自己都无法完全说清楚。我知道你们即将讨论资助我的研究的事情，而正是这一点促使我尽快离去。很奇怪吧？等你听我说完就会明白了。

“我的研究其实早在两年前就完成了。一切都很成功，甚至近于完美。我挥舞着造物主的魔棒创造出了我想要的东西，我将世间植物的所有优点都赋予了它，在那令人永生难忘的一刻里，我将木禾从高不可攀的神山上带到了人世间。

“是的，我是说木禾，而不是什么样品 119 号。那时的木禾还只是一株幼苗但却苍翠而修长，可以想见长成后的伟岸与挺拔，也许就像《山海经》所说的那样‘长五寻，大五围’。我目眩神迷地注视着它，大声地赞美它，就像是面对自己倾心不已的恋人。但是接下来，我却伸出脚去将它碾作了一团泥。不仅如此，此后我全部的工作便是搜寻植物中那些令人不快的基因表达，比如弯曲的枝干以及恶心的气味，并且挖空心思将与这些性状有关的基因嵌入到木禾中去。这样做的结果便是你看到的那种奇怪植物——样品 119 号。长久以来，我一直就在做这些事情。那天我说希望得到研究资金，其实是因为我还想在样品 119 号中加入某种制造植物毒素的基因，以便让它的树干中含有剧毒。

“听到这里你一定以为我疯了。但是你错了，我并没有疯，恰恰相反，做着这一切的时候我很清醒。我之所以这样做只有一个原因，那就是我太喜欢木禾了，它是我半生的心血。中国有句古话：匹夫无罪，怀璧其罪。你明白我的意思吗？大象因为象牙之美而招致杀身之祸，犀牛死于名贵的犀角，而森林则因为伟岸挺拔的树干而消失。人类主宰着这片多灾多难的土地，按照自己的意愿支配着一切。

我将这些性状加入到木禾中去，只是起某种防御作用罢了。我这样做只是希望有朝一日木禾能够遍布这颗历经沧桑的星球，而不是被砍伐一空——这种事情实在太多了，让我根本无法相信人类的理智。如果资金到位，我准备马上开始。

“但是我最终决定放弃了，这真是一个难以做出的决断，我为此彻夜不眠。不过现在我总算下定了决心，我想自己总该对世界保留一些希望吧？也许在得到教训之后，人们不会再像以前那么贪婪了呢？也许这都是我的杞人忧天呢？所以我把最后的决定权交给你，在盒子里有两支试管，里面分别培养着木禾以及样品 119 号的幼体，但愿你内心的声音能够引领你做出正确的决断。

“你一定想问我会到哪儿去。别为我担心，我有自己的路可走。还记得我们说过的，这个世界除了木禾之外，还有一项研究也是‘无用’的吗？最大胆的预测是有实用价值的可控核聚变技术将在五十年至一百年后问世，也许那便是我的归宿。这次重逢让我知道经过这么多年之后，我们的人生之路已经相隔太远。同学少年的美好时光就让它在记忆里永存吧！再见了，陈橙。向林欣问好，他是一个很不错的人。”

整间屋子鸦雀无声，所有人都面面相觑，不明白发生了什么事。

陈橙从盒子里抽出两支试管，一时间，整间屋子都仿佛变得明亮起来。左边的试管壁上标着“样品 119 号”的字样，里面有几株不起眼的黄绿色小苗；而另一支试管则没有任何标记。陈橙将目光集中到右边的那支试管上，她并没有意识到自己的手已经开始颤抖。试管里也是几株小苗，纤细而柔弱地斜躺着，除了那夺人心魄的绿色之外，并没有什么出奇之处。

木禾。陈橙在心里轻唤了一声，如同呼喊一个奇迹。霎时间，陈橙的心中滚过万千难以用语言形容的感慨，她仿佛看到了掩映在云雾深处的海内昆仑山，千万年来簇簇仙葩自由自在地在绝顶之上生长着，山腰风雪肆虐，一个渺小而倔强的身影若隐若现……

“你怎么了？”林欣关切的询问将陈橙从短暂的失神中惊醒，“那支没有标记的试管里是什么植物？”林欣追问道，“它叫什么名字？”

陈橙陡然一滞，竟然不知道该怎样回答这个问题。她的目光停留在了试管上，是的，那个人将决断的权力交给了她。那个人将神话里的木禾带到了人世间，但是很快便发现它太完美了，几乎不可能在这个早已摒弃了神话的世界上生存。

“它也是样品 119 号吗？它也是稻谷吗？”林欣挠挠头，“不过看起来有些不一样。”

“它将会是一棵擎天大树。”陈橙脱口而出，泪水在一瞬间浸湿了她的双眼。

替天行道

转基因谬种流传

王晋康

莱斯·马丁于上午9点接到《纽约时报》驻Z市记者站的电话，说有人扬言要在MSD公司大楼前自爆身亡，让他尽快赶到现场。马丁的记者神经立即兴奋起来——这肯定是一条极为轰动的消息！此时马丁离MSD公司总部只有10分钟的路程，他风驰电掣般赶到。

数不清的警车严密包围着现场，警灯闪烁着，警员们伏在车后，用手枪瞄准了公司大门。还有十几名狙击手，手持FN30式狙击步枪，食指紧紧扣在扳机上。一个身着浅色风衣的高个子男人显然是现场指挥，正对着对讲机急促地说着什么，马丁认出他是联邦调查局的一级警督泰勒先生。

早到的记者在紧张地抓拍镜头，左边不远处，站着一位女主持人——马丁认出她是CNN的斯考利女士——正对着摄影机做现场报道。她声音急促地说：

"……已确定这名情绪失控者是中国人，名叫吉明，今年46岁，持美国绿卡。妻子和儿子于今年刚刚在圣弗朗西斯办理了长期居留手续。吉明前天才从中国返回，直接到了本市。20分钟前他打电话给MSD公司，声称他将自爆身亡以示抗议，动机不详。有传言说他是因为受到不公正的待遇而向上司复仇，这只是一种推测，不一定可靠。请看——”摄像机镜头在她的示意下摇向公司大门口的一辆汽车，“这就是此人将使用的汽车炸弹，汽车两侧都用红漆喷有标语，左侧是英文，在这个方向上看不见；右侧是中文。”她结结巴巴地用汉语念出“替天行道，火烧MSD”几个音节，又用英文解释道：“汉语中的‘天’大致相当于英文中的上帝，或大自然，或二者的结合；汉语中的‘道’指自然规律，或符合天意的做法。这幅标语不伦不类，因此不排除这个中国人是一名精神病患者。”

马丁同斯考利远远打了个招呼，努力挤到现场指挥泰勒的旁边。眼前是MSD公司新建的双塔形大楼，极为富丽堂皇。双塔之间有螺旋盘绕，这是模拟了DNA双螺旋线的结构。MSD是世界知名的生物技术公司之一，也是本市财政的支柱。这会儿以公司大门为中心，警员散布成一个巨大的半圆。中国男子声称，他自爆使用的汽车炸弹可能会毁掉整座大楼，所以警员不敢过于靠近。马丁把数码相机的望远镜头对准那辆车，调好焦距。从取景框中分辨出，这是一辆半旧的老式福特，银灰色的车体上用鲜红的漆喷着一行潦草的字迹，马丁只能认出最后的MSD3个英文字母。那个中国男子中等身材，黑头发。他站在汽车20米外，左手持遥控器，右手持扩音器，大声催促：“快点出来，再过5分钟我就要起爆啦！”

他是用英文说的，但不是美国式英语，而是很标准的牛津式英语。MSD公司的职员正如蚁群般整齐而迅速地从侧门撤出来，出了侧门，立即撒腿跑到安全线以外。也有几个人是从正门撤出，这几位正好都是女士，她们胆怯地斜视着盘踞在门口的汽车和中国男子，侧着身子一路小跑，穿着透明丝袜的小腿急速摆动着。那位叫吉明的中国男子倒颇有绅士风度，这会儿特意把遥控器藏到身后，向女士们点头致意。不过女士们并未受到安抚，当她们匆匆跑到安全线以外时，个个气喘吁吁，脸色苍白。

一名警员用话筒喊话，请吉明先生提出条件，一切都可以商量，但吉明根本不加理睬。50 岁的马丁已经是采访老手了，他知道警员的喊话只是拖延时间。这边，狙击手的枪口早就对准了目标，但因为中国男子已事先警告过他的炸弹是“松手即炸”，所以警员们不敢开枪。泰勒警督目光阴沉地盯着场内，显然在等着什么。忽然他举起话机急促地问：“‘盾牌’已经赶到？好，快开进来！”

人群闪开一条路，一辆警车缓缓通过，径直向吉明开去，泰勒显然松了一口气，马丁也把悬着的心放到肚里。他知道，这种“盾牌 97”是前年配给各市警局的高科技装置，它可以使方圆 80 米之内的无线电信号失灵，使任何爆炸装置无法起爆。大门内的吉明发现了来车，立即高举起遥控器威胁道：“立即停下，否则我马上起爆！”

那辆车似乎因惯性又往前冲了几米，刷地刹住——此时它早已在 80 米的作用范围之内了。一位女警员从车内跳下，高举双手喊道：“不要冲动，我是来谈判的！”

吉明狐疑地盯着她，严令她停在原地。不过除此之外，他并未采取进一步的应急措施。马丁鄙夷地想，这名中国男子肯定是个“雏儿”，他显然不知道有关“盾牌 97”的情况。这时泰勒警督回头低声命令：“开枪，打左臂！”

一名黑人狙击手嚼着口香糖，用戴着无指手套的左手比了个 OK，然后自信地扣下扳机。啪！一声微弱的枪响，吉明一个趔趄，扔掉了遥控器，右手捂住左臂。左臂以一种不自然的角度低垂下来。虽然相距这么远，马丁也看到了他惨白的面容。

周围的人都看到了这个突然变化。当失去控制的遥控器在地上蹦跳时，多数人都恐惧地闭紧眼睛——但并没有随之而来的巨响，大楼仍安然无恙，几乎在枪响的同时，十几名训练有素的警员一跃而起，从几个方向朝吉明扑去。吉明只愣了半秒钟，发狂地尖叫一声，向自己的汽车奔去。泰勒简短地命令：

“射他的腿！”

又一声枪响，吉明重重地摔在地上，不过他并不是被枪弹击倒的。由于左臂已断，他的奔跑失去平衡，所以一起步就栽到地上——正好躲过那颗子弹。随之，他以一个46岁的中年人不大可能具有的敏捷从地上弹起，抢先赶到汽车旁边。这时逼近的警员已经挡住了狙击手的视线，无法开枪了。吉明用右手猛然拉开车门，然后从口袋中掏出一只打火机打着，向这边转过身。几十架相机和摄像机拍下了这个瞬间，拍下了那张被发狂、绝望、愤怒、凄惨所扭曲了的面庞，拍下了打火机腾腾跳跃的火苗。泰勒没有料到这个突变，短促地低呼了一声。

正要向吉明扑去的警员都愣住了，他们奇怪吉明为什么要使用打火机，莫非遥控起爆的炸弹还装有导火索不成？但他们离汽车还有三四步远，无论如何来不及制止了。吉明脸上的肌肉抖动着，从牙缝里凄厉地骂了一声。他说的是汉语，在场的人都没听明白他说的是什么。后来，一位来自台湾的同事为马丁译出了摄像机录下的这句话，那是中国男人惯用的咒骂：

“我……”

吉明把打火机丢到车内，随之扑倒在地——看来他没有打算做自杀式的攻击。车内红光一闪，随即蹿出凶暴的火舌。警员们迅速扑倒，向后滚去，数秒钟后一声响，汽车的残片被抛向空中。不过这并不是高爆炸药，而是汽油的爆炸，爆炸的威力不算大，10 米之外的公司大门只有轻微的损伤。

浓烟中，人们看见了吉明的身躯，浑身带着火苗，在烟雾和火焰中奔跑着，辗转着——扑倒，再爬起来；爬起来，再扑倒。这个特写镜头似乎持续了很长时间，实际上却只有几十秒钟。外围的消防队员急忙赶到，把水流打到他身上，熄灭了火焰。四个警察冲过去，把湿漉漉的他按到担架上，铐上手铐，迅速送往医院抢救。

粉状灭火剂很快扑灭了汽车的火焰，围观者中几乎要爆炸的气氛也随之松弛下来，原来并没有什么汽车炸弹！公司员工们虚惊一场，互相拥抱着，开着玩笑，陆续返回大楼。泰勒警督在接受记者采访，他轻松地说，警方事前已断定这不是汽车炸弹，所以今天的行动只能算是一场有惊无险的演习。马丁想起他刚才的失声惊叫，不禁绽出一丝讥笑。

他在公司员工群中发现了公司副总经理丹尼·戴斯。戴斯是 MSD 公司负责媒体宣传的，所以这张面孔在 Z 市人人皆知。刚才，在紧张地逃难时，他只是蚁群中的一分子；现在紧张情绪退潮，他卓尔不群的气势就立即显露出来。戴斯近 60 岁，满头银发一丝不乱，穿着裁剪合体的暗格西服。马丁同他相当熟稔，挤过去打了招呼：

“嗨，你好，丹尼。”

“你好，莱斯。”

马丁把话筒举到他面前，笑着说：“很高兴这只是一场虚惊。关于那名中国男子，你有什么要说的吗？”

戴斯略为沉吟后说：“你已经知道他的姓名和国籍，他曾是

MSD 驻中国办事处的临时雇员……”

马丁打断他：“临时雇员？我知道他已经办了绿卡。”

戴斯不大情愿地承认：“嗯，是长期的临时雇员，在本公司工作了七八年。后来他同公司驻中国办事处的主管发生了矛盾，来总部申诉，我们了解了实际情况后没有支持他。于是他迁怒于公司总部，采取了这种过激行为。刚才我们都看到他在火焰中的痛苦挣扎，这个场面很令人同情，对吧？但坦率地说他这是自作自受。他本想扮演殉道者的，最终却扮演了一个小丑。46 岁了，再改行扮毛头小子，太老了吧！”他刻薄地说，“对不起，我不得不离开了，我有一些紧迫的公务。”

他同马丁告别，匆匆走进公司大门。马丁盯着他的背影冷冷一笑。不，马丁可不是一个雏儿，他料定这件事的内幕不会如此简单。刚才那名中国人的表情马丁看得很清楚，绝望、凄惨、发狂，绝不像一个职业犯罪分子。戴斯是只老狐狸，在公共场合的发言一向滴水不漏，但今天可能是惊魂未定，他的话中多少露出了那么一点马脚。他说吉明“本想扮演殉道者”——这句话就非常耐人寻味。按这句话推测，则那个中国人肯定认为自己的行动是正义的，殉道者嘛，那么，他对公司采取如此暴烈的行动肯定有其特殊原因。

马丁在新闻界闯荡了 30 年，素以嗅觉灵敏、行文刻薄著称。在 Z 市的上层社会中，他是一个不讨人喜欢、又没人敢招惹的特殊人物。现在，鲨鱼（这是他的绰号）又闻见血腥味啦，他决心一追到底，绝不松口，即使案子牵涉他亲爹也不罢休。

仅仅 1 个小时后，他就打听到，吉明的恐怖行动和 MSD 公司的“自杀种子”有关。听说吉明在行动前曾给地方报社《民众之声》

寄过一份传真，但他的声明在某个环节被无声无息地抹掉了。

自杀种子——这本身就是一个带着阴谋气息的字眼儿。马丁相信自己的判断不会错。

圣方济教会医院拒绝采访，说病人病情严重，烧伤面积达89%，其中3度烧伤37%，短时间内脱离不了危险。马丁相信医院说的是实情，不过他还是打通了关节，当天晚上来到病房内。病人躺在无菌帷幕中，浑身缠满了抗菌纱布。帷幕外有一个黑发中年妇人和一个黑发少年，显然也是刚刚赶到，正在听主治医生介绍病情。那位母亲不大懂英语，少年边听边为母亲翻译。妇人被这场突如其来的横祸击懵了，面色悲苦，神态茫然。少年则用一道冷漠之墙把自己紧紧包裹，看来，他既为父亲羞愧，又艰难地维持着自尊。

马丁在20世纪70年代和90年代去过中国，最长的一次住了半年。所以，他对中国的了解绝不是远景式的、浮浅的。正如他在一篇文章中所说，他“亲耳听见了这个巨大的社会机器在反向或加速运转时，所发出的吱吱嘎嘎的摩擦声”。即使在20世纪70年代那个贫困的、到处充斥“蓝蚂蚁”的中国，他对这个国家也怀着畏惧。想想吧，一个超过世界人口1/5的民族！没有宗教信仰，仅靠民族人文思想维持了五千年的向心力！拿破仑说过，当中国从沉睡中醒来时，一定会令世界颤抖——现在它确实醒了，连呵欠都打过啦。

帷幕中，医生正在从病人未烧伤的大腿内侧取皮，准备用这些皮肤细胞培育人造皮肤，为病人植皮。马丁向吉明的妻子和儿子走去，他知道这会儿不是采访的好时机，不过他仍然递过自己的名片。吉妻木然地接过名片，没有说话。吉的儿子满怀戒备地盯着马丁，抢先回绝道：

“我们什么也不知道，你别来打搅我妈妈！”

马丁笑笑，准备施展他的魅力攻势，这时帷幕中传来两声短促的低呼。母子两人同时转过头，病人是用汉语说的，声音很清晰：

“上帝！上帝！”

吉妻惊疑地看着儿子。上帝？吉明在喊上帝？丈夫从来就不是虔诚的基督徒，恰恰相反，他一向对所有的宗教都持一种调侃态度。难道他在大限临近时忽然有了宗教感悟？但母子两人没有时间细想，他们靠近帷幕喊着：

“吉明！”“爸爸！”

病床上，在那个被缠得只留下七窍的脑袋上，一双眼睛缓缓睁开了，散视的目光逐渐收拢，聚焦在远处。吉明没有看见妻儿，没有听见妻儿的喊声，也没有看见在病床前忙碌的医护人员。他的嘴唇翕动着，喃喃地重复着四个音节。这次，吉妻和儿子都没有听懂，但身旁不懂汉语的医生却听懂了。他是在说：

“哈利路亚！哈利路亚！”

哈利路亚！

长着翅膀的小天使们在洁白的云朵中围着吉明飞翔，欢快地唱着这支歌。吉明定定神，才看清他是在教堂里，唱诗班的少男少女们张着嘴巴，极虔诚极投入地唱这首最著名的圣诞颂歌《弥塞亚》：

“哈利路亚！世上的国成了我主和主基督的国，他要做王，直到永远永远。哈利路亚！”

教堂的信徒全都肃立倾听。据说1743年英国国王乔治二世在听到这首歌时感动得起立聆听，此后听众起立就成了惯例。吉明被这儿的气氛感动了。这次他从中国回来，专程到MSD公司总部反映有关自杀种子的情况。但今天是星期天，闲暇无事，无意中逛到了教堂里。唱诗班的少年们满脸洋溢着圣洁的光辉，不少听众眼中汪着泪水。吉明是第一次在教堂这种特殊氛围中聆听这首曲子，聆听它雄浑的旋律、优美的和声和磅礴的气势。他知道这首合唱曲是德国作曲家韩德尔倾全部心血完成的杰作，甚至韩德尔本人在指挥演奏时也因过分激动而与世长辞。只有在这样的情景下，吉明才真正体会到那种令韩德尔死亡的宗教氛围。

他觉得自己的灵魂也被净化了，胸中鼓荡着圣洁的激情——但这点激情只维持到出教堂为止。等他看到世俗的风景后，便从刚才的宗教情绪中醒过来。他自嘲地问自己：吉明，你能成为一个虔诚的基督徒吗?

他以平素的玩世不恭给出答复：扯淡。

他在无神论的中国度过了半生。前半生建立的许多信仰如今都淡化了，锈蚀了，唯独无神论信仰坚如磐石。因为，和其他一些流行过的政治呓语不同，无神论对宗教的批判是极犀利、极公正的，且随着时间的推移而愈加坚实。此后他就把教堂中萌发的那点感悟抛在脑后，但他未想到这一幕竟然已经深深烙入他的脑海，在垂死的恍惚中它又出现了。这幅画在他面前晃动，唱诗班的少年又变成了带翅膀的天使。他甚至看到上帝在天国的门口迎接他。上帝须发蓬乱，瘦骨嶙峋，穿着一件苦行僧的褐色麻衣。吉明好笑地、嘲弄地看着上帝，心想，我从未信奉过你，这会儿你来干什么?

他忽然发现上帝并不是高鼻深目的犹太人、雅利安人、高加索人……他的白发中掺有黑丝，皮肤是黄土的颜色，粗糙得像老树的树皮。他表情敦厚，腰背佝偻着，面庞皱纹纵横，像一枚风干的核桃……他分明是不久前见过的那位中原地区的老农嘛，那个顽石一样固执的老人。

上帝向他走近。在响遏行云的赞歌声中，上帝并不快活。他脸上写着惊愕和痛楚，手里捧着一把枯干的麦穗。

枯干的麦穗！吉明的心脏猛然被震撼，向无限深处跌落。

3 年前，吉明到中原某县的种子管理站，找到了 20 多年未见面的老同学常力鸿。一般来说，中国内地的农业机关都是比较穷酸的，这个县的种子站尤甚。这天正好赶上下雨，院内又在施工，乱得像一个大猪圈。吉明小心地绕过水坑，仍免不了让锃亮的皮鞋溅上泥点。常力鸿的办公室在二楼，相当简朴，靠墙立着两个油漆脱落的文件柜，柜顶放着一排高高低低的广口瓶，盛着小麦、玉米等种子。常立鸿正佝偻着腰，与两位姑娘一起装订文件。他抬头看看客人，尽管吉明已在电话上联系过，他还是愣了片刻才认出老同学。他赶忙站起来，同客人紧紧握手，不过，没有原先想象的搂抱、捶打这些亲昵动作，衣着的悬殊已经在两人之间划出了一道无形的鸿沟。

两个姑娘好奇地打量着两人，确实，他们之间反差太强烈了。一个西装革履，发型精致，肤色保养得相当不错，肚子也开始发福了；另一个黑瘦枯干，皮鞋上落满了灰尘，鬓边已经苍白，面庞饱经风霜。姑娘们嘁喳着退出去，屋里两个人互相看看，不禁会心地笑了。

午饭是在“老常哥”家里吃的，屋内家具比较简单，带着城乡结合的风格。常妻是农村妇女，手脚很麻利，三下五除二地炒了几个菜，又掂来一瓶赊店大曲。两杯酒下肚后，两人又回到了大学岁月。吉明不住口地感谢“老常哥”，说自己能从大学毕业全是老常哥的功劳！常立鸿含笑静听，偶尔也插一两句话。他想吉明说的是实情。在农大四年，这家伙几乎没有正正经经上过几节课，所有时间都是用来学英语，一方面是练口语，一方面是打探出国门路。那是20世纪70年代末80年代初，学校里学习风气很浓，尤其是农大，道德观念上更守旧一些。同学们包括常力鸿都不怎么认可吉明，嫌他的骨头太轻，嫌他在人生规划上过于精明——似乎他人生的唯一目的就是出国！不过常力鸿仍然很大度地帮助吉明，让他抄笔记，抄试卷，帮他好歹拿到毕业证。

那时吉明的能力毕竟有限，到底没办法出国留学。不过，凭着一口流利的英语，毕业两年后他就开始给外国公司当雇员，跳了几次槽，拿着几十倍于常力鸿的工资。也许吉明的路是走对了，也许这种精于计算的人恰恰是时代的弄潮儿？……听着两人聊天，外貌木讷实则精明的常妻忽然撂了一句：

“老常哥对你这样好，这些年也没见你来过一封信。”

吉明的脸“刷”的一下红了，这事他确实做得不地道。常力鸿忙为他掩饰：“吉明也忙啊，再说这不已经来了吗？喝酒喝酒！”

吉明灌了两杯，才叹口气说：“嫂子骂得对，应该骂。不过说实在话，这些年我的日子也不好过呀。每天赔尽笑脸，把几个新加坡的二鬼子当爷敬——MSD驻京办事处的上层都是美国人和新加坡人。我去年才把绿卡办妥，明年打算把老婆儿子在美国安顿好。”

“绿卡？听说你已入美国籍了嘛。”

吉明半是开玩笑半是解气地说：“不，这辈子不打算当美国人了，就当美国人的爹吧。”他解释道，这是美国新华人中流行的笑话，因为他们大都保留着绿卡，但儿女一般要入美国籍的。“美国米贵，居家不易。前些天一次感冒花了我150美元。所以持绿卡很有好处的，出入境方便。每次回美国我都大包小包地拎着中国的常用药。”

饭后，常妻收拾起碗筷，两人开始谈正事。常力鸿委婉地说：“你的来意我已经知道了，你是想推销MSD的小麦良种。不过你知道，小麦种子的地域性较强，国内只是在新中国成立前后引进过美国、澳大利亚和意大利的麦种，也只有意大利的阿勃、阿夫等比较适合中原地域。现在我们一般不进口麦种，而是用本省培育的良种，像豫麦18、豫麦35……”

吉明打断他的话：“这些我都知道——不知道这些我还能做种子生意？不过我这次推荐的麦种确实不同寻常。它的绰号叫‘魔王麦’，因为它几乎集中了所有小麦的优点，地域适应性广，耐肥耐旱，落黄好，抗倒伏，抗青干，在抗病方面几乎是全能的，抗条锈，抗叶锈，抗秆锈，抗白粉，仅发现矮化病毒对它有一定威胁……你甭笑。”他认真地说，“你以为我是在卖狗皮膏药？老兄，不能拿老眼光看新事物，这些年的科技发展太可怕了，简直就是神话。我知道毕业后你很努力，还独立育出了一个新品种，推广了几千亩，现在已经被淘汰了。对不对？”这几句话戳到常力鸿的痛处，他面色不悦地点点头。“老兄，这不怪你笨，条件有限嘛。你能采用的仍是老办法，杂交，选育，一代又一代，跟着老天爷的节拍走，最多再加上南北加代繁殖。但MSD公司早在30年前就开始使用基因工程育种。你想要1000种小麦的优良性状？找出各自的表达基因，再拼接过来就是了。为育出魔王品系，MSD总共投资了近20亿美元，你能和他们比吗？”

常力鸿有点被他说动了。

吉明笑道："你放心吧，我虽然已经成了见钱眼开的商人，好歹是中国人，好歹是你的老朋友，不会骗到老常哥头上的。这样吧，我先免费提供一百亩的麦种供你们进行检疫试种。明年，我相信你自己会找我买种子，把'魔王麦'扩大到一百万亩。"

条件这样优惠，常力鸿立即同意了。两人又商量了引进种子资源的例行程序，包括向中国国家种子资源管理处登记并提供样品种子等。正如吉明所料，在商谈中，常力鸿对"魔王麦"属于"转基因作物"这一点没有提出任何异议，他甚至压根儿没提农业部颁发的《农业生物基因工程安全管理实施办法》。在欧洲，这可是个十分敏感的话题。转基因产品在欧洲已经被禁止上市，连试验种植也被受限制，各绿党和环保组织时刻拿眼睛盯着。正是因为如此，MSD 公司才把销售重点转向第三世界。

既然常力鸿没有提到这一点，吉明当然不会主动提及。不过吉明并不为此内疚。欧洲对转基因产品的反对，多半是基于"伦理性"或"哲理性"的，并不是说他们已经发现了转基因产品对人身的危害。吉明一向认为，这种玄而又玄的讨论是富人才配享有的奢侈。对于中国人，天字第一号的问题是什么？是吃饱肚子！何况转基因产品在美国已经大行其道了，美国的食物安全法规也是极其严格的。

两人签协议时，吉明让加上一条"用户不允许使用上年收获的麦子做种"，也就是说，每年的麦种必须向 MSD 公司购买。常力鸿沉吟良久，为难地说：

"老同学，我不愿对你打马虎眼。这个条件当然应该答应，否则 MSD 公司怎么收回投资？可是你知道，中国的农民们是不大管什么信息知识产权的，你能挡住他用自己田里收的麦子做种？谁也控制不住！”

吉明轻描淡写地说：“谢谢你的坦率。我在协议中写上这一条，只是作为备忘，表示双方都认可这条规则。至于对农民的控制方法……MSD 会有办法的。”

常力鸿哂笑着看看老同学，不知道他是不是在开玩笑。MSD 公司会有办法？他们能在每粒“未收获”的麦粒上预先埋一个生死开关？不过，既然吉明这样说，常力鸿当然不会再认真考究。

第二天，吉明在紫荆花饭店的雅间里回请了一顿。饭后吉明掏出一个信封：“老常哥，我已经混上了 MSD 公司的区域经理，可以根据销售额提成，手头宽裕多了。这一千美元是兄弟的一点小意思，权当是大学四年你应得的‘保姆费’吧。收下收下，你要拒绝，我就太没面子了。”

常力鸿发觉这位小兄弟已经修炼得太厉害了——他把兄弟情分和金钱利益结合得水乳交融，收下这点“兄弟情分”，明摆着明年你得为他的“销售提成”出力。但在他尚未做出拒绝的决断时，妻子已经眼明手快地接过信封：

“一千美元？等于八千多人民币了吧。我替你常哥收下。”她回头瞪丈夫一眼，打着哈哈说，“就凭你让他抄四年考试卷子，也值这个数了，对不对？”

常力鸿沉下脸，没有再拒绝。

吉明的回忆到这儿卡壳了。这些真实的画面开始抖动，扭曲，上帝的面容又挤进来，惊愕、痛楚，凝神看着死亡之火蔓延的亿万亩麦田。吉明困惑地想，上帝的面容和表情怎么会像那位中原的老农？梦中的上帝怎么会是那个老农的形象？自己与那个老农满共只有一面之缘呀。

他是在与常力鸿见面的第二年见到那老汉的。头年收获后，完全如吉明所料，魔王麦大受欢迎。常力鸿数次打电话，对这个麦种给出了最高的评价，尤其是麦子的质量好，赖氨酸含量高，口感好，很适于烤面包，在欧洲之外的西方市场很受欢迎。周围农民争着订明年的种子，县里决定推广到全县一半的面积，甚至邻县也在挤着上这辆巴士。第二年做成了五十万吨麦种的生意，他的银行卡上也因此添了一大笔进项。但是，第二次麦播的五星期后，常力鸿十万火急地把他唤去。

仍是在老常哥家吃的饭。他进屋时，饭桌上还没摆饭，摆的是几十粒从麦田挖出来的死麦种。它们没有发芽，表层已略显发黑。常力鸿脸色很难看，但吉明却胸有成竹，他问："今年从 MSD 购进的种子都不发芽吗？"

"不，只有一千亩左右。"

吉明不客气地说："那就对了！我敢说，这不是今年从我那儿买的麦种，是你们去年试种后收获的第二代的魔王麦！你不会忘吧，合同中明文规定，不能用收获的麦子做种，MSD 公司要用技术手段保证这一点。"

常力鸿很尴尬。吉明说得一点都不错，去年收的魔王麦全都留做种子了，谁舍得把这么贵重的麦子磨面吃？说实话，常力鸿压根儿没相信 MSD 能用什么"技术手段"做到这一点，也几乎把这一条款给忘了。他讪讪地收起死麦种，喊妻子端饭菜，一边嗫嚅地问："我早对你说过的，我没法让农民不留种。MSD 公司真的能做到这一点？他们能在每一粒小麦里装上自杀开关？”

吉明怜悯地看着老同学。上农大时常力鸿是出类拔萃的，但在这个闭塞的中国县城里憋了 20 年，他已远远落后于外面的世界了。吉明对老同学耐心地讲了自杀种子的机理：

“能，基因工程没有办不到的事。这种自杀种子的育种方法是：从其他植物的病株上剪下导致不育的毒蛋白基因，组合到小麦种子中，同时再插入两段基因编码，使毒蛋白基因保持休眠状态。直到庄稼成熟时，毒素才分泌出来杀死新种子。所以，毒蛋白只影响种子而不影响植株。”

常力鸿听得瞪圆了眼睛——这简直是天方夜谭嘛。他不解地问：“如果收获的都是死麦粒，MSD 公司又是怎样获得种子呢？”

“很好办。MSD 公司在播种时，先把种子浸泡在一种特别溶液中，诱发种子产生一种酶来阻断那段 DNA，自杀指令就不起作用了。当然，这种溶液的配方是绝对保密的。”

“麦粒中有这种毒蛋白，还敢食用吗？”

“能。这种毒蛋白对人体完全无害，你不必怀疑这一点，美国的食品法是极其严格的。”吉明笑着说，“实际上我只是鹦鹉学舌，深一层的机理我也说不清，甚至连 MSD 这样顶尖的公司，也是向更专业的密西西比州德尔公司购买的专利。知道吗？单单这一项专利就花了 10 亿美元！这些美国佬真是财大气粗啊。”

常妻一直听得糊里糊涂，但这句话她听清了：“10 亿美元？ 80 多亿人民币？天哪，要是用 100 的票子码起来，能把这间屋子都塞满吧！”

吉明失笑了："哈，那可不知道，我从来没有从这个角度考虑过，因为这么大数额的款项不可能用现金支付。不过……大概能装满吧。"

"80亿！这些大鼻子指望这啥子专利赚多少钱，敢这样胡花！"

吉明忍俊不禁："嫂子别担心，他们赚得肯定比这多。美国人才不干傻事呢。"

常力鸿的表情可以说是目瞪口呆。不过，他的震惊显然和妻子不同，是另一个层面上的。愣了很久他才说："美国的科学家……真的能这样干？"

"当然！基因工程已经成了神通广大的魔术棒，可以对上帝创造的生命任意删削、拼装、改良。说一个不是玩笑的玩笑，你就是想用蛇、鱼、鹿、虎等动物的基因拼出一条有角有鳞有爪的'活着的'中国龙，从理论上说也是办得到的。"

常力鸿不耐烦地说："我不是这个意思。我是说……"他卡住了，艰难地寻找着能确切表达他想法的词句，"我是说，美国科学家竟然开发这样缺德的技术？"

吉明一愣，对"缺德"这个字眼多少有些冒火。他平心静气地说："咋是缺德？他们在魔王品系上投入了近20亿的资金，如果所有顾客都像你们那样只买一次种子，这些巨额投入如何收回？如果收不回，谁会再去研究？科学发展不是要停滞了吗？这是文明社会最普通的道德规则，再正常不过的。"

常力鸿有点焦躁："不，这也不是我的意思。我是说，"他再次艰难地寻找着词句，"我是说，他们为了赚钱，就不惜让某种生命断子绝孙？这不是太霸道了吗，这不是逆天行事吗？俗话说，上天有好生之德，连封建皇帝还知道春天杀生有干天和哩。"

吉明这才摸到老同学的思维脉络，他微嘲道：“真没想到，你也有闲心来进行哲人的思辨。这倒让我想起一件事。有一次我在飞机上邂逅了一位西班牙作家，听说还是王室成员。他的消息竟然相当闭塞，听我介绍了自杀种子的情况后大为震惊，连声问：‘现代科学真的能做到这种不可思议的事情？’我讲了很久，他终于相信了，沉思良久后感慨地说：人类是自然界最大的破坏者，它在自己的成长过程中消灭了数以百万计无辜的生物。即使少数随人类广泛传播的生物，如小麦、稻子等，实际上也算不上幸运者，它们的性状等都被异化了，它们的‘野生’生命力被削弱了。不过，在自杀种子诞生之前的种种人类行为毕竟还是有节制的，因为人类毕竟还没有完全剥夺这些生命的生存能力和生存权利。现在变了，科学家开始把某种生命的生存能力完全掌握到人类手中，建立在某种‘绝对保密’的技术上，这实在是太霸道了——你看，这位西班牙人所用的词和你完全一样！”吉明笑道，“不过依我看来，这种玄思遐想全是吃饱了撑的。其实，逆天行事的例子多啦，计划生育不也是逆天行事？”

常力鸿使劲地摇头：“不，计划生育是迫不得已而为之。这个不同……”

“有啥不同？老兄，13 亿中国人能吃饱肚子才是最大的顺天行事。等中国也成了发达国家——那时再去探幽析微，讨论什么上天的好生之德吧。”

常力鸿词穷了，但仍然不服气。他沉着脸默然良久，才恼怒地说：“反正我觉得这种方法不地道。去年你该向我说清的，如果那时我知道，我一定不会要这种自杀种子。”

吉明也觉得理屈。的确，为了尽量少生枝节做成买卖，当初他确实没把有关自杀种子的所有情况都告诉老同学。饭后两人到不发芽的麦田里看了看，就是在那儿，吉明遇见了那位不知姓名的、后来在他的幻觉中化为上帝的老农。当时他佝偻着身体蹲在地上，正默默察看不会发芽的麦种，别的麦田里，淡柔的绿色已漫过泥土，而这里仍是了无生气的褐色。那个老农看来同常力鸿很熟，但这会儿对他满腹怨恨，只是冷淡地打了个招呼。他又黑又瘦，头发花白，脸上皱纹纵横，比常力鸿更甚，使人想起一幅名叫《父亲》的油画。青筋暴露的手上捧着几粒死麦种，伤心地凝视着。常力鸿在他跟前根本挺不起腰杆，表情讪讪地勉强辩解说：

“大伯，我一再交代过，不能用上次收的麦子做种……”

“为啥？”老汉直撅撅地顶回来，“秋种夏收，夏收秋种。这是老天爷定的万古不变的规矩，咋到你这儿就改了呢？”

常力鸿哑口了，回头恼怒地看看吉明。吉明也束手无策：你怎么和这头犟牛讲理？什么专利、什么信息、什么文明社会的普遍规则，再雄辩的道理也得在这块顽石上碰卷刃。但看看常力鸿的表情，他只好上阵了。他尽量通俗地把种子的自杀机理讲了一番。老汉多少听懂了，他的表情几乎和常力鸿初听时一个样子，连说话的字眼儿都相近：

“让麦子断子绝孙？咋这样缺德？干这事的人不怕生儿子没屁眼儿？老天在云彩眼儿里看着你们哩。”

吉明顿时哑口无言！只好狼狈撤退。走出老汉视线后，他们站在地埂上，望着正常发芽的千顷麦田。这里的绿色显得十分强悍，充盈着勃勃的生命力。常力鸿忧心忡忡地看着，忽然问：

“这种自杀基因……会不会扩散？”

吉明苦笑着想，这个困难的话题终于没能躲过：“不会的，老同学，你尽管放心。美国的生物安全法规是很严格的。”他老实承认道，“不错，也有人担心，含有自杀基因的小麦花粉会随风播撒，像毒云笼罩大地，使万物失去生机。印度、希腊等地还有人大喊大叫，要火葬MSD呢。但这些都是没有根据的臆测。当然，咱们知道，小麦有0.4%到0.5%的异花传粉率，但是根本不必担心自杀基因会因此传播。为什么？这是基于一种最可靠的机理，假设某些植株被杂交出了自杀基因，那么它产生的当然是死种子，所以传播环节到这儿一下子就被切断了！也就是说，自杀基因即使能传播，也最多只能传播一代，然后就自生自灭了。我说得对不对？”

常力鸿沉思一会儿，点点头。没错，吉明的论断异常坚实有力，完全可信，但他心中仍有说不清道不明的担忧。他也十分恼火，去年吉明没有把全部情况和盘托出，做得太不地道。不过他无法去埋怨吉明，归根结底，这事只能怪自己愚蠢，怪自己孤陋寡闻，怪自己不负责任考虑不周全。有一点是肯定的，经过这件事，他与吉明之间的友谊是无可挽回了。送吉明走时，他让妻子取出那1000美元，冷淡地说：

“上次你留下这些钱，我越想越觉得收下不合适，务必请你收回。”

常力鸿的妻子耷拉着眼皮，满脸不情愿的样子。她肯定不想失去这1000美元，肯定在里屋和丈夫吵过闹过，但在大事上她拗不过丈夫。吉明知道多说无益，苦笑着收下钱，同两人告辞。

此后两人的友谊基本上断裂了，但生意上的联系没有断。因为这种性能极优异的麦种已在中原地区打开了市场，订货源源不断。吉明有时解气地想，现在，即使常力鸿暗地里尽力阻挠订货，他也挡不住了！

到第二年的5月，正值小麦灌浆时，吉明又接到常力鸿一个十万火急的电话："立即赶来，一分钟也不要耽误！"吉明惊愕地问是什么事，那边怒气冲冲地说："过来再说！"便啪地挂了电话。

吉明星夜赶去，一路上心神不宁。他十分信赖MSD公司，信赖公司对魔王小麦的安全保证。但偶尔地、心血来潮地也会绽出那么一丝怀疑。毕竟这种"断子绝孙"的发明太出格了，科学史上从来没有过，会不会……他租了一辆出租，赶到出事的田里。在青色的麦田里，常力鸿默默指着一小片麦子。它们显然与周围那些生机盎然的麦子不同，死亡之火已经从根部悄悄蔓延上去，把麦秆烧成黄黑色，但麦穗还保持着青绿。这让人产生一种怪异的视觉上的痛苦。这片麦子范围不大，只有三间房子大小，基本上形成一个圆形。圆形区域内有一半是病麦，另一半仍在茁壮成长。

常力鸿的脸色阴得能拧下水儿，目光深处是沉重的忧虑，甚至是恐惧。吉明则是莫名其妙，端详了半天，奇怪地问："找我来干什么？很明显，这片死麦不是MSD的魔王麦。"

"当然不是，是本地良种，豫麦41。"

"那你十万火急催我来干什么？让我帮你向国外咨询？没说的，我可以……"

常力鸿焦急地打断他："这是种从没见过的怪病。"他瞅瞅吉明，一字一句地说，"去年这里正好种过自杀麦子。"

吉明一愣，不禁失声大笑，"你的联想太丰富了吧。我在专业造诣上远不如你，但也足以做出推断。假如——我是说假如——自杀小麦的自杀基因能够通过异花传粉来扩散，传给某几株豫麦41号麦子，这些被传染的麦子被收获，贮藏到麦仓里，装上播种机，然后——有病的麦粒又恰巧播到同一块圆形的麦田？有这种可能吗？”他讪笑地看着老同学。

“当然不会——但如果是通过其他途径呢？”

“什么途径？”

“比如，万一自杀小麦的毒素渗透出来，正好污染了这片区域？”

“不可能，这种毒素只是一种蛋白质，它在活植株中能影响植株生理进程，但进到土壤中就变成了有机物肥料，绝不会成为毁灭生命的杀手。老同学，你一定是走火入魔了，一小片麦子的死亡很可能是其他原因造成的，你干吗非要和 MSD 过不去呢？”

常力鸿应声道："因为它的自杀特性叫人厌恶！"他恨恨地说，"自杀小麦——这是生物界中的邪门歪道。当然，你说了很多有力的理由，我也相信，不过我信奉这一点：世界上没有绝对安全的防范。既然这么一个邪魔已经出世，总有一天它会以某种方法逃出来兴风作浪。"

“不会的……”

“你肯定不会？你是上帝还是老天爷？”常力鸿发火了。“不要说这些过头话！老天爷也不敢把话说得这样满。”停了会儿他放缓了语气说，“我并不是说这些麦子一定死于自杀毒素——我巴不得这样呢。”他苦笑道，“毒素致死并不可怕，最多就是遗祸于种过自杀小麦的麦田嘛。可怕的是如果它们靠基因方式传播，那样，一个小火星就能烧掉半个世界，就像黑死病、艾滋病一样。”

他为这种前景打了一个寒战。吉明沉默了一会儿说：“我就是不相信。这种小麦已经在不少国家种过多年，从没出过什么意外。不过，听你的，需要我做些什么？”

“请你立即向 MSD 公司汇报，派专家来查明此事。如果和自杀种子无关，那我就要烧香拜佛了。否则……我就是十恶不赦的罪人。”常力鸿苦涩地说。

“没问题。”吉明很干脆地说，“我责无旁贷。别忘了，虽然我拿着美国绿卡，拿着 MSD 的薪水，到底这儿是我的父母之邦啊。你保护好现场，我马上到北京去找 MSD 办事处。”他笑着加了一句，“不过我还认为这是多虑。不服的话咱们赌一次东道。”

常力鸿没响应他的笑话，默默同他握手告别。吉明坐上出租，很远还能看见那佝偻的半个身体浮现在麦株之上。

电梯快速向银都大楼 27 层升去。乍从常力鸿那儿回来，吉明觉得一时难以适应两地的强烈反差。那儿到处是粗糙的面孔，深陷的皱纹。而这里，电梯里的男男女女都一尘不染，衣着光鲜，皮肤细嫩。吉明想，这两个世界之中有些事难以沟通，也是情理之中的。

MSD 驻京办事处的黄得维是他的顶头上司。黄很年轻，32 岁，肚子已经相当发福，穿着吊裤带的加肥裤子。他向吉明问了辛苦，客气中透着冷漠，吉明在心中先骂了一句“二鬼子”，他想自己在 MSD 工作 8 年，成绩卓著，却一直升不到这个二鬼子的位置上。为什么？这里有一个人人皆知又心照不宣的小秘密：美国人信任新加坡人、中国台湾和香港人，远甚于中国内地人。

尽管满肚子腹诽，吉明仍恭恭敬敬地坐在这位年轻人面前，详细汇报了中原的情况。

“不会的，不会的。”黄先生从容地微笑着，细声细语地列举了反驳意见——正是吉明对常力鸿说过的那些。

吉明耐心地听完，说：“对，这些理由是很有力的。但我仍建议公司派专家实地考察一下。万一那片死麦与自杀种子有关呢？再进一步，万一自杀特性确实是通过基因方式扩散出去呢，那就太可怕了。那将是农作物中的艾滋病毒！”

“不会的，不会的。”

“我也是这么认为的，不过，是否向总部……”

黄先生脸色不悦地说：“好的，我会向公司总部如实反映的。”他站起身来，表示谈话结束。

吉明到其他几间屋子里串了一下，同各屋的人寒暄了几句。他在MSD总共干了8年，5年是在南亚，3年是在中国。但他一直在各地跑单帮，在这儿并没有他的办公桌，与总部的职员们大都是工作上的泛泛之交，只有从韩国来的朴女士同他多交谈了一会儿，告诉他，他的妻子打电话到这儿问过他的去向。

回到下榻的天伦饭店，他首先给常力鸿挂了电话，常力鸿说他刚从田里回来，在那片死麦区之外把麦子拔光，建立了一圈宽一百米的隔离环带。他说原先曾考虑把这个情况先压几天，等MSD的回音，但最终还是向上级反映了，因为这个责任太重！北京的专家们马上就到。他的语气听起来很疲惫，带着焦灼，透着隐隐的恐惧。吉明真的不理解他何以如此——他所说的那种危险毕竟是很渺茫的，死麦与自杀基因有关的可能也是微乎其微的。吉明安慰了他，许诺一定要加紧催促那个“二鬼子”。

随后他拨通了旧金山新家的电话，妻子说话的声音带着睡意，看来正在睡午觉，移民到美国后，妻子没有改掉这个中国的习惯。这也难怪，她的英语不行，到现在还没找到工作，整天在家里闲得发慌。妻子说，她已经找到两个会说中国话的华人街坊，太闷了就开车去聊一会儿。“我在努力学英语，小凯——我一直叫不惯儿子的英文名字——一直在教我。不过我太笨，学得太慢了。”停了一会儿，她忽然冒出一句，“有时我琢磨，我巴巴地跑到美国来蹲软监，到底是图个啥哟。”

吉明只好好言好语地安慰一番，说：“再过两个月就会习惯的。这样吧，我准备提前回美国休年假，三天就会到家的。好吗？不要胡思乱想，吻你。”

常力鸿每晚一个电话催促。吉明虽然心急如焚，也不敢过分催促黄先生。他问过两次，黄先生都说：马上马上。到第三天，黄先生才把电话打到天伦饭店，说，已经向本部反映过了，公司认为不存在你说的那种可能，不必派人来实地考察。

吉明大失所望。他心里怀疑这家伙是否真的向公司反映过，或者是否反映得太轻描淡写。他不想再追问下去，作为下级，再苦苦追逼下去就逾线了。但想起常力鸿那副苦核桃般的表情，实在不忍心拿这番话去搪塞他。他只好硬起头皮，小心翼翼地说：

“黄先生，正好我该回美国度年假，是否由我去向总部当面反映一次。我知道这是多余的小心，但……”

黄先生很客气地说：“请便。当然，多出的路费由你自己负担。”说完啪地挂了电话。吉明对着听筒愣了半晌，才破口大骂：

“你个二鬼子，狗仗人势的东西！”

拿久已不用的国骂发泄一番，吉明心里才多少畅快了一些。第二天，他向常力鸿最后通报了情况，便坐上去美国的班机。到美国后，他没有先回旧金山，而是直奔 MSD 公司所在地 Z 市。不过，由于心绪不宁，他竟然忘了今天恰好是星期天。他只好先找一个中国人开的小旅店住下。这家旅店实际是一套民居，老板娘把多余的二楼房屋出租，屋内还有厨房和全套的厨具。住宿费很便宜，每天二十五美元，还包括早晚两顿的免费饭菜——当然，都是大米粥、四川榨菜之类极简单的中国饭菜。老板娘是大陆来的，办了这家号称“西方招待所”的小旅店，专门招揽刚到美国、经济比较窘迫的中国人。这两年，吉明的钱包已经略微鼓胀了一点儿，不过他仍然不改往日的节俭习惯。

饭后无事，吉明便出去闲逛。这儿教堂林立，常常隔一个街区就露出一个教堂的尖顶。才到美国时，吉明曾为此惊奇过。他想，被这么多教堂所净化了的美国先人，怎么可能建立起历史上最丑恶的黑奴制度？话说回来，也可能正是由于教堂的净化，美国人才终于和这些罪恶告别？

他忽然止住脚步。他听到教堂里正在高唱“哈利路亚”。这是圣诞颂歌《弥赛亚》的第二部分《受难与得胜》的结尾曲，是全曲的高潮。哈利路亚！哈利路亚！气势磅礴的乐声灌进他的心灵……

他的回忆又回到起点。上帝向他走来，苦核桃似的中国老农的脸膛，上面刻着真诚的惊愕和痛楚……

第二天，莱斯·马丁再次来到MSD大楼。大楼门口被炸坏的门廊已经修复，崩飞的大理石用生物胶仔细地粘好，精心填补打磨，几乎没留下什么痕迹。不过马丁还是站在门口凭吊了一番。就在昨天，一辆汽车还在这儿凶猛地燃烧呢。

秘书是个风韵犹存的半老徐娘，她礼貌地说，戴斯先生正在恭候，但他很忙，请不要超过 10 分钟时间。马丁笑着说，请放心，10 分钟足够了。

戴斯的办公室很气派，面积很大，正面是一排巨大的落地长窗，Z 市风光尽收眼底。戴斯先生埋首于一张巨大的楠木办公桌后，一面不停手地挥写着，一面说："请坐，我马上就完。"

戴斯实在不愿在这个时刻见这位尖口利舌的记者，肯定这是一次困难的谈话，但他无法拒绝。这家伙不是那么容易打发的。在戴斯埋首写字时，马丁怡然坐在对面的转椅上，略带讥讽地看着戴斯忙碌——他完全明白这只是一种做派。当戴斯终于停笔时，马丁笑嘻嘻地说："我已经等了 3 分钟，请问这 3 分钟可以从会客的 10 分钟限制中扣除吗？"

戴斯一愣，笑道："当然。"他明白自己在第一回合中落了下风。秘书送来咖啡，然后退出。马丁直截了当地说：

"我已获悉，吉明在行动前，给本地的《民众之声》报发了传真，公布了他此举的动机，但这个消息被悄悄地捂住了。上帝呀，能做到这一点太不容易啦！ MSD 公司的财务报表上，恐怕又多了一笔至少六位数的开支吧？"

戴斯冷静地说："恰恰相反，我们一分钱都没花。该报素以严谨著称，他们不愿因草率刊登一则毫无根据的谣言而使自己蒙羞，也不愿引起 MSD 股票下跌，这会使 Z 市许多人失去工作。"

"是吗？我很佩服他们的高尚动机。这么说，那个中国人闹事是因为自杀种子啰？"马丁突兀地问。

戴斯默认了。

"据说那个中国佬担心自杀基因会扩散，也据说贵公司技术部认为这是根本不可能的。可惜我一直不明白，这么一个相对平和的纯技术性的问题，为什么会导致吉明采取这样过激的行为？这里面有什么外人不知道的内情吗？”

戴斯镇定地说：“我同样不理解，也许吉明的神经有问题。”

“不会吧，我知道 MSD 为魔王系列作物投入了巨资，单单买下德尔公司的这项专利就花了 10 亿美元。现在，含自杀基因的商业种子的销售额已占贵公司年销售额的 60% 以上，大约为 70 亿美元。如此高额的利润恐怕足以使人铤而走险了，比如说，”他犀利地看着戴斯，“杀人灭口。据我知道，在事发前的那天晚上，吉明下榻的旅店房间里恰巧发生了行窃和火灾。也许这只是巧合？”

戴斯在他的逼视下毫不慌乱：“我不知道。即使有这样的事情，也绝不是 MSD 干的。我们是一个现代化的跨国公司，不是黑手党的家族企业。如果竟干出杀人灭口的事，一旦败露，恐怕损失就不是 70 亿了。马丁先生，我们不会这么傻吧？”

马丁已站起来，笑吟吟地说：“你是很聪明的，但我也不傻，再见。我不会就此罢休的，也许几天后我会再来找你。”

他关上沉重的雕花门，对秘书小姐笑道：“10 分钟。一个守时的客人。”秘书小姐给出了一个礼节性的微笑。马丁出了公司便直奔教会医院。昨天他已马不停蹄地走访了吉明的妻子，走访了吉明下榻旅店的老板娘。正是那个老板娘无意中透露，那晚有人入室行窃，吉明用假火警把窃贼吓跑了。财物没有损失，所以她没有报案。“先生，”她小心地问，“真看不出吉明会是一个恐怖分子，他很随和，也很礼貌。他为什么千里迢迢地跑来和 MSD 过不去？”

“谁知道呢，这正是我要追查的问题。”马丁没有向老板娘透露有关自杀种子的情况，因为她也是华人。

3天前，也就是星期一的下午，吉明按照约定的时间来到MSD大楼。秘书同样说明他只有10分钟的谈话时间。吉明已经很满意了，这10分钟是费了很多口舌才争取到的。

戴斯先生很客气地听完他的陈述，平静地告诉他，所有这些情况，公司驻北京办事处都已经汇报过了，那儿的答复也就是公司的答复。魔王系列商业种子的生物安全性早已经过近10年的验证，对此不必怀疑。中国那片小麦的死亡肯定是由于其他病因，因为不是本公司的麦种，我们对此不负责任。

他的话语很平和，但吉明能感到一种巨大的压力，这压力来源于戴斯先生本人以及这间巨型办公室无言的威势。他知道自己该知趣地告辞了，该飞到旧金山去享受天伦之乐，妻子还在盼着呢。但想起常力鸿那双焦灼的负罪般的眼睛，他又硬着头皮说："戴斯先生，你的话我完全相信。不过，为确保万无一失，能否……"

戴斯不快地说："好吧，你去技术部找迈克尔·郑，由他相机处理。"

吉明感激涕零地来到技术部。迈克尔·郑是一位黑头发的亚裔，大约40岁，样子很忠厚。吉明很想问问他是中国人还是韩国人，但最终没开口。他想在这个比较敏感的时刻，与郑先生套近乎没有什么好处。

迈克尔很客气地接待了他。看来，他对这件事的根根梢梢全都了解。他很干脆地吩咐吉明从现场取几株死的和活的麦株，连同根部土壤，密封好送交北京办事处，他们自会处理的。吉明忍不住问：

"能否派一个专业人士随我同去？我想，你们去看看现场会更有把握。”

郑先生抬头看看他，言简意赅地说：“去那儿不合适。也许会有人抓住‘MSD 派人到现场’这件事大做文章。”

吉明恍然大悟！看来，对于那片死麦是否同自杀基因有关，MSD 公司并不像口头上说得那样有把握。不过他们最关心的不是自杀邪魔是否已经逃出魔瓶，而是公司的信誉和股票行情，作为一个低级雇员，他知道自己人微言轻，说也无用。而且还有一个最现实的危险悬在他的头上：被解雇。他刚把妻儿弄到美国安顿好，手头的积蓄已经所剩无几了。他可不敢拿自己的饭碗开玩笑，于是他犹豫片刻，诚恳地说：

“我会很快回中国去完成你的吩咐。不过我仍然斗胆建议，公司应给予更大的重视，假如万一……我是为公司的长远利益考虑。”

迈克未置可否，礼貌周到地送他出门。

夜里吉明同常力鸿通了电话，通报了这边的进展。从常力鸿的语气中还是能触摸到那种沉重的焦虑，尤其是他烧灼般的负罪感，阴暗的气息甚至透过越洋电话都能嗅出来。常力鸿说这些天他发疯般地查找有关基因技术的最新情报，查到了一篇四年前的报道（他痛恨地说，我为什么不早早着手学一点新东西？）：英国科学家发现，某些病毒或细菌可以在植物之间“搬运”基因——它们侵入某个植物的细胞后，在非常罕见的情况下，可以俘获这个细胞核内的某个基因片段，当植物繁殖时，这些外来基因也能向下一代表达。等后代病毒或细菌再侵入其他植株的细胞时，同样在非常罕见的情况下，这些基因片段会转移到宿主细胞中。当然，这个过程全部完成的概率是更为罕见的，但终归有这种可能。而且，考虑到微生物基数的众多及时间的漫长，这种转移就不算罕见了。实际上，多细胞生物的出现就是单细胞生物的基因融合的结果，甚至直到今天，动物细胞中的线粒体还具有“外来物”的痕迹，还保持着自己独特的DNA结构和单独的分裂增生方式。当然，今天的自然界中，不同种的动植物个体之间很难杂交，这种“种间隔绝”是生物亿万年进化中形成的保护机制。但在细胞这个层次，所有生物（动物、植物、微生物）细胞都能极方便地杂交融合，这在试验室里已经是司空见惯的事。

“中国科学院遗传研究所的专家们非常怀疑死麦株中包含有自杀基因，他们正在查证。”常力鸿苦涩地说，“至于这种基因是如何扩散到豫麦41中的，有人怀疑是通过小麦矮化病病毒做中介。这一点还没有得到证实，也没有进一步扩大的征兆。但是，最终结果谁敢预料呢。如果这片死亡之火烧遍大地……我是个混蛋透顶、死有余辜的家伙！”

吉明满脸发烧，他觉得这句话不该骂常力鸿而是应该骂自己。他对MSD公司开始滋生强烈的愤恨。不错，自己不了解这种由微生物“搬运”基因的可能性，但公司造诣精深的专家们肯定知道呀。既然知道，他们还信誓旦旦地一口一个“绝不可能”？他决定明天再去公司催逼，这次豁上被解聘！

夜里他一直睡不安稳，梦中到了天国和地狱的岔路口，俯瞰家乡的千里绿野。忽然，一股黑色的死亡之火穷凶极恶地卷地而来，所有麦子、稻子甚至禾本科的杂草，都被烧枯，自然界失去了生机……他从噩梦中醒来，再也睡不着，心情十分烦躁。夜深人静，耳朵格外灵敏。他忽然听见汽车的轰鸣声，汽车在近处停下，少顷，有极轻微的窸窣声从窗外传来。

吉明蓦然提高了警觉。他知道窗外的楼下是一片草坪，因为久未刈割已长得很深。是谁半夜跑到这儿？窸窣声显然是向二楼来了。他轻手轻脚地走到阳台，向下窥望，一个身穿黑衣的人正沿着墙壁的拐角向楼上爬，动作十分轻巧敏捷。吉明的头“嗡”地涨大了，虽然他还不相信此人是冲他而来——那除非是MSD公司雇用的杀手——但本能告诉他，恐怕这不是一个普通的窃贼。慌乱无计，他轻轻退回去，在毛巾被下塞了几件衣服，伪装成睡觉的样子，又溜到厨房的案板后，拎起一把厨刀，从厨案后露出一只眼睛，紧张地注视着阳台。

那人果然是冲这儿来的。两分钟后他跃进窗内，落地时几乎没有一丝声响。他戴着面具，右手向上斜举着一把带消声器的手枪。他沉下身听听屋内的动静，左手从口袋里掏出一方手帕（那上面肯定有强力麻醉剂或毒药），轻轻向床边摸去。

不用说，这是一个杀手而不是窃贼。吉明的心狂跳着，紧张地思索对策。他敢肯定，杀手在发现床上的伪装后绝不会罢手的，自己真的靠一把厨刀和他拼命？忽然他看见微波炉，顿时有了主意。他顺手拎起一瓶清洁剂放到炉内，按下触摸式微波开关，然后轻手轻脚溜到了卫生间。

杀手已发现毛毯下似乎有异常，轻轻揭开毛毯，立时警觉地回身，平端手枪，开始搜索。他听到了微波炉烤盘转动的轻微声响，擦着墙边慢慢走过去。这儿没有人影，只有一台中国产的格兰仕微波炉上的计时器在闪烁着。杀手在微波炉前略微沉吟，忽然悟到其中的危险，急忙向后撤，就在这时炉内訇然爆炸，炉门被冲开，蒸汽和水流四处飞溅，天花板上的火警传感器凄厉地尖叫起来。

杀手知道今天不能得手了，他迅即后退，轻捷地跃过窗户。吉明从卫生间的门缝中窥到这一幕，便几步跃到阳台上。杀手正用双手双膝夹着墙角飞快下滑，几天来窝在吉明心中的闷火终于爆发了，他忘了危险，破口大骂道：

“去你的！”

他恶狠狠地把厨刀掷下去。看来他掷中了，杀手从墙角突然滑下去，沉重地跌坐在草地上。但随即从地上弹起，逃走了，奔跑姿势很不自然，看来伤势不轻。

吉明十分解气，几天来的郁闷总算得到发泄。一直到消防车的笛声响起，他才从胜利的亢奋中惊醒，也开始感到后怕。有人在敲他的房门：

“吉先生，吉先生，快醒醒，你的屋中冒烟了！”

在打开房门前吉明做出决定，对老板娘隐瞒真情。他打开门，赔着笑脸说，刚才有一个窃贼入室，只好用假火警把他吓走。“损坏的微波炉我会照价赔偿，现在请消防车返回吧。”

消防车开走了，老板娘在屋里察看一番，埋怨几句，又安慰几句，也离开了。吉明独坐在高背椅上，想起几天来的遭遇，心头的恨意一浪高过一浪。平心而论，他没有做错任何事呀。他只不过反映了一个真实的问题，他其实是维护了 MSD 公司的长远利益。但他没想到，仅仅由于这些行为，他就被 MSD 派人暗杀！现在他已不怀疑，幕后主使人肯定是 MSD 公司。是为了上百亿的利润，还是有更大的隐情？

怒火烧得他呼哧呼哧喘息着。怎么办？他忽然想起印度曾有“火烧 MSD”的抗议运动，也许，用这种办法把这件事捅出去，公开化，才能逼他们认真处理此事，自己的性命也才有保障。

说干就干。第二天上午，一辆装有两箱汽油和遥控起爆器的福特牌汽车已经备好。上午 8 点，他把车开到 MSD 公司的门口。他掏出早已备好的红色喷漆筒，在车的两侧喷上标语。车左是英文：“BURN（烧死）MSD！”车右的标语他想用中文写，写什么呢？他忽然想到常力鸿和那个老农，想起两张苦核桃似的脸庞，想起老汉说的：“老天爷在云彩眼儿里看着你们哩！”马上想好了用词，于是带着快意挥洒起来。

门口的警卫开始逼近，吉明掏出遥控器，带着恶意的微笑向他们扬了扬。两个警卫立即吓住，其中一名飞快地跑回去打电话。吉明把最后一个字写完，扔掉喷筒，从车内拿出扩音话筒……

马丁赶到医院，医生告诉他，病人的病情已趋稳定，虽然他仍昏迷着，但危险期已经过去了。马丁走进病房，见吉妻穿着白色的无菌服，坐在吉明床前，絮絮地低声说着什么。输液器中液滴不疾不徐地滴着。病人睁着眼，但目光仍是空洞的，迷茫的，呆呆地盯视着远处。从表情看，他不一定听到了妻子的话。

心电示波器上的绿线飞快地闪动着，心跳频率一般为每分钟 100 次，这是感染发烧引起的。一名戴着浅蓝色口罩的护士走进帷幕，手里拿着一支粗大的针管。她拔掉输液管中部的接头，把这管药慢慢推进去，然后，她朝吉妻微笑点头，离开了。马丁心中忽然一震，想起一件大事。这些天竟然没想到这一点，实在是太迟钝了！他没有停留，转身快步出门，在马路上找到一个最近的电话亭，拨通了麦克因托侦探事务所的电话。他告诉麦克因托，立即想办法在圣芳济教会医院三楼的某个无菌室里安装一个秘密摄像机，实行二十四小时的监视。“因为，据我估计，还会有人对这个名叫吉明的中国佬进行暗杀。你一定要取得作案时的证据，查出凶手的背景。”

麦克因托说："好，我立即派人去办。但如果确实有人来暗杀，我们该怎么办，是当场制止，还是通知警方？"

马丁毫不犹豫地说："都不必，你们只要取得确凿证据就行了。那个中国佬并没给我们付保护费。记住，不要惊动任何人。"

"好——吧。"麦克托因迟疑地说。

吉明仍拒绝清醒。他的灵魂在生死之间、天地之间、过去未来之间踯躅。四野茫茫，天地洪荒。我是在奔向天国，还是奔向地狱？不过，他没忘时时拨开云雾，回头看看自己的故土，看黑色的瘟疫是否已摧残了碧绿的生命。他曾经尽力逃离这片贫困的土地——不过，这仍然是他的故土啊。

昏迷中，能时时听到医护人员像机器人般的呓语，后来这声音变成了妻子悲伤的絮语。他努力睁开眼睛，但是看不到妻子的面容。他太累了，很快合上眼睛。他对妻子感到抱歉，他另有要事去做，已经没时间照顾妻子了，忽然他停下来，侧耳聆听着——妻子这会儿在读什么，某些词语引起了他的注意。是常力鸿的信件，没错，一定是他的。老朋友发自内心的炽热的话语穿透生死之界，灌入他的耳鼓：

"惊闻你对 MSD 公司以死抗争，不胜悲伤和钦敬，吉明，我的朋友，我错怪了你，这些天来我一直在鄙视你，认为你数典忘祖，把金钱和绿卡看得比祖国更重要。我真是个瞎子，你能原谅我吗？……北京来的专家已认定，豫麦 41 号的自杀基因的确是通过矮化病毒转移来的，也就是说，它能够通过生物方式迅速传播。他们说这是一个与黑死病、鼠疫和艾滋病同样凶恶的敌人。不过你不必担心，我们会尽力把这场瘟疫圈禁消灭在那块麦田里，即使它扩散了，专家们说，人类的前景仍是光明的，因为大自然有强大的自救能力……朋友，不知道这封传真抵达美国时，你是活着还是已离去，不管怎样，我们都会永远记住你！”

吉明苦涩地笑了，觉得自己愧对老朋友的称赞。不过，有了这些话，他可以放心远行了。他在虚空和迷雾中穿行，分明来到天国和地狱的岔路口。到天国的是一列长长的队伍，向前延伸，看不到尽头。排在这一行的人（有白人、黑人和黄种人）个个愉悦轻松，向地狱去的人寥寥无几，他们浑身都浸透了黑色的恐惧。吉明犹豫着，不知道自己的罪恶是否已经抵清，不知道天国是否会接纳他。

上帝与吉明携手同行，向天堂走去。吉明嗫嚅地说：“上帝大伯，那场瘟疫是经我的手放出去的，天堂会接纳我吗？”上帝宽厚地笑道：“那只是无心之失，算不上罪恶。来，跟我走吧。”

他们沿着队列前行。一路上，上帝不时快活地和人们打招呼。忽然上帝立住脚步，怒冲冲地嚷道：你怎么混到这里来了？滚出来！他奔过去，很粗暴地拽出来一个人。那是个白人男子，60岁左右，是一位极体面的绅士，西装革履，银发一丝不乱。吉明认出来，他是MSD公司的戴斯先生。戴斯在众人的鄙视下又羞又恼，但仍然保持着绅士风度。他冷着脸说：上帝，你该为自己的粗鲁向我道歉。不错，我是MSD公司的主管，是开发自杀种子的责任人，但我的所作所为一点也不违反文明社会的道德准则。

吉明担心地看看上帝，他担心上帝（拙嘴笨舌的乡下老头？）对付不了这个尖口利舌的家伙。但他显然是多虑了，上帝干干脆脆地说：“对呀，我不懂，我懒得弄懂人类中那些可笑的规则。这些规则不过是小孩子玩耍时的临时约定，它最多只能管用几百年吧，但我已经150亿岁啦。我只认准一个理，一个亘古不变的道理：世上万千生灵都有存活的权利，你让它们断子绝孙就是缺德。看看吧，看看吧！”上帝拨开云眼，指着尘世中那块被死亡之火烧焦的麦田。上帝怒气冲冲地说：“看看吧，你们的发明戕害生灵，触犯了天条，像你这样的人还想进天堂？”戴斯沉默很久，才不情愿地说：“也许我们是犯了点错误，但那是无心之失，这在科学发展史上是常有的事，就像 DDT 发明使用后在土壤中累积让人中毒，氟利昂导致臭氧空洞，一种叫反应停的药物导致畸形儿。我知道上帝仁慈宽厚……”

上帝毫不客气地打断他的谄媚：“对，我很宽厚，从不苛求我的子民。你说的那些犯错误的科学家，我都接到天堂啦，他们虽然犯了错，用心是好的，是为了全人类的利益。不像你——你是为了臭烘烘的金钱，是为了少数人的私利而去戕害自然。从这点上说。你与奥斯威辛集中营和日本 731 细菌部队那些科学败类没有什么区别。去吧，到地狱里去吧，那些败类在等着新同伴哩。”

戴斯见多说无益，只好脸色铁青地转过身，很快被地狱的阴风惨雾所吞没。吉明舒心地长叹一声，跟在上帝后边进了天国。

当夜凌晨 3 点 30 分，吉明的心脏停止了跳动。

丹尼·戴斯冷冷地盯着面前的马丁，他今天心绪不佳，实在不愿伺候这个牛虻似的记者。昨晚戴斯做了个噩梦，一个长长的、怪异的噩梦。梦中他竟然因为自杀种子遭到上帝责罚，送往地狱。尤其令这位绅士不能容忍的是，这位上帝言行粗俗，胼手胝足，黄色皮肤，十足一个贫穷的中国老汉！

噩梦所留下的坏心境一直延续到现在，戴斯正想找人撒气呢，那位讨厌的马丁不识趣儿，得意扬扬地从口袋里掏出一组照片，一张一张摆在戴斯面前。第一张：一名戴口罩的护士在注射；第二张：

这位护士已经出了大门，快步向一辆汽车走去；第三张：汽车的牌照。马丁像猫玩老鼠似的笑道：

“戴斯先生，这就是我从一卷录像带上翻拍的，你一定知道此事的来龙去脉。就在这位护士小姐注射三分钟后，病情已趋稳定的吉明突然因心力衰竭而死去……戴斯先生，我并不想为这个中国佬申冤，我对这些野蛮人没有好感。我甚至认为，死亡瘟疫能散布到那个国家是件好事，可以把黄祸的到来向后推迟几年。不过，”他可憎地笑着，“这是个十分重大的秘密。要想叫我守口如瓶，你总得付出一笔保密费吧。”

戴斯向照片扫了一眼，神色丝毫未变（马丁不由得很佩服他的镇静）。沉默了很久，戴斯才冷冷地问：“你想要多少？”

马丁眉开眼笑地说：“5000 万，我只要 5000 万。这只是那 100 亿利润的 0.5% 嘛。我是很公平的。”

又是很久的沉默，然后戴斯俯过身来，诚恳地说：“马丁先生，你想听听我的肺腑之言吗？”

“请——讲吧。”马丁既狐疑又警惕地说。

“坦率地讲——我从来没有这样坦率地讲过话——这三张照片上的事，我不能说丝毫不知情，我多多少少听说过一点。不过，确确实实，不是 MSD 公司干的——你别急，听我说下去。”他摆摆手止住马丁的反驳，“实际我应该住口了，再往下说我要担很大的风险了，不过今天我忍不住想说出来。我说过，MSD 公司绝对没干这些事，也绝不会干。一旦泄露，我们的损失就不是 100 亿了。MSD 公司不会这样莽撞糊涂。不过，也许确实有人干了，也许干这些事的是比 MSD 远为强大的力量——我只能到此为止了。”他鄙夷而怜悯地说，“我们很笨，我们什么都没看到，你为什么要精明过头呢？

马丁先生，5000 万恐怕你是拿不到手了。不仅如此，从今天起你就准备逃命吧。要不，你掌握的那个十分重大的秘密一定会把你噎死，那个‘力量’恐怕不会放过你的。”

他看着目瞪口呆的马丁，温和地说：“我言尽于此。现在，请你从这里滚蛋吧。”

后记

为避免读者对文中的自杀种子概念产生误解，特做以下解释：

美国最著名的一家生物技术公司（姑隐其名）早已大量销售含自杀基因的农作物种子，自杀机理正如文中所述，其专利是以 10 亿美元从另一家生物技术公司购买的。世界上已经有人担心，这种凶恶的自杀基因会扩散，因而提出“火烧 × × ×”的愤激口号。虽然到目前为止尚未发生这种扩散，但文中所提到的微生物可以在不同植株中偶然“搬运”基因，却是已经证实的现象。

也许我们仍生活在一个“人类沙文主义”的时代，科学家们可以任意戕害弱小的自然界生灵而不受惩罚，甚至会受到赞许。从前可以勉强为之辩解：科学家们的这些研究是为了全人类的利益呀。现在情况变了。某些科学家开发出使生物“断子绝孙”的危险技术，他们只是为了少数人的私利！——不管这种私利暂时看来是多么合理多么正当。

更令人担心的是，这些科学家仍被视为科学界的精英而不是败类。与这些“精英”的观念相比，我宁可信奉中国老农朴素的老观念。

高塔下的小镇

进化的重担

刘维佳

一天的劳作终于结束了。我从麦田里走出来，小心地坐在田垄上，从陶罐里倒了满满一大杯凉水，敞开喉咙痛快地喝下肚去。清凉的水顿时消除了劳作造成的燥热。我伸展四肢使劲伸了个懒腰，深吸一口气将胸膛撑得鼓鼓的。吐出热气，我感到那种劳动过后特有的舒适感正在从身体的深处慢慢向全身渗透。

结实的麦穗在轻风中摇荡出奇妙的波纹，滚滚麦浪令我感到赏心悦目。风儿将麦田的清香和泥土的热烈气味拂入我的鼻孔，我怀着吝啬的热情，一点点享受着它们。又是一个丰收年啊，地里呈现出一片生机勃勃的健康绿色，每一茎麦穗都沉甸甸的。我感到极大的满足，快乐如同热热的泉水在我全身迅速流动。

马上就要大忙特忙啦。收割麦子是头等大事，也是最累的，之后得赶在商队到来之前把麦子打出来。先将那份与口粮数量相等的应急储粮交到围绕着高塔塔基建造的半地下式公共粮仓里去，然后将口粮储存到自家地窖的大瓮里……每次麦收后不多久，商队成群结队而来。这时可以用富余的麦子和上年用余粮酿的酒来与商队交换所需要的物品，诸如布匹、奶酪、金属工具、调味品等等。最令人惊叹的是发达地区所制造出的种种东西：比如计时的钟表、效力极强的医疗药品、高效肥料之类……贸易会结束，还有得忙：家里果树上的果子要收获下来并制成果酱或果干，菜地里的蔬菜成熟了要收获储藏，沼气池也要清理，将发酵后的残渣掏出还田，再将切碎的秸秆撒进去，为家禽牲畜准备过冬饲料……这一切都是我和父亲的责任，而母亲则要为我们做饭，缝制、洗涤衣服……一年到头也累得够呛。在我们这小镇，男人们的力量化为汗水洒在了泥土里，女人们的青春在操持家务和养儿育女中消磨了……这就是生活，我们必须付出一生的艰辛才能维系它的正常存在，镇上的四千个家庭都是这么过的，这种忙碌却自给自足、乐在其中的生活已经持续了……三百多年啦。

我将头使劲向后仰，观望我们这小镇的保护神——高塔，白色的圆柱形的高塔宛如一柄长剑，插在蓝色的天空中。

就是它保卫着我们的这种生活。这座一百多米高的白塔是三百多年前我们祖先修建的，真该感谢他们的远见。当年他们这群救生主义者认定世界性的毁灭战争已不可避免，于是选中了这片土地，修筑了藏身之所，尽可能地储存了物资，为将来能在战后混乱的世界上生存下去而做着准备。大战过后，劫后余生的他们立刻着手修建这座久经他们设计验证的高塔。至于那一场疯狂战争的爆发原因，已经随着早已崩溃了的文明消失在了时间的洪流中，搞不清了，也没人关心了……据说极为辉煌的过去现在已无人愿意问津，但是先辈们所说的一句话却穿透时空完完整整地保留了下来：“生活理应是轻松而幸福的。”

最后，历经千辛万苦，这座白色的高塔终于坚固稳当地站立在了镇子的中央，于是他们终于拥有了一个世外桃源，可以在这乱世之中安全地生存下去了。这是因为在高塔之顶的圆形望楼里，有一台能摧毁一切的制造死亡之光的机器，还有一双昼夜观察监视四周情况的不知疲倦的眼睛。高塔履行使命的原则很简单：以塔基为圆心，方圆半径五千米以内即为禁区，外来者进入即杀！

高塔的威名如今已远播四方，路过的旅人无不敬畏地绕道远行，但每年总还是有那么一些笨蛋有意无意地置高塔的原则于脑后，结果无一例外地被死光劈杀。他们中有些人确实不是存心来碰运气的，这些人死得稀里糊涂，但高塔是不管你有何理由是否冤枉的，它铁面无私冷酷无情，只知进者必杀！正因为如此，每年贸易会的情景甚是有趣：双方聚到那道一米宽一直不能长草的“生死线”旁，互相展示各自的货物，彼此展开砍价战。买卖谈成之后，双方各自向对方抛出绳索，将对方的绳索系在自己的货物上，然后彼此一起同时将对方的货拽过来。交易一般很公平，据说很久很久以前发生过几起奸商拿了我们祖先的粮食却又耍手腕把已卖出的货物又拽了回去的事，不过这种事已经久远得成了传说，因为那些奸商都被我们的祖先击毙了，从此再无人敢贪这种小便宜。至于我们，从来没有耍过赖，因为多余的粮食在我们这里并没有什么用处，不用于交换就只能任它烂掉。

我举目环视这片我们世代生存的土地，只见目力所及之处全是一望无际的麦田和草地，就在这横无际涯的绿色海洋里高塔保护着一个直径一万米的伊甸园。说到选址问题这里实在妙不可言。土质就没得说了，水也不成问题，随处都可以打出井来，并且还有一条小河横贯小镇。有了这两样，生存就有了保障。这里的自然条件也很好，灾祸很少，地质构造也稳定，使我一直没感受到传说中的地震的可怕。

以高塔为圆心半径约九百米之内，是居住区及仓储区，那儿每户都拥有一座配有牲口棚、沼气池和地窖的两层住房，人们就在那儿一代又代地重复上演人类的生存之戏。居住区外是耕种区，田地一律每人五亩，绰绰有余了。介于居住区和耕种区之间的是果树林带，每户都拥有果林的一部分。我们所需的生活资料绝大多数都由田地和果树提供，当然，你得凭力气去换取。

我躺在被阳光晒得热烘烘的土地上，双手枕在脑后，仰望没有一丝云彩的蓝天，满眼温柔的蓝色令我惬意地微笑起来。我很高兴，我很快乐，因为我有力量换取幸福的生活。我从小就随父亲操持农活，两三年前我就是公认的一流种田高手了，而在这里只要能种好田，生活中就不会再有恐惧、忧虑以及压力了，所见到的将只有明媚的阳光……我的心脏开始发热。我知道当情感袭来之时理应好好利用它，于是我随手扯了根草叶叼在嘴里，将思绪移到了水晶的身上，回忆着，思索着。

我很爱水晶，因为我一直觉得她是个特别与众不同的女孩儿。我们从小就和许多孩子在——起扎堆儿玩，水晶总是吸引着我的视线。我常常专注地看着她，一看就是好长时间，而别人干什么我都不在意，除非与她有关。我很早就问自己这是为什么。水晶确实漂亮可爱，但她独有的魅力显然并非源自容貌，她所发出的魅力可以轻易直达我的心灵最深处，使我怦然心动，而别人谁都不行。我不明白这是为什么。

后来经过认真的观察和分析，我渐渐地发现这女孩最大的特点，是她的感觉力和想象力超群，她可以轻易地从世间的万事万物中将美信手拈出，仿佛小至草叶露珠大至蓝天云朵，其背后都蕴藏着妙不可言的美好世界以及撼人心魄的浪漫故事。这个世界攫住了我的心，令我无限向往无限留恋。所以，我一见到水晶，心跳就不规则起来……我渴望能一直和她在一起，因为那样我才能完全拥有一个美好的世界。若能娶到这样的女孩子，我这辈子还奢求什么呢？我无比真切地意识到：我爱她，无论如何，我一定要让她成为我的妻子……为此我想尽办法接近她。

……情绪高涨了片刻之后趋于低落，苦恼占据了我的心。这两年来，我和水晶之间出现了危机，这让我苦恼，然而她却没有意识到，因为这危机的根源，就是她的理想。我非常爱她，所以我尊重她的理想，于是这两年我尽力忍耐着，一直没去尝试向她摊牌。结果这两年我是在焦躁不安和惶恐的陪伴下度过的，而且危机还在扩大，我不知该怎么办，时间似乎已不多了……

我双手撑地站了起来，吐掉嘴里苦涩的草叶，握紧了拳头。我决定了：去向她摊牌吧，勇敢些，别再犹豫了。我只有全力尝试劝说她放弃她的那个理想，这是我避免失去她的唯一机会。

每一次从田里回到居住区，我都可以看见小镇的心脏——广场。我凝视着此刻几乎空无一人的广场，脑中浮现出了农闲时或节日里这儿举行歌舞集会时的热闹场面。那时镇长会取出那个神奇的黑匣子，播放歌曲给我们听。只要将那些光闪闪的碟片儿放一张进黑匣子，它就能播出几十首歌曲，当然，还得有高塔提供的电才行。从小我就喜欢听那些歌儿，喜欢得直想掉眼泪。那些歌儿都是我们祖先的那个文明创造出来的。虽然大部分歌曲所用的语言在今天早已消逝，我们不可能再理解它们所表达的意义，歌中流淌着的是我们不知道的故事和不曾拥有的人生体验与感觉，这令人感到怅然和伤感。但是，它们的旋律能引起我全身的每一个细胞的共振，使我能抽象地感觉到它们的存在。这些歌曲具有和水晶类似的力量，可以唤起我心中的美好情感。

将目光从广场收回来之后，我踏着居住区平整的石板路面向图书馆走去。

五米宽的街道干净而整齐，右边是最里层的住户，左边就是环绕着塔基修建的仓库之类的公共建筑，图书馆亦在其中。水晶此刻很可能就在图书馆里埋头苦读。水晶可不是那种什么也不懂的傻乎乎的天真少女，她是一个将知性与感性和谐地集于一身的女性，从小就爱看书和思考。

我轻轻推开阅览室的木门，木门“吱”的一声为我而开启。

室内空无一人，老旧的桌椅还算整齐地摆放着，大多数上面都躺满了灰尘。现在仅靠父辈言传身授即可轻松应付生活，谁还耐烦看什么书？只有那些天性不安分的人才来这儿消磨时间，水晶就是其中的一员。就是这间不太大的房子占去了水晶那短促生命中的很大一部分时间。这图书馆里堆着数千本书，每一本中都充满了疑问，也许我们要再过三百多年才能知道答案，水晶她又何必坚持这种无望的探索？水晶的问题就在于她的心灵无法安分守己，想得太多了。要知道，宇宙广袤无垠，世界复杂无比，试图把一切问题都琢磨透，只会自讨苦吃。这丫头……

我静立于悄寂的阅览室中，凝视着从窗口射进来的光柱中浮动的灰尘粒子，耳朵捕捉着楼上的声音。一分钟后，我认定此刻没有人在图书馆里借书，那么她一定是在望月那儿听他“传教”了。这让我很不高兴。我不愿意到望月那儿去，但此刻也没别的什么办法。于是我退出阅览室，轻轻关上木门，向果树林子走去。

望月的演讲会，全镇闻名。他总是在果树林子的固定地点不定期地举办这种演讲会，宣扬着一个异常危险的思想，那就是：我们应该跨过那道“生死线”，到外面的世界去！

望月这个人，可以说是全镇年轻人的首脑。他从小就是个野心勃勃、喜欢哗众取宠的人，总是在竭力谋求着在孩子们中的领袖地位，他不能忍受谁给予大家的印象比他还深刻。平心而论他还是有些天赋的领导气质的，所以半大不小的时候他身边就聚集了一批一摸猎枪就热血沸腾的少年。这伙人厌恶种田，整天跟随望月扛着枪在镇子的闲置地里四处射猎，把野兔狐狸和各种飞鸟打得浑身是洞。

我不理解他们，我对枪和杀害小动物都没多大兴趣，对我而言种麦子要有趣得多，看着麦苗一点点长高并最终结出饱满的颗粒可以令我获得相当的成就感。不过那时我对他们也仅仅只是不理解，还不怎么厌恶。

等望月在演讲会亮出了他的主张之后，我对他的厌恶情绪一下子涌了上来。他荒谬危险的主张令我震惊，而他讲得天花乱坠的理由又令我恶心，我知道他真正的动机是什么，他在撒谎。我觉得这人心理十分阴暗。

然而不幸的是，水晶居然赞同他那荒谬绝伦的主张！

两年前的某一天，水晶突然异常激动地向我宣称她的思考有了重大突破！她说她发现了我们这镇子的不正常、不自然的地方，即：我们的镇子居然可以不进化！那段时间，她像着了魔似的一有所悟就向我陈述这镇子没有进化的具体表象：三百多年来，小镇上的生活几乎完全没有变化，商队带来的商品品种越来越多，可我们只有粮食；这小镇没有历史，每一年都没有什么不同，人们昆虫一般生存和死去，什么也没留下，没有事迹，没有姓名，没有面目，很快便被后人彻底忘却……镇上的人口很早就恒定不动了，一切都和谐无比，尤为奇妙的是没有一个人违背清苦淳朴的民风放纵自身的欲望……她说小镇与整个世界很不谐调，说我们的小镇已经凝固在时间的长河里了……

于是我花了很多时间仔细琢磨进化的含义。但凡水晶所关心的问题，不管我是否赞同，我想我都应该至少努力弄懂，因为这将有助于我了解她。可在我尚未彻底领悟之前，她就已经和望月走在一起，加入了他的团体，开始为将来的出走做着准备。这让我惊恐和焦虑。不论是谁，一旦跨过了那道生死线，就再也不可能回来了。高塔是分不清进入者究竟是不是在镇上出生的土著居民的，反正只要是从生死线外面进来的统统格杀勿论！小镇建成三百多年来，还从未有一个人走出去过。但现在许多年轻人都赞同望月的主张。我无法理解他们那要出去的强烈愿望，我无法像他们一样轻松地视那铁一般的禁忌如无物，每次靠近生死线，我就不寒而栗，我害怕失去我的土地、我的麦子和我自食其力的生活。

刚进果树林子，我就听见了望月的声音，真令人讨厌。就是这个人偷走了我的水晶。他还在撒谎："……我们浪费了多少时间和机会了？三百多年前，大战刚刚结束之时，这颗星球上星散着成千上万的文明残余势力，可现在它们大部分都消失了。大的文明势力吞并小的文明势力，这乃势所必然，是铁的规律！将来的世界必定将为它们其中的某一个所独占或被几方瓜分。创造历史的只可能是强者，弱者只能充当铺路石……我们本来是有机会加入强者的行列甚至凌驾于其上的！当初我们的基础相当好，有六千人，还有大量的武器、机械、优良的粮食种子，这些资本本可以供我们迅速扩大居民人数和势力范围，但祖先们却将它们消耗在了这座莫名其妙的高塔上。这是一个极大的错误！祖先们只看到了乱世之中安全的重要性，却完全忽视了发展！真是可惜！要知道，在这个世界上若想不被别人吞没，只有拼命发展、壮大，抢先吞并别人！这片平原的面积起码是我们这小镇的一百倍，如果当初一开始就放手发展的话，现在我们的势力早遍布这片平原了，人口起码也有三四十万了，这样我们将成为这颗星球文明复兴过程中的一股不可轻视的力量，我们将成为历史的一个重要部分！可是看看我们的现状吧：苟且偷安，用压抑发展来获得安全。这是没有出路的！若不迈出这镇子，我们就注定只能是一支无关紧要的弱小势力，不可能有大作为，只能处于整个世界的风云变幻之外，听任潮流的摆布。最好的境遇，也不过像块石头似的待在原地，被时代越抛越远……这就是我们的命运。你们甘心成为历史大潮中的一颗无足轻重的小石子吗？如果你们不愿意这样，那就请跟我一起走出这没有前途可言的小镇，到外面的广阔天地中去！请相信这是我们得救的唯一途径。高塔总有那么一天将不能保护我们，那时肯定将是我们的末日！这种时刻可能很久才会降临，也可能一分钟之后就会发生！时间无比珍贵！让我们马上行动吧！我们先要在平原上站稳脚跟，然后发展、壮大，建立军队，向外扩张、占领、征服、攫取……”

他说到这儿时，我已经坐到了水晶的身边。她乌黑的长发披散在双肩上，亮闪闪的眸子格外漂亮，可惜我从未彻底知晓这一泓秋水之后所隐藏的一切。

于是我用右手轻轻拍了拍她的右肘。“走吧。”我凑近她的耳边轻声说。

“他还没讲完呢。”她说。

“几年来他一直讲的就是这些个玩意儿，你还没听够啊？走吧，我有话跟你说，很重要。”我撺掇着。

她低头犹豫了一下才说："那好吧。"说完她就马上站起身来。这女孩从小就是这样，说得出做得到。

我急忙也跟着站了起来。这时我看到望月的目光向我们移来。于是我面带微笑冲他潇洒地挥了挥手，说："您慢慢忙着。"在转身的最后一瞬我注意到了望月眼中一闪而逝的不悦之色。我努力克制着不让自己笑出声来。我喜欢看他眼中的这种神色。

走出果树林，阳光又将我们笼罩。天边的云彩鲜艳得直如节日舞会上的鲜红果汁。有水晶在我身边，夕阳的气势令我无法抵挡，我心旷神怡，认为天堂之门已为我开启。我看着身边微微低头随我一同前行的水晶，只觉得她美得令人头晕目眩。夕阳的鲜红光芒笼罩中的她，宛如正在火中行走的仙女。我觉得此刻我就是在天堂中漫步，我真想和她一直走下去，永不停步！

水晶的问话打破了这美好的寂静："哎，你想说什么啊？"

是啊，我想说什么呢？我想说，我很爱你啊！我想说，放弃你的理想，嫁给我吧！可我没有胆量这么直截了当地说。

十秒钟后，我找到了话题："你觉得望月讲得怎么样？"

"不错。"她说，"他的口才很好，年轻人都爱听，说的也很有道理。"她的口气比较随便，听起来她似乎对望月并没什么特殊的感情，这让我高兴。然而她仍然赞同望月的主张，这又让我着急和害怕。

"你们真的……要走吗？"踌躇了一阵我终于小心翼翼地问，"我是说，你们真的要离开这镇子吗？"

"是啊，"她随口回答，口气就好像这事如同日出日落一般理所应当、势所必然。

“为什么？为什么一定要走？这镇子不好吗？”我说，“你们为什么不喜欢这里的生活呢？为什么要抛弃小镇？”我将这两年来一直萦绕在心头的不解与迷惘向她倾诉了出来。

“因为它不能进化。”她干脆利落地回答。

“为什么一定要进化？”我立刻追问。

“因为整个世界都在进化，一切的一切。我们作为其中一部分，没有任何理由拒绝进化，对吧？”

她说得似乎合情合理，我的脑子转得又不怎么快，一时只好沉默。

“在这个不正常亦不自然的镇子上生活，我们真的能无忧无虑没有烦恼吗？”她目不转睛地凝视着我的眼睛，那黑幽幽的瞳仁宛若深不可测的深渊，“这镇子唯一的失衡之处，就在于我们的心理。在小镇日复一日千篇一律的生活中，我时常感到心慌意乱，经常因为空虚而伤心。我眼睁睁看着时间一天天地流逝，生命一点点地离我远去，而我却连自己为什么而生又为什么而死都弄不清，只能浑浑噩噩地混日子，消耗生命，这让我一想起来就惊恐不已。为了找到生命的意义，我一定要走出去！”她很动感情地大声对我说。

“可是你能肯定出去之后一定能找到你所渴望的那些东西吗？”我低声说，“或许你什么也得不到，只是徒然地失去了一切！这值得吗？”

“我可以肯定我一定能找到一样我们这儿没有的东西。”她说。

“什么？”

“希望。”她说，“我们的镇子里没有希望。不进化就没有未来，一成不变的生活将一直持续下去，最终的结局就是望月所说的高塔不再保护我们……有了希望就有了一切，可我们这儿却没有希望……”

“可这儿也没有绝望！”我大声说，“别听望月的胡言乱语，那个最终的结局离我们还极其遥远！这镇子还有足够的存在时间供我们度完余生，至于我们死后的事，已与我们无关，我们何苦惶惶然不可终日？外面是一个凶险的世界，以邻为壑就是那儿的人们最基本的生存原则，在那里人们互相伤害，纷争无休无止，一切都纷乱不堪。这也叫有希望？你没听过商人们所讲述的那些故事吗……”水晶的头缓缓低了下去，看上去这是因为她在心中无法否定我所说的事实。这让我倍受鼓舞。

“水晶！”我乘胜追击，“不要再考虑什么意义不意义了！意义那玩意儿纯属子虚乌有，千万别被它迷了心窍……你不要再和望月那帮人搅在一起了。那混蛋讲得倒是天花乱坠、头头是道，但他在撒谎！我知道他真正想要的是什么，他才不在乎什么进化不进化、意义不意义，他真正要的是权力！是的，权力！我们这小镇上没有权力，社会是靠成年人自觉克制自身欲望来平衡和维系的，镇长只是可有可无的东西，这里没有真正意义上的权力。而望月这人的权力欲又特别强，所以他才狂热地鼓动大家出去，一出去他就可以为所欲为了。你没听见他要干什么吗？他要征服要掠夺要扩张要杀戮！天哪，你怎么能追随这种人？他不是你志同道合的朋友——”

“这不重要。”她平静地说，“每个人心中都有属于自己的理想。我追求生命的意义，望月追求权力，别人也许在追求着别的什么东西……各人的具体理想都并不重要，重要的是我们大的目标一致，那就是走出这镇子参与进化。眼下这个目标最重要，为了拥有足够的勇气与决心，我们必须相互依靠相互激励。只要一出去，我们就都能找到实现各自心中理想的希望了……”

“那我呢？”我脱口而出。

水晶怔怔地望着我的眼睛。

“你走了，我怎么办？”我不想再拐弯抹角了，“留下我一个人孤零零在这儿，对我公平吗？水晶，你想过我吗？你在意过我吗？我……我是多么爱你啊！几年前我就意识到这一点了。每一次见到你想到你，我的心都直发颤，就是这种感觉，错不了的……别走，留下来吧……和我一起生活……嫁给我吧！我、我会种地，我是一流的种田好手，我能让你过上轻松幸福的生活……”我不能再说下去了，因为我的双唇和牙齿在剧烈地颤抖，全身也抖得厉害。

但是水晶却垂下了双眼，我看见她的双颊开始泛红。我们之间陷入了沉默。这时夕阳开始缓缓没入地平线，黑夜的影子已悄然显现。

良久，她缓缓抬起了双眼：“阿梓，谢谢你送我回家。”

她就这么走了，头也不回地走了。她的身影很快消融于浓重的暮色之中，看不清了，不见了……她走了之后好久，我仍旧伫立在原地，望着她身影消失的地方。时间仿佛已经死去，我的思维凝滞了，全身不能动弹。这种状况一直持续到黑夜彻底占领大地，家家户户的窗口灯光摇曳的时候，我才如梦方醒。我索然无味地呆立了一阵子，终于迈动沉重的双脚，向我的家走去。

一转眼麦收时节到了。

这是段忙碌的日子。家家户户的主要劳动力都得手挥镰刀汗如雨下地下田收割；而女人和老人则要在家忙着烧水做饭清理晒场修理农具，搞好后勤。每一个人都忙得不行，时间是不等人的，迎接商队可以说是一年中的头等大事。然而我爱这段日子，爱这种充实的劳累，以及期盼商队的兴奋。

商队的到来，带给了我们缺乏的盐、油料、洗涤用品、布匹之类的必需品，还有许多构思精巧可以帮我们在生活中投机取巧但却并非必需的奢侈品，同时，也带来了一个惊人的坏消息：北方的“黑鹰”部落由于今年遭遇罕见旱灾，整个部落有组织地集体南下，准备以劫掠农庄和城邦来渡过难关。他们已经荡平了两个村庄，初步实现了自己的愿望……像这样红了眼豁出去了的流浪部落，即使是强大的城邦也惹不起，他们就像瘟疫一样，谁碰上谁倒霉。

然而令我们吃惊的是，商队明确无误地告诉我们，这个黑鹰部落对我们这个小镇兴趣最浓厚！

同样令我吃惊的是镇上的长辈们似乎对这消息无动于衷，他们依旧若无其事地干活、吃饭，和商人们砍价、交易。我知道他们见过更大的场面，但是我没有，我想象着漫山遍野饥饿的人群冲过来的场面，心里直打鼓。

这支商队走后，一直没有新的商队到来。小镇在平静安闲之中打发了12天的时间。这期间人们不紧不慢地各忙各的，似乎完全忘了有可能逼近的危险。镇长甚至举办了两次歌舞会，像往常那样用娱乐来调剂小镇单调的生活气氛。这两次集会我都去了，依然在震撼人心的歌声中尽情享受着生存的幸福。但是到会的年轻人明显减少了，水晶也没有露面，对我而言舞会上没有水晶气氛就平淡了许多。

第13天，随着初升的朝阳，远方的地平线上出现了黑压压的人影。

不一会儿居民区的街道上就站满了人，人们翘首等待着塔上拥有望远镜的观察员通过广播传达的观察结果。

随着黑鹰部落一步步逼近，有关他们的基本情况也逐渐清晰了：这个部落人数在26000人左右，最前方是约1000名壮年男子，均全副武装；中间是由牲畜或人力拉拽的辎重车辆和妇女儿童以及部落主力武装；最后又是1000武装男子。以他们的前进速度，下午4点左右即可抵达生死线。值得注意的是，这个部落中老年人不多，看来他们已经妥善处理了这些“拖后腿的包袱”……

镇长的命令下来了：全镇成年男子全部自备武器前往各家的果林区，组成最后一道防线，以防万一。

上午的剩余时间里，我和父亲在家中仔细擦拭我们家的那两支猎枪上的黄油。

黄澄澄胖乎乎的子弹油腻腻的，给我的感觉很陌生。因为我这辈子只打过三发子弹，而且还是父亲装填好了的。枪在我们这儿的用途只是打打鸟雀小兽，再不就是用来作为与商队交易时的公平保证，能派上用场的机会不多。

父亲擦枪时沉默不语，我从他眼中看出他并无恐惧之情，而是心中另有什么复杂的感情。我想问问他，却又不知该从何说起，遂作罢。

母亲则在忙碌地为我们制备干粮和饮水，她在竹篮里放了果干、咸肉、奶酪、熟鸡蛋，水罐里也撒进了薄荷，父亲的酒壶里装上了最醇厚的陈酒。在她看来我们好像只是去野餐似的。

准备停当，我和父亲背上猎枪和子弹袋，他提着酒壶水罐食品篮，我背上卧具，向果树林子走去。

这真是热闹非凡的一天。阳光明媚和煦，街上到处是身背猎枪手提食品的男人，家家户户的厨房都冒出腾腾热气，孩子们爬上自家楼房的天台，一边咬着蘸了蜂蜜的麦糕，一边好奇地望着远方模模糊糊的人群。小镇的空气中弥漫着过节一般的气息，天呐，我喜欢这热闹的场面和这种节日般的气氛。

从下午 4 点开始，黑鹰部落的成员们渐次抵达生死线，他们有条不紊地在那里扎下营来。

黄昏时分，一道道的炊烟从对面的营地里升起，在天边鲜艳的晚霞映照下，这道景致竟是那么动人。我怔怔地凝视着这画一般的美景，一时间竟忘乎所以到了丧失时间感的地步，只觉得仅一刹那工夫，天色就黯淡下来了……

寒森森的月亮升起来了，猎枪在我的怀里散发着寒气。今天我所见到的景象已烙在了我的脑海中，我爱今天小镇节日般的气氛，也爱傍晚时分在夕阳金辉映照下被如雾的炊烟笼罩着的部落人群，这样的美使我分外留恋生命，害怕死亡。我不能理解即将发生的冲突的必要性，我不明白黑鹰部落为什么要来进攻我们。依水晶的说法，我们与他们唯一的不同，就是我们不必进化而他们仍在进化……进化究竟是一种什么样的感受？

一连串的爆响骤然响起，明亮的绿色死光划破夜空连续闪现！我头皮一炸，神经质地甩掉羊皮毯跳了起来，端起猎枪紧张地扫视四周。但月光笼罩的大地一片寂静什么也看不清，除了残留在视网膜上的死光的余韵。

“怎么回事？”父亲略带紧张的声音从我身后传来，他也被惊醒了。

“没什么，高塔发射了几道死光，除此看不见什么动静。”我故作镇定地说，竭力克制着刚才的惊悸造成的颤抖，我现在已经是个成年男人了，得像个样子，我不想永远做个孩子。

“喔，他们想趁夜暗摸进来……这可大大地失算了。高塔夜里照样看得见，白赔几条人命罢了……”父亲一边说一边重新躺了下去，不一会儿又睡着了。

我深知他此言不差。没人进来的话，高塔绝对不会发射，而高塔从来都是百发百中的，生死线之内现在肯定躺着不少尸体。

下半夜和父亲换班之后我很困了，再加上高塔大大增强了我的安全感，我很快就沉入了梦乡。

天亮后，母亲送来了早饭，看着我狼吞虎咽的样子慈祥的爱意充满了她的双眼。母亲的关怀和热乎乎的麦糕令我分外留恋平常的普通日子，我真希望昨晚的那几个送死的人能令黑鹰部落认清现实，从此知难而退，这样那些人好歹也算没白死。

然而他们显然有不同的看法，九点钟的时候他们开始了新的行动。他们居然将一门长身管的火炮推到了生死线的边缘上，炮口指向高塔。我通过图书馆的书对这种凶器有过初步的了解，而我们高塔上的那门电磁大炮在驱散冰雹云时的精彩表演更使我对这种武器的可怕威力有了直观的认识。我知道这东西发作时声如雷鸣，弹着处断壁毁楼，破坏力极大。真不知他们是从哪里弄来了这种野蛮的物什？

正惊异间，只见那门大炮炮口火光一闪！

几乎就在同时，一道绿光也在空中闪现了一下。

于是有什么东西在空中猛然爆炸了！

弹片噼里啪啦地打在已收割后的田里，溅得尘泥飞散，那情景犹如雨点打在小河河面上。一会儿之后，爆炸声传来，虽然声音已不算震耳了，但其凶猛的气势未减，仍能向我们展示出暴力的可怕。

紧跟着死光射出，火炮那儿立时腾起几股白烟。向小镇抛射高塔认为其速度超过安全标准的物体也违犯了高塔的安全原则，高塔可以采取措施消除危险源。

之后那门火炮再也没有发射，极可能再也无法发作了。

直到天黑他们再没什么新的动作。高塔连他们这样的王牌手段都轻易化解了，可能他们已无计可施。

连续三天，黑鹰部落毫无动静地待在那儿，并不想法进攻，但却也不走，不知他们还想干些什么。

第四天中午，高塔上的那一门电磁大炮突然发作了！

炮弹打在生死线之内，着地时并没有爆炸，而是深深地扎入了地下，片刻之后，爆炸才发生。那场面犹如火山爆发一般，黑色的烟尘和着泥末儿腾起三四十米高，煞是吓人。

“原来他们想挖地道从地下钻进来。”父亲望着正在散去的尘泥说，“这没用，躲不过高塔的眼睛，以前早就有人试过了。”

“如果加大地道的深度呢？再挖深些也许就行了，我不相信高塔的眼力没个止境。”我说。

“这是不可能的。小镇的地下水脉纵横，加大深度极易造成塌方。这镇子从地下是无法攻破的，淹不死压不死的除外。”父亲说。

我默然望着尚在冒烟的爆炸点，心想不知又有多少人断送了性命。

接二连三的失败并未令他们死心，翌日清晨，他们又亮出了新招数。

这一回他们挑出了100个成员，让他们一字儿排开列在生死线旁。

不久观察哨报告说那100人全是老人。

父亲神色凝重，一言不发地掏出了祖父传下来的机械怀表，紧张地望着那些人。

猛可地，一个骑着马的人手中的步枪朝天喷出一股白烟，那一百人竟然立刻冲过生死线狂奔起来!

绿色的死光冷静地连续闪烁，奔跑中的人一个又一个倒下。倒下的全死了。这是我第一次亲眼看见活人被剥夺生命。我感到寒冷。我克制着不让自己颤抖。可其余还活着的人仿佛没有看见一般只管埋头狂奔，似乎他们有绝对的把握可以冲入居住区似的。

然而事实证明他们纯粹是在自杀，他们一个不漏地全被死光放倒在了地上。

“25 秒。”父亲合上怀表盖轻声说，他脸色苍白。

“他们这么干是什么意思？纯粹送死嘛。”我不解地问。

“他们想弄清高塔杀人的速度有多快……”父亲双眼直勾勾地望着已经空无一人的麦田回答，“但愿他们不要……但愿……”他喃喃地说。

我低头盘算着。杀 100 人要 25 秒，1 秒钟是 4 个人，从生死线到果林不足 4000 米，一个人跑步大约只需要十七八分钟，就算 20 分钟吧，20 分钟是 1200 秒，这期间高塔只能杀死 4800 人，算 5000 人吧，也还不及他们整个部落的零头……我的脸也白了。

空气骤然紧张了起来，人们不安地张望着，双手不离自己的猎枪或者砍刀。

对面的黑鹰部落也蠕动不已，人员调动频繁，明显是大行动的征兆。

下午 4 点，灾难降临了!

随着一阵海啸般的呼喊，早已集结好了的人群向我们小镇发起了冲击！洪水般的人浪席卷过来，排山倒海一般，令人毛发倒竖!

不过高塔显然对此无动于衷，绿色的死光准时闪现了起来。令我意外的是，好几道死光竟是同时闪现的，高塔在四面开火：原来它的火力发射点不止一个！

狂奔中的人们如同镰刀下的麦子一般连连倒下。冲在最前面的是妇女以及仅存的一些老人，他们的使命就是死，黑鹰部落用他们来吸引高塔的火力，争取时间。在他们的后面，才是主力壮年男子。

他们的打算无可指责，就战术来说确实是明智之举，但是不幸他们在战略上彻底错了，他们实在不应该进攻我们的。因为高塔现在不仅在四面开火，而且它的杀人速度远不止1秒钟4个人，大约达到了1秒钟10个，并且还在逐渐提高效率。看来高塔是具有分析判断能力的，它可以视情况决定自己的行动。而那些人却不知道这一点，太可怕了！现在一切都无可挽回了，大错已经铸成！

高塔的杀人速度现在大约已提高到了每秒30人左右，密集的死光犹如一张绿色的大网，罩在小镇的上空。

看似不可一世的人浪此刻如同撞上了礁石，生命的脆弱现在暴露无遗：1/30秒而已。似乎还嫌火力不足，那一门电磁大炮也加入了杀人的行列。它一炮又一炮地打在人群的纵深，帮助减轻压力。炮弹在离地面十来米的空中爆炸，以最佳杀伤效率用飞射的弹片将大片的人割草般砍倒。我能看见翻滚着飞向天空的头颅和手臂……

急风暴雨般到来的死亡以前所未有的力度冲击着我。我仿佛遭到了严冬酷寒的突然袭击，身体、灵魂、思维一起被冻住了，以至于我做不出任何反应，因而也没有任何感觉。

令人不可思议的是，明明已经完全没有了冲进居民区的任何希望，他们却仍然疯狂地继续冲击着。人浪缓慢地向镇里流动，但不等冲到一半的距离这人浪的能量就将笃定耗光。这些人此刻似乎丧失了正常的分析判断能力，而完全被一种莫名的力量所控制，令他们对死亡麻木不仁、无动于衷。但在高塔的面前，这种顽强也是没有意义的。只见绿光闪处，死者层积，黑鹰部落群的规模急剧缩小……

终于有人开始恢复自我意识，感觉到了恐惧，他们开始回转身向外面跑，但在跑出生死线之前，向前冲和往后退并没有什么不同。

我扭头望向父亲的脸，想了解此刻别人的感受。我看见父亲的脸色苍白得像天上的云朵，但他的耳朵却奇怪地变得通红，似乎血都流向了双耳。

恐惧终于彻底感染了所有的入侵者，人浪的彻底大退潮开始了。但高塔似乎并不打算减低效率。人们依旧在成片倒下。只是电磁大炮安静了下来。

这时我有感觉了。这是一种非常奇怪的感觉，它既像是令我直欲燃烧的火热，又像是将我冻彻骨髓的酷寒，总之难受得厉害，简直无法忍受。

等到高塔的死光发射频率开始下降之时，生死线之内的人影已经稀稀落落了。

逃得了性命的人木然地站在生死线边缘，一动不动地看着自己的同胞哭着喊着奔跑或倒下。他们没法帮助线内的人。

当生死线之内的最后一个人倒下之后，死一般的沉寂降临大地，我们和外面的幸存者都陷入了凝滞状态。空气中飘荡着空气电离之后的辛辣味道。

隐隐地，我听见了一种微弱的声音，它细若游丝但却又令人不能忽略它的存在。

终于，我听清楚了，那是哭声，是从外面传来的幸存者们的哭声。那哭声分外悲切，我从中听出了生还者对死者的哀悼，还有对自己的怜悯。他们今后的命运凶多吉少。这个部落中最强壮有力的部分死去了，女人也差不多全死了，只剩下了一些儿童和少年，这个部落事实上已经灭亡了。

哭声在天地之间缓缓飘荡，但在广漠的世界中这哭声显得那么的微弱……

一切都已结束，但是人们却都不离开果林，吃完晚饭人们仍然露宿在这儿。

我像前几天一样守上半夜。

怀抱猎枪身披着皮毯的我，疲惫地坐在地上，完全不想动弹一下。我实在不明白我为什么感到这么累？

我倚靠着一棵果树，偏着头用脸颊贴着冰凉的枪管，一动不动地木然凝视着这个已被黑暗笼罩的世界。

今天所发生的一切简直就是一场噩梦！可怕的现实使我终于无比深切、无比形象地领教了外面世界那残酷的、以邻为壑的生存原则，领教到了他们相互争斗伤害的激烈程度，今天我终于看清了这样一个……真实的世界。这个真实的世界使我彻底明白了进化的负面效应：它竟能迫使一个极为强悍的群体不惜以全族灭亡为赌注，甘愿忍受巨大的牺牲也要尝试攻击别人！黑鹰部落绝不是为了我们仓库中的麦子才不顾一切地向我们一再进攻的，需要足够的粮食只需多抢几个弱小部落就可以了，他们的真正意图，是要夺取我们的这座独一无二的小镇，夺取我们的高塔，卸下肩头沉重的进化重负，拥有一种轻松幸福的生活。这就证实了我一直以来对进化的猜测：

绝不存在令人心旷神怡的进化！有进化就会有艰辛！因为进化是一种动态的过程，只要进化存在，世界就一定会不停顿地运动、不停顿地改变，和谐与平衡因此根本无法长存。哦，众生求有常而世界本无常，就是这一矛盾决定了人生的苦涩与艰辛，决定了进化的沉重。世界啊，你为什么非执意要进化不息呢？我们人类为什么这么命苦啊！进化为什么非要是一种压迫我们的异己力量呢？进化有尽头吗？进化的尽头会是什么呢？……我仰起头凝视天顶的一轮明月，只见苍白的月光映出了云层的轮廓，天穹显得寥廓而神秘。我心灵一颤，一丝凄然涌上心头，我想哭，但我不知道这泪究竟该为谁而流。

第二天清晨太阳升起之时，我们发现黑鹰部落的幸存者们已全部消失了。他们在昨天夜里悄然离去，走向了虎视眈眈的未来。他们甚至连亲人的尸体也没法取回。

于是我们帮他们承担了义务，在镇长的安排下，一部分壮年男子回家取来农具到镇子的闲置地上去挖坑，其余人负责搬运尸体，我们必须尽快处理掉遍布麦田的尸体，以免发生瘟疫。

男人们两人抬一个开始向闲置地搬运尸体。人人脸上都漠无表情，看不到恐惧，看不到悲伤，每个人都只是埋头干活。但是我知道这冷漠的表情下是颤抖的心，父亲那痛苦的表情就是证明。现在我知道长辈们为什么谁也没有出去的原因了，可以想象他们之中肯定也有人向往过外面的世界，进化的诱饵肯定也强烈地吸引过他们，然而后来他们肯定都认识到了进化的沉重与艰辛，因而都死心塌地安下心来。喂，望月，你小子认识到了这些吗？你为了获取权力而不负责任地狂热鼓动大家出去，可那么强悍的黑鹰部落都渴望卸下进化的重担，你们这把嫩骨头承受得了吗？我四处寻找着望月，因为我知道他不比我笨，我所悟出的一切他肯定也悟出了，事实是最好的论据，我想看看此刻他的脸色，我非看不可，不然不解恨。

很快我就看见了望月，他也发现了我。我挑衅地望着他，我们的目光交汇了一秒钟他就低下头走开了。看着他我想大声冷笑，但终于没有笑出来。

麦地里的死者太多了，简直形成了一个外径五千米内径约三千米的由尸体组成的环！即使是猪或牛的尸体，达到这个程度，我看那也是相当可怕的。恐怖压得我们几乎无法呼吸。那场面我终生难忘！

为了赶时间，我们将儿童的尸体都投入了河里，让他们顺流漂下去了。看着一具具小小的尸体慢慢消失在远方，许多人和我一样在擦汗的同时抹去泪水。

我们终于赶在尸体开始腐烂之前将它们处理完毕了，当最后一锹土投出之后，小镇又恢复了原来的生活节奏，就好像巨石掀起的波澜已然平复的河流，又开始像以往一样平缓地流动。

但是我敏锐地感觉到，镇上的一切都与原先有了少许但却是无法忽略的不同。就在不久前的某一天，我曾轻易感受到了生活的美好和温馨，那一刻，节日般的气氛令人心跳，音乐撼人心魄，麦酒香气醉人，孩子们天真可爱……一切都很美。但是现在，我干活、唱歌、散步时，再也没什么感觉了，劳动不再乐在其中，歌曲虽仍悦耳但却再也没有了往常那种让我身心俱为之颤抖、令我直想大声呐喊的力量，我的心变得对一切都无动于衷了，似乎有什么东西从空气中消失了，永远地消失了……

不久后我发现了镇上生活的一个最显著的变化，那就是望月的演讲会再也没有举办了。这一场大屠杀干净利落地击碎了年轻人不切实际的幻想，我们又一次开始重复三百多年来一直在这镇上反复重复的人生轨迹，自觉而主动地维持小镇的和谐与平衡。从今后我们这辈子最高的使命就是娶一个自己喜爱、长辈也能接受的妻子，再生一到两个孩子（不可以再多了），并将他们抚养成人，要他们重复我们的生活……这没什么不好，生活这东西就该是这样的。我决定过一阵子重新去试探一下水晶的态度，我也该结婚了。

然而出乎意料的是没过多久的一天中午，水晶主动来找我了。她站在屋外的耀眼阳光中，我看不清她的表情，但不知为什么我竟有些害怕靠近她。尽管有大厅的阴暗保护，我仍感到了凌厉锐气的逼迫。

她约我五点钟到镇西的“兔窝”去，说有话要对我说。我自然求之不得。“兔窝”就在镇西离生死线不远的闲置地上，因三年前望月他们成功地对一群刚搬迁到此的野兔进行了一场种族灭绝行动而得名。

她消失在明媚阳光之中时，我的心忽地抽动起来。

当天夜里和第二天白天我一直心神不宁，干什么都安不下心来。

下午四点刚过，我便忍不住向镇西走去。

大出我意外的是，一出果树林子我就看见不远处望月也在向西走，方向也是“兔窝”。不快的感觉立刻在我的心中产生，我不明白水晶为什么还要约上这个人。我放慢了脚步，与望月保持着一定的距离，我不想和他说话。

可以看见水晶了，她站在前方的草地上，望着我们，长长的头发和她连衣裙的下摆在风中飘动。我们向她接近着。

随着距离的拉近，一种感觉从我心底悄然升起，它驱动我的心跳得快起来。我的脚步越来越快。望月也走得更快了。

望月终于跑了起来，我也撒开了双腿。而我的心跳得比脚步还快。

当我们停下脚步之后，我和望月都呆立着不动了。我们好久也没有发出一点声音，因为我们不知道该说些什么，一切都无法挽回了：水晶此刻已站在了生死线之外！

“我决定了。”她微笑着对我们说。她居然笑了！

“你疯了！”我大吼道，“你疯了！你知道你干了什么？！”

“也许能想个办法……”望月喃喃地说。

“还有个屁办法！”我凶狠地吼叫着打断了他，自从上次见面对视之后我就再没把这个人放在眼里，“谁能有这个手段？你给我闭嘴！”然后我将脸转向水晶，继续冲她喷吐怒火，“你脑子出了什么毛病？该死！这不是儿戏！”

“我全都想明白了。”水晶仿佛全然没有听见我的怒吼，抬手一指高塔，语调平静，“是它封闭了小镇。我们这个镇子是个完全自我封闭的存在，它利用高塔来与整个世界隔绝开，用自我封闭来逃避进化，消除不安和恐惧。这就是真相。”

停顿了一会儿，她继续说道：“从表面上看，这镇子可以说是很理想很完美的，它里面没有争夺、没有仇恨、没有暴力、没有侵略、没有欺诈、没有难填之欲壑。但是，在得到这些东西的同时，我们也就失去了另一些东西，那就是未来和希望，还有存在的意义，甚至还有……幸福。在这个地方我们活着只意味着不死，仅此而已，其余什么都没有……这个世界是为参与进化的人而设计的。我们与世界隔绝，世界也就抛弃了我们。在这镇子里我们的生命形同一堆堆石块……这样的生活有何幸福可言？有什么值得留恋的地方？”

水晶的慷慨陈词，猛烈地震动了我的心，我的思维以前所未有的速度飞转了起来。这时我终于彻底明白了镇上的年轻人何以会产生那种候鸟迁飞般的向往外部世界的不安定情绪了，是因为人的体内天生就有追求进化的本能！这一刹那我豁然开朗：进化的真正动力，乃是人们心中的欲望与理想！这就是世界何以进化的原因！

“我们总是需要一个开始的……”水晶又开口了，这时她的气色平静了许多，“那么就让这开始从我这儿开始吧……人总有一死，为什么要让自己宝贵的生命成为一种虚假的生命？……并且逃避进化于这个世界也不公平。我们推掉了进化的责任，世界的进化动力就因此减弱了一些，因而我们人类到达那个我们为之无限向往的目的地的时间就要推迟一些。这不是可以视若无睹的无关紧要的事，这是使命！进化是生命的使命！屈服于恐惧而逃避责任、逃避使命是可耻的！非常非常可耻……”热情在她的眼中燃烧闪烁，使她的双眼在这苍茫暮色之中分外醒目，“你们和我一起出来吧！怎么样？望月，你不是从小就在期盼走出来吗？这么多年你不是一直在为出来做准备吗？现在，行动吧……”她一边说一边将她那灼人的目光射向望月。

她没有首先将目光投向我，这一点刺疼了我的心。但令我宽慰的是我看见望月的眼中闪现出惊恐的神色，他不由自主地向后略微退了一步。虽然只是极小的一步，但却使失望无可遏制地浮上了水晶的面庞。她的目光开始向我移来，我感到心脏里的血液开始向大脑涌升。“你呢？阿梓。你不是说你爱我的吗？你说过为我干什么都行的……”她望着我轻声说。

一刹那我只觉得我的大脑被她的目光轰的一声融化掉了，我全身热血沸腾，身不由己地向前迈了一步。

然而，宛如炮弹在我的脑中炸响，我猛然惊醒！不！我不能再往前走了！一旦跨过了那道一米宽的生死线，进化的重负便会如冰山一般劈头盖脸地压在我的身上。我认为我将不堪重负。看着水晶那映照着夕阳余晖的微笑的面庞，我突然明白了我和她的分别：我们的不同之处就在于气质的浪漫程度。我天生就是一个农夫，真正关心的只有庄稼、农活、收成以及日常生活，别的我很少主动去关心。而她天生就是个气质极为浪漫的人，她从小就能感受到这个世界中我们难以感受到的成分，她思考我们无法独自理解的问题，她追求我们视若水中之月的东西……正是她的这种浪漫情怀最终驱使她走出了这镇子，做出了前无古人的壮举……而我深深地爱着的恰恰是她这独一无二的浪漫……我突然意识到，我之所以那么强烈地爱着水晶，实际是源于我对未来对希望对生命意义的渴望与憧憬！这种渴望和憧憬虽从小就在被排挤被压抑，但它却以另一种形式，以对充满人生活力的女孩的爱恋的方式，顽强地存活了下来。人都有进化的本能，实际上我也在追求我心中所缺失的那一切成分，我实际是在爱着希望、未来和完整的人生啊！只是我一直没有意识到……

我当然有机会改变这一现实，只需要前进一米即可。前进了这一米，我就能获得我渴求了好些年的爱，就能拥有一个完整的真实的人生，我的一生就将发生彻底的改变……这一步将是我人生的转折点。但我的双腿此刻如同铸在了地上一般无法动弹，恐惧将我死死按在原地。

终于，她转身走了。在失去了太阳正在逐渐向黑夜转换的天空下，她离开我们，离开这个小镇，用她那柔弱的双肩承担着进化的重担，远去了……她一边走，还一边回望我们。一时间我感到难过得直想放声悲泣，但眼眶中却怎么也流不出泪水。我双膝一软，跪在地上，痛彻肺腑地将双手十指深深插入了泥土之中……

间谍斗智

王晋康

最新颖的信息盗窃方式

“祝贺你们都接受了智力提高术的治疗。希望这次地球之行给你们留下美好印象。”海关检查官杰弗里中校笑容可掬地说。在他面前是四个天狼星的游客。一个是年轻小伙子，身材单薄，眉清目秀，多少带点女人味，一看就是个多愁善感的多情种；一个是中年男子，眉肃目正，肩阔背圆；一个是老年男子，须发已经全白了；第四个是女游客，杰弗里不由对她多看几眼。即使以地球的标准来看，这也是一个绝色女子，金发如瀑布，明眸皓齿，性感的嘴唇，腰肢纤细，乳峰高耸，只是鼻孔大了一些，胸脯也过高了一点，这是她身上唯一的缺陷。不过这是无法求全的，天狼星的地球移民已繁衍了12代，在那个空气稀薄的天狼星系的行星上，进化论选择了大鼻孔和大的肺部。那三个男子也是同样的特征。

中年男子说：“谢谢！这次地球之行确实给我留下了美好印象，这是我们的祖庭呀，我会把这些印象永远保留在心中。”

小伙子热情地说：“地球太美了，地球人太热情了！我真想在这儿再多待几年……”

杰弗里插了一句：“你已经在地球逗留了三年，你们四位都是。”

老年男人说："对，我们真舍不得走。特别是我，这恐怕是我最后一次返回故土了。"他的声调中透着苍凉。

姑娘兴高采烈地说："地球人非常可爱，尤其是男人们，可惜我没能带走一个如意郎君。"

杰弗里笑道："不过，据我所知，你已经让几十个地球小伙子为你神魂颠倒了，对吧？"

姑娘警觉地盯着他："你们一直在监视我？"

杰弗里中校微微一笑："我不想欺骗你，小姐。为了妥善地管好我们的地球之宝，每个外星游客都受到持续的监视。不过，对你的监视应该是最不枯燥的工作，我真羡慕那个负责监视你的反间谍人员，他 24 小时都能把一个倩影装在眼眶里。"

姑娘接受了他的高级恭维，羞涩地一笑："我只有一点遗憾，为什么不早点见到你呢？"

"谢谢，谢谢！"杰弗里笑着，"你的恭维也非常到位。"

"不过我得纠正一点，"姑娘说，"我可没做什么智力提高术的治疗。那玩意是男人们的爱好，思考，绞脑汁——多没劲！至于我，只要能活得快快活活就够了。你说对不对？"

杰弗里点点头："对，这是一个新颖的见解，我也知道你是四个人中唯一没有做智力增强手术的人。好啦，咱们言归正传吧。祝贺你们已经通过了第一轮出关检查。现在是第二轮，也是最后一轮，你们……"

姑娘抢断他的话头："刚才的检查太严格啦！所有的行李、身上的衣物都折腾一遍，连我们的身体也做了最严格的透视检查。我简直以为回到了纳粹时代，而我们都是孤苦无依的受害者……"

杰弗里笑着说："我很抱歉，非常抱歉，但你们也知道，我们是不得已而为之，想盗取那个秘密的外星间谍实在多如过江之鲫——不不，我绝非暗示你们是间谍，我只是说明一个事实，希望你们能谅解这一点。"

三个男人都点点头："我们知道，我们都能谅解。索菲娅小姐，让杰弗里先生工作吧，飞船快要起飞了。"

索菲娅小姐这会儿正气恼地嘟着嘴，不过她的情绪变得很快，嫣然一笑说："对，我们不怪你，职责所系嘛，请开始吧。"

地球有一个人人觊觎的宝物，那就是智力提高术的技术秘密。在科学高度昌明、智力爆炸的29世纪，人的自然智力已经不足以应付日益复杂的世界了。所有星球（包括地球和56个移民星球）都投入巨资研究智力提高术，但只有地球取得了成功。它就像偶然一现的闪电，划破了智力的鸿蒙，但此后没有一个星球能复现地球的成功。智力提高术可以把智力提高15%。可不要小看这15%，由于人类的本底智力已经非常强大，这15%的额外智力相当于人类30000年的进化。

地球人并不想把这个财富完全据为己有，他们热心地为各星球人做这个手术——当然，收费是高了一点：每个治疗者收1亿宇宙迪纳尔，约合2.8亿地球币。这一点情有可原。地球人为开发这项技术耗费了巨额资金，高额的付出总得有相应的回报。再说，各个移民星球都有极其充裕的自然资源，而地球在经过耗费昂贵的太空开发时代后，自然资源已经基本耗尽了。太空开发造就了这56个移民星球，但地球就像送出56份嫁妆的老妈妈，钱包已经被榨干了。公平地说，智力增强术是上帝特意恩赐的礼物，他怜悯可怜地球的老住户。

做智力提高术的人纷至沓来，当然全是富人，是富可敌国的富人。金钱如洪流般滚滚而来，多得足以勾起任何星球的贪欲。成千上万的商业间谍如蜂逐蝶，其中一些是兼职间谍。他们在来地球做智力提高术的同时，顺便来盗取它的技术秘密。这真是一举两得的事，既可以拿这次间谍斗智来检验智力提高术的疗效，一旦成功又能赚回几倍的手术费用。

但地球牢牢地守护着它，就像是中世纪威尼斯的工匠们长期地牢牢把守着制镜的秘密。而且，这比保守制镜术的秘密容易多了。制镜术的秘密非常简单——在玻璃上镀银之前用碱水把玻璃洗净，仅此而已，所以它注定是守不住的。但智力提高术的秘密非常复杂，用最简洁的技术语言描述出来，也需要 30 亿比特的信息容量。它的复杂性加大了盗窃的难度。

杰弗里不动声色地盯着眼前这几位间谍——他们中间至少三位是间谍，这一点毫无疑问。三年来，地球情报局对他们实施了最严格的监控，已经断定了他们的身份，而且也基本断定他们已把秘密窃取到手了，只等离开地球时偷运出去。间谍们都不使用无线电，因为地球上有卓有成效的电子屏蔽，电波很难穿透它；这样做还有一个更大的原因——凡来盗窃这个秘密的星球都是看中它所伴随的巨额财富，没人愿意把秘密与其他星球共享，而使用电波就太危险了，难保不被破译。

他们肯定是用“夹带”的方法，这是最古老也是最可靠的间谍伎俩。想想吧，即使在 29 世纪，各星球政府最高级的秘密情报依旧是靠外交信使来传递。

杰弗里今年 34 岁，身材颀长，剑眉星目，英气逼人——刚才索菲娅小姐的高级马屁并不是肆意夸张。他是地球海关（按说应该叫

"空关"的）中最有名的检查官，机智过人，是海关的最后一道屏障。从没人能骗过他，将那个技术秘密带走。这一点是不用怀疑的，如果这个秘密已经泄露，就不会有越来越多的求医者了。

他用犀利的目光盯着眼前的四个人："按照规定的程序，我将最后一次通知你们：如果有谁私自夹带智力提高术的技术秘密，这是最后的坦白机会。坦白了可以从轻治罪，没有坦白而被查出者，就要自愿接受最严厉的惩处，包括死刑。请你们三位——"他用目光把索菲娅小姐剔除出去，"认真考虑五分钟，再答复我。"

说话时他仍然满面笑容，但语调中透出森然寒意。三个男人都面色平静，也许他们的目光深处有一丝颤抖，但他们把恐惧很好地隐藏了。只有索菲娅似乎没意识到自己已经被剔出"可疑者"的圈子，她受不了屋里沉重的气氛，轻轻咳了一声，想要说话，被杰弗里用眼色制止了。

五分钟后。杰弗里平静地说："那么你们不愿坦白了？那就请重复一遍那篇誓言吧。"

片刻的沉默后，中年人率先说："我叫小泉二郎，我发誓没有夹带有关智力提高术的秘密，如果违誓，愿意接受地球政府最严厉的惩处，包括死刑。"

小伙子也说："我叫陆逸飞，我发誓……"

名叫布莱什的老者也重复了誓言。杰弗里怜悯地看着他们，下意识地轻轻摇头。三个男游客的心都在向无限深处沉落，因为他的怜悯比威胁更令人心悸。良久，他轻叹一声："我真不愿你们轻抛生命，可是……咱们往下进行吧。"

三个男人的脸色都有点发白，不过他们仍保持着优雅的沉默。

这会儿，连没有心机的漂亮的索菲娅也终于看到了严重性，用惊惧的目光挨个睃了三个同伴一眼，就像是一只受惊的小鹿。

杰弗里轻咳一声，不过并没有说话，他站起来，冲了四杯热咖啡，一杯杯端过来，放在四个被检查者面前。三个男人都低声说："谢谢。"他们实际是在进行一个仪式：操生杀大权的杰弗里在向他的牺牲者表示歉意，而几个间谍——如果他们真是商业间谍的话——则心照不宣地接受了他的好意：检查官先生，我们明白你是不得已而为之，你我都是在尽自己的本分。所以，尽管往下进行吧。三个男人一动不动地坐着，就像是历尽沧桑的石像，只有索菲娅在不安地扭动着身子。

"宇宙万物无非是信息的集合。"杰弗里突兀地说，"宇宙大爆炸时粒子的聚合，星云的演化，DNA 的结构，人类的音乐、绘画、体育活动，甚至人类的感情、信仰和智力，一切的一切，就其本质而言，无非是信息而已。而所有信息都能数字化。自从 20 世纪人类发明电脑后，这个道理已经变得非常明晓了，因为电脑能实现的所有令人眼花缭乱的魔术，其实只是 0 和 1 的长长的序列。所以，从理论上说完全能做到这一点：在这个宇宙灭亡时，带着一个写满数字序列的笔记本逃到另一个宇宙，就能重建老宇宙的所有细节。"

索菲娅窘迫地说："杰弗里先生，你说的我听不大懂。你知道，我可没做过智力增强术……"

杰弗里宽容地笑笑，并没对她的低智商表示不耐烦。他耐心地说："理解这一点并不需要增强过的智力。我用最简化的语言讲一下吧，如果用 01、02、03、04、05……24、25、26 这 26 个代码来分别代替 26 个英文字母，那么'智力增强技术'（The intelligence strengthen technique）这个标题变成数字后就是：200805091420051212090705140305　19201805140720080514 200503081409172105。”他解释道，“其实仅用 0、1 两个数字表示就行了，不过那样的数字序列更长一些，为了便于索菲娅小姐理解，我在这儿用的是十进位数字。”

索菲娅饶有兴趣地听他说话，其他三个人则面无表情。

“当然这只是理论上的可能。”杰弗里笑道，“宇宙所包含的信息太庞大了，如果我们用原子做基本的信息载体，那么要想容纳这个宇宙的所有细节，你的笔记本的重量恐怕要赶上宇宙本身了。献丑了，我说的都是最起码的常识，你们都知道的。”

三个男人仍不说话，索菲娅努力想打破室内的尴尬，轻咳一声说：“不，你说得很有趣，我就从没听说过……”

杰弗里说：“但有关智力提高术的技术秘密就不同了，它虽然相当繁杂，也不过 30 亿比特的信息量，经过某种技术处理，它完全可以塞到你们的行李箱中。这也是最起码的常识，我想你们都知道的。”

三个男人当然能听出他步步进逼的敲打，但他们都是训练有素的高级间谍，始终保持着面色的平静——或者他们是清白的，根本不需要惊慌。他们不动声色的对峙在室内造成一种寒意，索菲娅受不了室内的气氛，不安地扭动着，为三个人辩解：“我们的行李和身体都已经经过最严格的检查……”

老年男人用一个轻轻的手势制止了她，对杰弗里说：“往下进行吧。”

杰弗里摇摇头，走到三个人身后。三个人的皮箱都在各自身后放着，箱盖大开。他走到中年男人的皮箱前，一边用目光扫视着，一边平静地说：“我知道这些皮箱都经过最严格的检查，没有发现任何高密度芯片、缩微胶卷等间谍常用的工具。不过……”他用极富穿透力的目光看着三个人，“你们都是高智商者，肯定不屑于使用那些常用方法。我想，也许你们会使用最出人意料的手段？”

三个人平静如常。杰弗里在小泉先生的皮箱中仔细探视着，最后把目光定在一块小小的石头上。

“小泉二郎先生，你从地球上带走一块石头？”

“对。”小泉微笑着，“我刚才已经说过，地球是我的祖庭。记得地球上的航海民族——波利尼西亚人——有一种习俗，在离开故土前，会把故乡的泥土带一捧，撒到他们落脚的海岛上。地球的华夏民族也是这样，远行的人要带一包‘老娘土’，终生不离。我也想带走我对地球的眷恋，不过我觉得泥土不容易保存，就带了一块普通的岩石。”他在“普通”这两个上字加重了读音。

“我很感谢你对老地球的感情。我也知道这是块最普通的岩石，成分是二氧化硅。不过，你似乎对它进行过抛光？”

“对，我尽力把它抛光了，我想让这块普通的石头变得像宝石一样光彩照人。”

“很好，很好。”杰弗里非常突兀地问，“能不能告诉我它有多重？或者更精确地说，它由多少硅原子组成？”

小泉的脸突然变白了，不过他的语调还尽力保持着平静：“不知道，我没有测量过，也没这个必要。我对地球的感情分量与原子的个数没有关系。而且——测量原子的个数，那一定是个非常烦琐的工作。”

“不，不，你一定知道，用小夸克显微镜来数出原子个数，是非常轻易的工作，而这种显微镜在地球上已是随处可得。这块石头大概有……”他目测了一下，“60多克重，也就是说，它里面含有1023个硅原子,2乘1023个氧原子。如果用原子来做信息的最小载体，它能容纳10万亿亿的信息,远远超过智力增强术所包含的信息量了。”

最后这句话让索菲娅突然瞪大眼睛——杰弗里无疑是在说，小泉先生是用硅原子来携带智力增强术的秘密吗？小泉尽力保持着平静,不过目光中已经透露出绝望。杰弗里说:“这样吧,如果你不反对，我来替你完成这个工作，好吗？”

小泉勉强地说：“我不反对。”

杰弗里点点头，回头喊来一名工作人员，让他把这块石头拿到化验室，迅速测出其中所包括的原子（硅原子和氧原子）个数，一定要非常精确，误差在个位。“因为我不想破坏信息的精确性。”说完之后，他便把小泉抛到一边，不再理睬。陆逸飞和布莱什尽量不同小泉有目光接触，但他们分明知道小泉的命运已经决定，连索菲娅也看出这最后一段哑剧的含意。

现在，杰弗里转向陆逸飞的皮箱，他的扫视持续了很长时间，室内的气氛快要凝固了，在绝对的安静中，似乎有定时炸弹在嘀嘀地响着。最后杰弗里把目光锁定在一支精致的玉笛上：“陆先生，你喜欢吹笛子？”

陆逸飞点点头，深情地说：“对，我非常喜欢。这种带笛膜的横笛是地球上的中国人所特有的乐器，是从西域胡人那儿传到汉族的，在一代一代的汉族音乐家手中得到淋漓尽致的发挥。它的音质微带嘶哑,但却有更高的音乐感染力。历史上传下来不少有名的笛曲，如《鹧鸪飞》《秋湖月夜》《琅琊神韵》《牧笛》等。在天狼星上听到它们，我就像见到了地球上的清凉月夜，听到了琮琮泉流……”

杰弗里打断了他感情激越的叙述：“很好，很好，如果这儿不是海关，如果是在晚会上与你会面，我会恳请你高奏一曲的。能让我仔细看看吗？”

“当然。”

陆逸飞把玉笛递过去，杰弗里把玩着，指着笛子上部的一道接缝说：“这道接缝……”

“那是调音高用的。这支笛子由上下两段组成，在用于合奏时，可以抽拉这儿，对音高做微量的调整，适应那些音高固定的乐器……”

他的解释突然中断了，因为杰弗里已突然抽出上半截笛管。接口处是黄铜做的过渡套，他举起来仔细查看着，那儿没有任何可疑的东西。杰弗里又用手掂了掂两段笛管的重量：“当然，下边的笛管要重一些。陆先生，我有一个很无聊的想法，如果用下半截笛管的重量做分母，用上半截的重量做分子，结果将是一个真分数，也可以化作一个位数未知的纯小数。陆先生，你知道这个小数是多少吗？”

陆逸飞的脸色变白了，身上的女人味一扫而光，高傲地说：“不知道，你当然可以去称量的。”

“是的，我当然会去做的。”他喊来一名工作人员，命令他把两段笛管去掉黄铜接合套后做精密的称量，精确到原子级别，并计算出两者之间的比值。“要绝对准确，用二进制数字表示的话，要精确到小数点后30亿位，因为我不想破坏信息的精确性。”他似乎很随意地说。

这之后他把陆逸飞也撂到一边了，其实他已经明白地说：陆逸飞的结局也已经敲定。陆逸飞和小泉心照不宣地对视，目光中潜藏着悲凉，他们两位已经是同病相怜了。现在，三个男人中只剩下那位老人，这回杰弗里没有去察看他的皮箱，他走到老者身边，仔细地观察他。“布莱什先生，你似乎不大舒服？”

老者勉强地笑道：“对，真不幸，回航机票买好之后，我却不小心感冒了，但行程已经不能改变。但愿我回到天狼星时，海关检疫人员不会将我拒之门外。”

“哦，这可不行，我得为你的健康负责。万一不是普通的感冒而是变异的感冒病毒呢？老人家，你不介意我们取一口你的唾液做病毒 DNA 检测吧？”

索菲娅惊奇地看到，老人的脸色也一下子变白了。他高傲地说：“当然可以，谢谢。”停停他又补充道，“你是个非常称职的海关检查官，这是我的由衷之言。”

“谢谢你的夸奖。”他又喊来一名工作人员，让他取一口老人的唾液。杰弗里详细交代说：DNA 中有 30 亿个碱基，它的序列是由四字母组成，换算成二进位数字的话，有 60 亿比特的信息容量。所以检测一定要精确，“没准这种病毒的碱基序列正好含着智力增强技术的内容呢。”他半开玩笑地说。

当然，谁都知道他并不是开玩笑。

杰弗里还请工作人员在进行 DNA 测定后顺便做一个换算。因为那块石头的原子个数、两段笛管的重量之比，都将是十进位的数字序列，而碱基序列则是四个字母序列，需要换算成同样的十进位数列，以便“三位先生的结果有可比性”。“现在请大家安心喝咖啡吧，这三个结果很快就会出来的。”

三位商业间谍——现在可以确定地说他们是间谍了——心绪繁乱。死神已经近在眼前了，但他们仍令人敬佩地保持着绅士风度。

只是，在与索菲娅探询的目光相碰时，会不自主地绽出一丝苦笑。在等待的时间里，杰弗里一直亲切地和他们聊着天，打听着天狼星的风情，还说最近他就要度假，打算到天狼星旅游观光。三个男人则热情地允诺做他的东道主——“当然，如果你没有把我们当作间谍处死的话。”三个人苦笑着说。索菲娅则含情脉脉地说，真盼望杰弗里能和他们同机去天狼星，“像你这样风度迷人的男人太难遇见了。”

屋里的气氛非常放松，但这种放松是假的，在平静的下面能摸到三个男人的焦灼。终于结果出来了，一名工作人员走进来，手里拿着打印出来的检测报告。他对三个人扫了一眼，不动声色地说：“中校先生，你的估计完全正确。这块石头是用硅原子的数量表示的，精确数字是一个30亿位的序列，我现在拿来的是前边1000位。”他递过一张卷着的长长的打印纸。“至于那支笛子，则是用两段笛管的重量比来表达的，是一个无穷循环小数，循环节大约为30亿位，并与刚才的序列相同。而这位老先生身上的‘感冒病毒’果然是一种独特的病毒，它的碱基序列换算成十进位数字表达，也是同样的序列。”

工作人员朝三位客人点点头，出去了。杰弗里默默地把纸卷递给索菲娅，数字序列的头几十位数字是：

200805-091420051212090705140305-19201805140720080514-200503081409172105

索菲娅的记忆力非常好，可以在几秒钟的扫视中记住上千位的数字。这会儿她清楚地记得，刚才杰弗里给出了同样的序列，其含意是：智力增强技术（The intelligence strengthen technique）——当时他还暗示，这是一份技术档案的标题。他果然没有说错。那么，一块石头、两段笛管、一种特异的感冒病毒，它们都包含着智力增强术的技术秘密。

看来，她只能一个人回天狼星去了。

杰弗里已经不用多说话，那三位游客对望一眼，甚至没有去接那个纸卷。老人代表他们说：“你赢了，杰弗里先生。你真能干，目光如电，专业精湛。作为间谍，我们对你表示由衷地敬佩。请你按地球法律处置我们吧，我们毫无怨言。”

索菲娅嘴唇颤抖着：“你们……真的是间谍？真的要被处死？”三个男人同时叹了一口气，没有做任何解释。杰弗里叹息一声，唤来工作人员，低声交代几句。然后，他为四个人续上咖啡，默默地看他们喝完。海关的工作效率非常高，一艘很小的飞船此刻已停在登机口。杰弗里把三个人送过去，同他们紧紧握手。当不可避免的结局真的到来时，三位间谍反倒真的放松了。他们微笑着同索菲娅拥抱，说：“回程中我们不能陪伴你了，请多保重。”中年男人回过头，以男人的方式拍拍杰弗里的肩头，笑着说：“很遗憾，不能在天狼星为你做东道主了，请索菲娅小姐代劳吧。”他们同杰弗里殷殷道别，在甬道中消失。

索菲娅一直惊惧地看着这个过程，小飞船呼啸着升空后，她转过头疑惑地看着杰弗里：“他们三个……”

杰弗里声音低沉地说：“他们将被流放到时空监狱，永远不能回来。”

“时空监狱？什么地方？那儿……人类能生存吗？”

“不知道，没人知道。间谍的流放地都是在飞船升空后随机选取的，那儿也许是地狱，也许是天堂。他们能有二分之一的幸运，这是我唯一能为他们做的事了。但有一点是肯定的，不管是天堂还是地狱，他们永远不可能回到今天这个时空了。”

索菲娅的眼睛里涌满泪水：“我真的很难过，我们四个人是坐同一艘飞船从天狼星来的，他们都是很好的人……不过我不怪你，我知道你心地善良，他们是自作自受。”

杰弗里挽着姑娘的胳臂，回到刚才的办公室：“不说他们了，把我的例行程序做完吧。按照规定的程序，我将最后一次通知你：如果你夹带了有关智力提高术的技术资料……”他匆匆重复了刚才对三个人所说的话，但索菲娅根本没听进去，仍沉浸在悲伤中。杰弗里再次提醒后，索菲娅才机械地说：“没有，我没有夹带。”

“请你宣誓。”

“我叫索菲娅，我发誓没有夹带有关智力提高术的秘密，如果违誓，愿意接受地球政府最严厉的惩处，包括死刑。”

“好，请你赶紧登机吧，开往天狼星的航班马上就要升空了。”

收拾好行李箱，走过甬道，空中小姐在门口笑容可掬地迎候。在这段时间内，索菲娅一直默默无言，泪水盈盈。杰弗里体贴地搂着她的肩膀，一直把她送到座位上。邻座没有人，杰弗里坐在那个位置上，轻轻握着索菲娅的小手。

时间一分一秒地过去，飞船就要升空了，杰弗里还没有离去的意思。索菲娅轻声提醒他：“你该下船了。”她戚然说，“真不想同你说再见，真希望你能同机去天狼星。但是……起飞时间快到了。”

杰弗里笑了：“我正是和你同机去天狼星，这就是我的座位啊。你看，还有我小小的行李。”他解释着，“其实我刚才已经说过了，我说，我很快要去那里度假。”

索菲娅瞪大眼睛，目光复杂地看着他，很久才低声说："真是个好消息。看来我的祝愿感动了上帝。"

两只手轻轻相扣，他们不再说话。飞船轰鸣着离开了地球，脱离了地球的重力，并迅速加速。现在，飞船绕轴向旋转着，产生1g的模拟重力。很奇怪，在此后半小时里杰弗里一直没有说话，只是闭着眼睛仰靠在座椅上，轻轻抚摸着索菲娅的小手。到越过月球后，他突然回过头，目光炯炯地看着同伴："索菲娅小姐，现在飞船已经离开地球的领空，到了公空了。你当然知道有关的太空法律，在公共空间中，地球的法律已经失效，没人能奈何你。何况，我已经注意到，有几位先生还在虎视眈眈地守护着你呢。"他回头向周围的几个旅客打了一个招呼，那几位都是中年男子，身材剽悍，训练有素。大鼻孔，稍显凸出的胸脯，这当然是天狼星人的特征。此时他们向杰弗里回以职业性的微笑。

索菲娅平静地说："你说得不错。你想干什么？"

杰弗里苦笑道："我知道你是个间谍，你和他们三位是一伙的。你在地球逗留期间，地球情报局一直在监视你，早已认定你的身份。但我用尽了心思，也没找到你所夹带的情报。好，我认输了，但我非常想知道我是怎么输的。"他补充说，"你不必再把我看成地球海关的检查官。在你成功后，我的职业已经毫无用处，我现在是失业者，正前往天狼星去寻找新的人生，因为我不想留在地球上看人们责难的目光。其实，在你走进海关检查室之前，我就料定我会在你这儿失败，也做好了相应的准备。"他恳求道，"我非常想知道我到底是怎么输的，不知道这一点，我会发疯的。请你告诉我，好吗？"

索菲娅犹豫着。她想杰弗里说得没错，这儿已经不属于地球的领空，在银河系文明社会里，没人敢在公空中采取海盗行为。她嫣然一笑："把你的失败彻底忘掉吧，到天狼星去开始新的生活。告诉你，我刚才曾表达了对你的倾慕，那可不是间谍行为。我真的很喜欢你，也许咱们能在天狼星上共结连理呢。"

杰弗里感激地说："非常感谢你的安慰，我也希望有你这么可爱的妻子。但是……"他固执地盯着她。

"至于我的身份……"她迟疑片刻后，坦率地说，"你猜得不错。我的本职是电影演员，但这次被天狼星政府征召作了一名业余间谍。我没有做技术间谍的智力，这是真的，一点都不骗你，我几乎可以说是弱智者，上学时数学和物理学得一塌糊涂。但我有一个过人之处，就是对数字有超凡的记忆力，可以轻易记住10万个互不关联的数字。"

杰弗里喊道："但那是30亿比特的信息量啊！"

索菲娅得意地笑了："30亿，不就是3万个10万嘛。要知道，我在地球待了三年呢，足以把它背下来了。要不，我给你背一次？反正我在旅途中得复习几遍呢。"她挑逗地说。

杰弗里摇摇头，声音低沉地说："你把我骗得好苦啊，你成功地扮演了一个没有心机的低智商的女人……"

索菲娅咯咯地笑着："别忘了我是一位专业演员，再说，"她向杰弗里抛一个媚眼，"我本来就是一个低智商的女人，我只是在做本色表演。"

很奇怪，杰弗里这时有一个突然的变化，他坐直身体，瞬间又恢复了原来的从容自信。他向空中小姐招招手，那姑娘马上送来两杯法国葡萄酒。杰弗里自己端起一杯，另一杯敬给索菲娅："我输了，我没想到你是这样一个天才。你所用的最不取巧的间谍手段，恰恰是最难破解的。作为一个同行——反间谍人员和间谍可以说是同行吧——我非常敬佩你。来，干了这一杯。”

索菲娅盯着酒杯，盯了好一会儿。她突然莞尔一笑，乖巧地说：“谢谢。杰弗里，我绝对相信你，相信你不会在酒中下毒。不过为了万全起见，我不能喝它，而且直到返回天狼星并将我脑中的那个30亿比特的数列卖给政府前，我都不会喝你的任何东西。这是不得已而为之，你不会怪我的，对吗？”

杰弗里微笑道：“我不怪你，但那一杯酒中确实没毒。”他着重念出“那一杯”这三个字，让索菲娅觉得有点奇怪。这会儿杰弗里的表情也十分特别，双眸闪闪发亮，优雅的笑容中透着苍凉。他把那杯酒递给空姐，那位空姐面无表情地一饮而尽。“至于这一杯……”他伤感地笑笑，仰起脸一口喝光。把酒杯递给空姐后，他站起来吻吻索菲娅的额头：“好姑娘，永别了。我真想能娶你为妻，可惜……”

他一头栽倒在地，死了。

事情发生得太突然，没有一点先兆，索菲娅下意识地从座位上蹦起来，捂着嘴，胆战心惊地看着脚下的死尸。她的几个保护人员已经站起来，迅速向她围拢，但眼前的现实并不是索菲娅受到什么威胁，而是地球海关检查官的意外死亡。他们怀疑杰弗里是假死，其中一人伸手试试他的鼻息，鼻息已经停止，连体温也正在缓缓地下降。几个保卫人员根本未料到这样的变化，显然乱了方寸。其他乘客中也掀起一阵骚乱，开始向这边聚拢。

这时，几个穿白衣的工作人员跑来，以机器人般的精确，迅速把死者抬起来，走向飞船舷侧的一个小门，并示意索菲娅一块儿来。索菲娅不知道他们要干什么，不由自主地跟了过去，她的几名保护者紧紧跟在后边。工作人员打开小门，把杰弗里塞进去。这个小隔间是双层门，外门通向太空。他们把内门关好，然后按下门边一个按钮，外门打开，死尸被离心力甩出去，晃晃荡荡地飘离飞船。透过舷窗可以清楚地看到，在舱外的绝对真空中，尸体的肚腹立即爆裂，身体也在瞬间失水，变成一具狰狞的干尸。飞船已达半光速，杰弗里的身体当然也是同样的速度，所以，宇宙中的静止粒子都变成高能辐射，在干尸上激起密密麻麻的光点。

一个标准的“空葬”程序。每个在宇航途中意外死亡的旅客都将得到同样的处理。这是星际航行的常识，但索菲娅还是第一次目睹。她脸色惨白，心脏似乎要跳出胸腔。她这个间谍毕竟是业余的，对这样惨烈的场面缺乏心理准备。

穿白衣的工作人员向外边立正敬礼，表情肃穆庄重，显然他们都是杰弗里的同行，对杰弗里（尤其是对杰弗里从容不迫的自杀）充满敬意。然后两个白衣人回过身，熟练地架起索菲娅的胳膊。索菲娅惊慌地喊：“你们要干什么？干什么？这儿可不是地球的领空！”

她的四个保护者不声不响地逼近。穿白衣的为首者用一个轻轻的手势止住四个人，平和地说：“请大家保持镇静，请务必镇静。索菲娅小姐，你说得对，这儿不是地球的领空，地球的法律在这儿已经失效。不过，你大概不知道在间谍行当中有一种惯例，或者说是职业道德，各个星球都认可的：如果一方的重要人员采取自杀性行动，这一方就有权得到比这轻一点的补偿。漂亮的索菲娅小姐，你让杰弗里中校第一次遭遇失败，他高贵地选择了死亡，地球的海关保卫遭受了不可挽回的损失，因此，我们有权对造成这一后果的间谍来一个小小的惩罚。不过你不用担心，我们不会杀死你的，只会对你做一个小小的记忆剔除术。”

索菲娅浑身颤抖，啜泣着，哀求地看着她的四个保护者。但四个人犹豫片刻后无奈地退回，看来他们也承认这种“间谍职业道德”的约束。飞船中的乘客（有地球人、天狼星人和少量另外星球的人）都无动于衷地看着这边的动静。白衣人把挣扎的索菲娅推进一个房间，那里面医生们已经穿好罩衫，戴着手术手套。门关上了，索菲娅的哭泣声也被截断，四个保卫人员向为首的白衣人点点头，不大情愿地回到自己的座位上。

几百名旅客平静地看着紧闭的房门。

确实是一个小小的手术，仅仅 30 分钟后，几个微笑的医护人员就把索菲娅送了出来。她的头上没有任何伤口，一头金发依然如瀑布般垂泻，面色仍是那样娇艳，不过目光显得有些茫然。她皱着眉头艰难地回想着，又环视着四周，低声问：“我怎么啦？你们干什么围着我？”

医护人员微笑着说：“不要紧张，没关系的，你刚才摔了一下，造成短暂的失忆。现在，请你尽量回忆你个人的情况。”

索菲娅皱着眉头思索半天，难为情地说：“我知道我叫索菲娅，在地球上旅游观光后，正坐着这艘飞船返回天狼星，这将是 8.7 年的漫长旅程。别的……一时回忆不起来了。我的失忆能治好吗？”

“不要紧张，请再回忆。”

“噢，我似乎碰见了一个出色的男人，我对他很有好感，但他似乎死了。”她黯然说，“我想这一定是个梦，不会是真的。”

医护人员把她护送到自己的座位上，安慰她：“你的精神受到一点刺激，除了失忆外可能还有轻微的妄想表现，你说的那些情景都是梦中的错乱，不是真的。不过你已经基本恢复了，很快就能彻底痊愈。不要紧张。再见，祝你旅途愉快。”

医护人员走了，很长时间，索菲娅一直低头沉思着。等她抬起头时，看见邻座的四个男子正怜悯地看着她。这四个人的面容和表情勾起她的某些回忆，似乎是她的熟人，至少是四个可靠的人，但具体的细节无论如何也想不起来了。这种绝望的回忆真折磨人啊！很长时间后，她终于忍不住，轻轻招手，唤四个人中的一个过来。那人稍稍犹豫一下，过来了，坐到索菲娅身边的空位上。她低声说：“嘿！你好，我相信你也是天狼星的游客吧？你一定是个靠得住的人，我的感觉不会欺骗我的。现在，我迫切地需要你的帮忙，可以吗？”

那人没有回答，只是点点头。索菲娅悲伤地说：“请对我讲讲我失忆前发生的事情，讲讲你所知道的有关我的情况，好吗？”她显得既困惑又焦灼，“我有一个感觉——也许只是我的妄想，但我不能排除它——似乎有一个很可爱的男人遭受了某种失败，他要为此自杀，只有我才能救他。这事情非常紧急，也许耽误几秒钟就来不及了。请你一定告诉我，这究竟是怎么一回事，好吗？求求你了。”

那人很长时间没有回答，只是侧脸看着舷窗外黑暗的太空。他终于回过头，语调平缓地说：“没有这样的事，那只是你的妄想。”

“真的？”索菲娅几乎要哭出来，“你不能瞒我啊，不能让我终生懊悔。”

那人平静地说：“我不瞒你，真的什么事情也没有。请你保重，我过去了。”他拍拍索菲娅的手背，返回自己的座位。船舱中非常安静，几分钟后，空姐们推着餐车出来了。

写作后记

曾在一本书上看到这样的构思：一个离开地球的外星间谍可以用一根有一条划痕的金属棒带走所有情报。因为这些情报都能数字化，而聪明的间谍只需恰当地选取刻痕位置，使两段棒长的比值恰好等于情报的数字序列就行了，如：0.2749284729458937897395069940……

确实是个非常机智的构思，正是它让我写了这篇小说。

小说写完了，现在以技术的角度看看，这个构想能否实现。

实际上这取决于物质的可分性，以下的分析基于“原子是机械可分的最小单位”这个假设。其实，即使把物质的可分性再往下推延有限的几个层次，对分析的结果并没有质的影响，除非物质无限可分，那样分析起来稍微麻烦一些，本文不拟涉及。

还有一点要注意：本文只涉及“有确定性”的经典物理世界，没有考虑量子多态叠加的信息存储办法。写科幻小说就像是解数理方程，总得要设出一定的边界条件，以下的答案就是在这些边界条件之内才有效的。

先从陆逸飞的“两段笛管法”着手。我们可以先假定那支较长笛管的重量是一个很大的数，是 10 的整数次方，这样，两段笛管的重量比值就只取决于较短那段的重量。读者可以看到，这实际就把陆逸飞“两段比值法”化为小泉先生的“石头法”了。

根据中学化学所学过的摩尔质量，可以知道 64 克玉笛含有 1023 个硅原子。如果用所有这些原子的状态来表达信息（比如用一个原子的“有”和“无”来表示 0 和 1），则这些原子可以表达 10 万亿亿比特的信息，足够携带我们的那份情报了。但文中两个间谍没有用这种方法，他们设计的方法是用“原子总数”的序列来暗藏情报，这个1023的原子总数，若用十进位数字表示，其位数是23位；若用二进位数字表示，其位数是23除以0.3010（2的对数），也就是76位左右……仅仅是76位！而30亿比特的信息需要30亿位的数字序列，76位，连零头的零头的零头都不够！

此路不通，再另辟蹊径。有人说，我干吗要把重的那段选成10的整倍数呢，可以把两段的原子个数都选成非常非常大的素数，使两段的比值是一个循环节为30亿位的循环小数就可以了（循环节必须不能少于这么多位数，否则它就不能表示特定的数列）。好，我们看看这个方法是否行得通。

先复习一点小学数学知识。纯循环小数可化为这样的分数，其分子是一个循环节内的数字；分母是若干个9，9的个数与循环节位数相同（混循环小数化分数的办法略）。比如，

无限纯循环小数0.428571428571……循环节是6位，则化为分数是428571/999999，化简后为3/7。

非常简单，对不对？唯一的麻烦是：循环节为30亿位的循环小数化成分数后，分子和分母都是30亿位的大数。当然分子分母可能被化简（先不管它到底能化简到什么程度），即约去两者的公约数，这实际是一个数的素性检验问题，没什么复杂的，用试除法就行了，小学生都会算，何况还有运算速度为每秒数万亿次的电脑呢，只是时间稍微长了一些，而且这个时间随着被除数的位数的增加而急剧增加。到底需多长时间？对于一个10位的数字，电脑可以在1秒钟内就得出结果，如果是100位数字呢？那就需要……请你听好，我以下说的时间值得之于职业数学家的推算，绝对没有错误：

即使用今天运算速度最快的电脑，所需时间也需 1036 年！

我们宇宙迄今的历史才有 1011 年呢。

这还只是对 100 位数字的试除，我们的数字可是 30 亿位！！！

看来，先甭说它们能不能化简，以及能化简到什么程度，单说化简的时间就耗不起。但是若不化简，就又回到刚才的情形了，分子分母都是 30 亿位的数字，若要表示它，原子个数就要达到 2 的 30 亿次方，远远超过一段玉笛中所包含的原子个数。所以此法也走不通。

这两种方法被 Pass 了，现在看看“碱基法”。这倒是没问题的，前面已经说过，30 亿位由四个字母表达的数列可以容纳 60 亿比特的信息。只是，按这个“既定数列”定做的 DNA 很可能就不是生物，或者这样说吧，它恰好是感冒病毒的可能性是 30 亿个碱基的组合数的倒数。读者会不会做排列组合的计算？它是这个 30 亿位数字的阶乘。具体值就不用计算了吧，反正是一个吓死人的天文数字。所以，非常遗憾，这种方法也得被 Pass 了。

只剩下一种：记忆法。唯独在这儿我们挑不出什么毛病。背诵长达 30 亿位的数列的确是一个非常累人的活，是一场酷刑，但没人能用有力的理由证明它是不可能的。人的大脑有 140 亿个神经细胞，从物理层面上分析，它也能容纳 30 亿比特的信息。

这么说来，原来这位叫王晋康的作者是个江湖骗子，惯会信口雌黄，虚张声势，他文中描写的“才智过人”的斗智者实际上都是些弱智，连这么简单的逻辑错误都看不出来！只有那位似乎最弱智的索菲娅才是——虽然她也失败了，但她至少算是个智力正常的人吧，她的方法至少不会成为笑柄。

除了这个女人，四个男人都是超级笨蛋，加上作者就是五个了。

还有——务必请你原谅，我没有得到你的允许已经把你拉到这场智力测验中——如果你在读这本小说的过程中没有觉察到其中的逻辑错误，那么你就是第六个笨蛋。如果你已经觉察到了，怀疑了，那么恭喜你。我相信，依你所具有的水平，如果回头去考小学算术，再不济也能拿个60来分吧。

图书在版编目（CIP）数据

消失的未来/ 刘慈欣等著.—北京: 北京理工大学出版社, 2017.6（2019.12重印）
（虫·科幻中国）
ISBN 978-7-5682-3948-6

Ⅰ.①消… Ⅱ.①刘… Ⅲ.①科学幻想小说-中国-当代 Ⅳ.①I247.5

中国版本图书馆CIP数据核字(2017)第079984号

出版发行 / 北京理工大学出版社有限责任公司
社　　址 / 北京市海淀区中关村南大街5号
邮　　编 / 100081
电　　话 /（010）68914775（总编室）
（010）82562903（教材售后服务热线）
（010）68948351（其他图书服务热线）
网　　址 / http: //www. bitpress. com. cn
经　　销 / 全国各地新华书店
印　　刷 / 北京欣睿虹彩印刷有限公司
开　　本 / 880毫米×1230毫米 1 / 32
印　　张 / 8
字　　数 / 164千字
版　　次 / 2017年6月第1版 2019年12月第5次印刷
定　　价 / 39.80元

责任编辑 / 闫风华
文案编辑 / 闫风华
责任校对 / 周瑞红
责任印制 / 李志强